魔法使いの
婚約者11
秘密は蝶結びで隠しましょう

魔法使いの婚約者11

秘密は蝶結びで隠しましょう

中村朱里

illustration サカノ景子

ICHIJINSHA IRIS NEO

CONTENTS

この作品はフィクションです。
実際の人物・団体・事件などには関係ありません。

魔法使いの婚約者11

秘密は蝶結びで隠しましょう

0

何もない空間に、ぽっかりと水たまりが浮かんでいる。

美しい円を描く透明な水面《みなも》に浮かび上がるのは、とある家族の光景だった。

——おとうしゃま！

——にいしゃまぁ！

——解《わか》った解った。今行くからちょっと待て。

——こら二人とも、走ると危ないから落ち着いて……うわぁっ!?

父である美しい男と、兄である凛々《りり》しい少年が、まだまだ幼い弟妹《きょうだい》が足をまろばせたところを、それぞれ抱きとめる。くふくふと嬉《うれ》しそうに笑う弟妹に、父と兄の顔が優しくほころんだ。

——あらあら、皆、本当に仲良しさんね。

笑みを含んだ穏やかな声に、何故だかぎくりとする。水面に映る映像がくるりと視点を変え、一人の女の笑顔が大きく映り込む。おかあしゃま！　と幼い子供達に呼びかけられ、女はますます笑みを深めて小さく手を振って応えている。

倖《しあわ》せそのものの家族の姿だ。微笑《ほほえ》ましい、心あたたまる光景である。ただその光景を見ていることしかできない自分ですら、思わず笑みを浮かべてしまいたくなるような、優しい光に満ちた光景。

そうだとも。微笑ましく思うだけでいい。そのはずなのに。

「……なんで？」

ぽつり、とこぼした問いかけは、無意識のものだった。口に出してから、自分のその声が、驚くほど冷ややかなものになっていたことに気付く。そうして、もう一度口の中で「なんで？」と繰り返した。なんで、どうして。倖せそうな家族の姿から——いいや、その中でも、母である女の姿から、目が離せない。ぎりりと奥歯を噛《か》み締める。握り締めた拳が震える。

なんで、どうして、あんたはそんな風に笑っていられるの。

この水鏡に映し出されたのは、幸福にあふれた家族の姿ばかりではない。そこに至るまで、女は、様々な苦難に見舞われていた。たとえば幼少期に負った背中の大火傷《おおやけど》。たとえば婚約者の訃報《ふほう》。たとえば秘匿《ひとく》された結婚生活の果ての呪い。たとえば神殿側の事情に巻き込まれた末に、夫である男に突き刺したナイフ。たとえば新婚旅行のはずが、その旅行先での過去から続く因縁ゆえの騒動。たとえばようやく授かった子供達が生まれるにあたっての周囲からの敵意。どれもこれもろくでもないことばかりだったはずだ。

それなのに、女は今、倖せそうに笑っている。愛《いと》しい夫と、かわいい子供達に囲まれて、誰よりも何よりも倖せなのだと言いたげに。

自分はこんなにも辛《つら》くて、こんなにも苦しくて、こんなにも悲しい思いを、散々味わわされてきたのに。それなのに。そう水鏡を睨《にら》み付けていると、ふ、と。そんなはずがないというのに、女がこちらを向いた。そうして、ふわりと、とても嬉しそうに微笑んだ。その視線の先にいるのはきっと彼女の大切な家族で、自分に対しての笑顔ではない。こんなのは偶然だとは解っている。それなのにどうしようもないほどの怒りが、妬《ねた》ましさが込み上げてきて、思わず水鏡を手で払う。ただ水面が揺れるばかりで何も変わらない。何も。何一つ。

そうして再び凪《な》いだ水面に、今度は鏡のように自分の顔が映り込む。酷《ひど》い顔をしていた。先程の女とは正反対の、みじめで情けなくてぶさいくな顔だ。

「もしかしたら、この稀《まれ》なる娘の立場は、お前のものだったかもしれぬな」

少年のもののようにも、或《ある》いは老人のもののようにも聞こえる、不思議な魅力に満ちた蠱惑《こわく》的な声。肩越しに振り返ると、豪奢《ごうしゃ》な玉座に腰かけている存在が、薄く笑みを浮かべていた。

極彩色の髪。四季を問わぬ花々が咲き誇る純白の鹿の角。金剛石の瞳と、黒真珠の肌。背中にはオーロラのように色が揺らめく一対の大きな翅《はね》。あらゆる美しさをかき集めたかのような彼は、この世界では〝精霊王〟と呼ばれているのだと言う。

「……どういう意味?」

「そのままの意味よ。あくまでも一つの可能性ではあるが、お前と魂の生まれを同じくする稀なる娘の立場は、お前に与えられても何一つ不思議ではないものではないかと思ってな」

それだけだが? と笑みを深めて小首を傾《かし》げてみせる〝精霊王〟の言葉が、ぐるぐると頭の中をかき乱す。あの女の立場が、自分のもの? それが本当なら。そんなことが可能なら。それなら。

「だったら、私があの女の立場に成り代わってやってもいいってことよね?」

問いかけの形を取ってはいるものの、もうとっくに答えは決めてしまっていた。

絶対に奪ってやる。これまで自分は散々奪われてきたのだから、これくらい許されていいはずだ。

いいや、許されなくてはならない。あの女の立場は、この自分のものだ。

「好きにするがいい。そなたが余《よ》にくれた〝名〟の礼に、少しばかり手助けをしてやろうではないか」

ほら。精霊王様だって認めてくれた。やっぱりあの女の立場は、自分のものだ。

そう確信して、深く頷《うなず》き、『彼女』は心からの笑みを浮かべてみせた。

満面の笑顔がどこかいびつに歪《ゆが》んでいることを知るのは、精霊王ただ一人。けれど彼は誰にもそれを伝えるつもりがないものだから、結局誰も知らないままなのだ。

1

吐き出した息が白い。頬を撫《な》でていく風の冷たさに思わずぶるりと震えてしまう。このヴァルゲントゥム聖王国の王都にも、いよいよ本格的な冬がやってきた。

首を竦《すく》めつつ、はあっと両手に息を吐きかけていると、とすっと膝のあたりに軽い衝撃を感じた。

私、フィリミナ・フォン・ランセントがそちらを見下ろすと、それはそれは美しい朝焼け色の瞳と、ばっちりと視線が噛《か》み合った。

「しゃむいの？」

稚《いとけな》い問いかけに「少しだけ」と答えれば、私の足にしがみつく天使その一……もとい、我が息子であるエリオットは、その両腕にますます力を込めてくる。

まだ二歳になるには数か月の猶予があるというのに、もうこんなにも力強くなったのかと感動してしまう。ああ、今日も息子がこんなにもかわいい。

「おかあしゃま、エリーがぎゅーしてあげる！」

「エルも、エルも！」

双子の兄に続いて、天使その二、もとい、妹であるエルフェシアもまたぎゅうぎゅうと私の足にしがみつく。父親譲りの美貌の片鱗《へんりん》を既《すで》に見せ始めている我が娘は、兄に対抗するように、きらきらと朝焼け色の瞳を輝かせながらすりすりと頰擦《ほおず》りしてきた。ああ、娘もまたこんなにもかわいい。

「あらあら、ありがとう、エリー、エル。二人のおかげでお母様はとってもあたたかいわ」

「ぽかぽか？」

「ぽかぽか！」

「そうね、ぽかぽかよ」

しゃがみ込んで二人をぎゅうと抱き締めると、「きゃー！」という愛らしい歓声の二重奏が上がる。

幼子らしい曲線を描く、柔らかな頰にそれぞれ口付けると、くふくふとエリオットとエルフェシアは含み笑いをしながら、自らの唇を私の頬にむちゅうっと押し付けてきた。はあ、かわいいったらない。

ぎゅうぎゅうと母子三人で、路上でそのままお団子になっていると、ふと視線を感じた。そちらをちらりと窺《うかが》えば、透明に澄んだ黄色い瞳が、柔らかく細められてこちらを見つめている。優しい眼差《まなざ》しがとても嬉《うれ》しく、そして愛《いと》おしい。

ふふ、と笑みをこぼすと、私の視線に気付いたらしい彼――先日十八になったばかりの長男坊であるエストレージャが、顔を赤らめて慌《あわ》てて顔を背ける。

だが、甘い、甘いぞ、我が息子よ。それで私達から逃げられると思ったら大間違いだ。

「エリオット、エルフェシア。エストレージャお兄様にもぎゅーしてさしあげなさいな。ぽかぽかのお裾分けをしてあげて？」

「はぁい！」

「はぁい！」

「え、わっ！」

私からぱっと離れた双子は、幼い足取りながらも勢いよく大好きな兄の元へと走っていく。転んでしまっては大変と、慌ててエストレージャがしゃがみ込み、二人を両腕で抱き締めた。

「にいしゃまもぽかぽか！」

「ぽかぽかなのよ！」

兄に抱き締められて嬉しそうに笑いながら、エリオットとエルフェシアは「ぽかぽか！」と繰り返している。この真冬の寒さを払拭《ふっしょく》するに十分なぬくもりに、エストレージャの頬も緩む。

「そうだな、ぽかぽかだ」

「ねー！」

「ねー！」

くっ！　と思わず目頭を押さえてしまった私を誰が責められると言うのだろう。ああ、カメラが欲しい。いやもう本当に頼むからカメラが欲しい。この愛らしい光景をカメラに収めて後世に残したい。夫であるあの男に頼んで、そういう機能がある魔法石を作ってもらおうか。既にそういう類の魔法石は、あの男の養父にして私にとっては義父にあたる、優秀な王宮付魔法使いでいらっしゃるランセントのお義父様《とうさま》がいくつか開発なさっているが、一般市民が個人的に扱えるようなものではない。もっと手軽で安価なものを開発したら、絶対に流行《はや》るのではなかろうか。

この光景を見たら、親馬鹿のあの男――我が夫にして、エストレージャ、エリオット、エルフェシアの父親であるエギエディルズ・フォン・ランセントは絶対に「次の研究課題にする」と言うに違いない。救世界の英雄たる王宮筆頭魔法使い様は、普段から多忙を極めていらっしゃるくせに、時々どうしようもないことに心血を注ぐ御仁なので。

ひとしきり、心ゆくまで、この心のシャッターを切ってから、ぎゅむぎゅむと兄妹団子になっている子供達の元まで歩み寄り、楽しそうに笑っている双子をそっとエストレージャから引き剥《は》がす。いかにも不満げな視線を向けられてしまい心が痛むが、そうそう甘い顔ばかりもしていられない。

「さぁさ、二人とも、そろそろお車に乗ってちょうだいな。もうすぐ人がいっぱいのところに出るのよ？　はぐれてしまったら大変でしょう？」

「や！」

即答か、我が娘よ。二人乗りの乳母車《うばぐるま》を示す私から、ぷいっと顔を背けたかと思うと、エルフェシアは再びエストレージャにしがみつき、その手を両手で掴《つか》んで、ツンとすまし顔で宣言した。

「エルはにいしゃまとおててをつなぐのよ」

陽光を弾《はじ》く蜂蜜色の頭をぐりぐりとエストレージャに押し付けるエルフェシアは、齢《よわい》一歳にして既に自分の武器というものを解《わか》っているようである。うわぁ、我が娘ながらびっくりするほどかわいい。

エストレージャも、幼い妹のかわいらしい望みを無下《むげ》にすることはできないらしく、困ったように、そしてそれ以上にとても嬉しげに、相好《そうごう》を崩している。解る、解るぞ。けれどお兄様ばかりを優先されてしまうと、お母様はちょっぴり寂しいぞ。

うーん、母親心とは複雑なものだ。そう苦笑していると、不意に右手があたたかなぬくもりに包まれる。あら？　とそちらを見下ろすと、エリオットがきゅっと私の手を両手で包み込んでくれていた。

「おかあしゃまは、エリーとおててつなごうね？」

……何故だろう。その台詞《せりふ》はとても嬉しいものであるというのに、次男坊の頭上に、『妥協』という文字が大きく見えた気がした。

自分だってエルフェシアの兄なのだから、大好きなお兄様はエルフェシアに譲ってあげて、今回の自分はお母様で我慢すると、そういうことか。一歳児にして紳士の心を持つ我が息子も、娘とは違った意味でつくづく末恐ろしい。まあ恐ろしい以上に、とにもかくにもかわいいのだけれども。

「エルもエリーも、本当にエージャが大好きね」

歳《とし》の離れた兄に対して、全身で「だいすき！」を表現している幼い子供達の姿に、毎度のことながらしみじみと感動してしまう。

エリオットとエルフェシアのあふれんばかりの好意に、これまた毎度のことながら照れてしまう長男坊は、凛々《りり》しい面立ちを朱に染めながら、自分に抱き着いている幼い妹の頭をそっと撫でた。

「そ、そうかな」

「ええ、そうよ。まったく、だからわたくしもエディも、いつだってやきもちを焼かずにはいられないの」

「ごめん……」

「あら、駄目よ、エージャ。謝ることではないのに謝るものではないわ。わたくし達がやきもちを焼いているのはあなたに対してばかりではなくて、あなたを独占できるエリオットとエルフェシアにもなんですもの。本当に、わたくしとエディの子供達は罪作りだこと」

ね？　と同意を求めて笑いかけると、エストレージャはますます顔を赤くして、エリオットとエルフェシアはきょとんと大きく瞳を瞬かせて首を傾《かし》げた。うんうん、子供達がこんなにもかわいくて今日も私は倖《しあわ》せだ。

こんなにもかわいらしい姿を見届けることができない我が夫に同情したくなってしまう。いや、一緒に来ようとしたところを「今日は外せない会合があるとご自分で言っていらしたでしょう」と押し留めてきたのは私なのだけれど。

左手の薬指の、朝焼け色の魔宝玉があしらわれた指輪の存在をそっと撫でることで確かめて、「さて」と改めて口火を切った。

「エリオット、エルフェシア。これから大通りに出るのよ？　お母様やお兄様とおててを繋《つな》いでくれるのはとても嬉しいけれど、もしも離れ離れになってしまったら、お母様もお兄様も、とってもとぉっても悲しいわ。だから、お店に着くまでは、お車に乗ってくれないかしら？」

　現在私達がいるのは、我が家であるランセント家別邸から馬車で運んでもらった、王都のとある広場だ。いくら美しく晴れ渡っているとはいえ、こんな真冬の午前中に、わざわざ人通りの少ない広場に遊びに来る者なんてほとんどいない。おかげで私達がほぼほぼ広場を独占しているような状態である。エリオットとエルフェシアが遊びたがったからしばらく遊んでいたけれど、そろそろ目的の店の開店時間だ。予約を入れておいた手前、遅れていくのは気が咎《とが》める。

　二人の前にしゃがみ込み、顔を覗《のぞ》き込んでお願いすると、エリオットはあっさりと「ん！」と頷き、自ら乳母車へと向かってくれる。聞き分けのいい次男坊に対して、我が家のお姫様は、むうっと頬を膨らませて、ぎゅむっとエストレージャにしがみつく。

「にいしゃまと一緒がいいの！」

　それ以外は認めない、とでも言いたげに、ぎゅうぎゅうとエルフェシアはエストレージャに抱き着き、顔を擦り寄せる。その幼い身体《からだ》を、エストレージャが、ひょいっと軽々抱き上げて立ち上がった。

「母さん、俺がエルを抱いていくから、このまま行こう。エル、その代わり、帰り道はエリーと交代だぞ」

「はぁい！」

元気のいいお返事である。エルフェシアが抱っこしてもらえるということに、乳母車の側《そば》で一人ショックを受けていたエリオットのことまでしっかりフォローするエストレージャは、なんて立派なお兄様なのだろう。

背伸びと一緒に手を伸ばしてエストレージャの頭をぐりぐりと撫でると、「俺、もう成人してるんだけど」と顔を赤らめて抗議してくる。けれど叩《はた》き落とされはしないから、それをいいことに更にぐりぐりと撫でくり回す。出会ったばかりの頃はパサパサに荒れ放題だったアッシュグレイの髪が、今ではこんなにも艶やかな髪になってくれたことが嬉しい。

「おかあしゃま、エリーも！」

「エルも！　なでなでして！」

「はいはい、ご随意に。わたくしとエディのかわいい子供達！」

両手でくしゃくしゃくしゃーっと双子の頭をそれぞれかき混ぜるように撫でると、「きゃー！」と歓声が上がった。続く笑い声に笑い返していると、「ぷっ」と噴き出す声が聞こえてくる。そのまま堪《こら》え切れずに大きく肩を震わせているエストレージャは、きょとんとしている私達をそれぞれ見つめてから、また笑った。

「父さんが見たら、それこそ嫉妬しそうだ」

「あら、誰に？」

「それはもちろん、全員に」

もっともらしく言い切る長男坊に、確かに、と私も笑う。今頃我が夫殿は、王宮の黒蓮宮《こくれんきゅう》でお仕事中なのだろう。私達だけで出かけることを、男は心底羨ましがっている様子だった。弟子であるウィドニコル少年や同僚の皆様に迷惑をかけていなければいいのだけれど。正直あまり期待はできない。

昔と比べて、夫は、随分と感情表現が豊かになった。子供達が生まれる前からそう思うことは増えるようになっていたものだが、最近とみにそう思う。

かつては、いつだって冷淡な口ぶりで、呼吸するように毒を吐いてくれたというのに、今では口を開けば子供達への愛を囁《ささや》き、私に対しては……うむ、気恥ずかしいので割愛させていただこう。やっと慣れてきたとはいえ、それでもやっぱり未《いま》だに恥ずかしいものは恥ずかしい。

「じゃあエージャ、悪いけれどエルをお願いね。エリー、今はお母様で我慢してちょうだい」

「エリー、おかあしゃまだいしゅきだよ！」

「エルだってだいしゅきだもん！」

「ええ、ありがとう。お母様もエリーとエルと、それからもちろんエージャのことが大好きよ」

「おとうしゃまは？」

「おとうしゃまは？」

「お父様もエリー達のことが大好きに決まっているじゃない。さぁさ、そんなお父様のために、今日は素敵なお誕生日の贈り物を探しましょうね」

つまりはそういうことである。本日のお出かけの目的は、あの男、エギエディルズ・フォン・ランセントの誕生日プレゼントを買うことなのだ。となれば当然、あの男と一緒に出かけられるはずがない。同行してあの男が気に入ったものを買うという案が出なかった訳ではないのだが、せっかくなのだからサプライズ的なものを用意したかったのである。

実を言うと、既にあの男の誕生日当日は過ぎてしまっている。先にやってきたエストレージャの誕生日祝いに気を取られて、あの男のプレゼントのための予算が、その、私のお小遣いだけではお恥ずかしながら心許《こころもと》なかったのだ。

ちなみに、エストレージャへのプレゼントは、前々から編んでいたマフラーだ。白にごくごく近いピンクベージュをベースに、青と赤の細いラインが交錯する、チェック模様のものである。チェック模様を作るのは手間がかかったけれど、その分納得できる出来のものができたと自負している。

先達《せんだつ》ての《プリマ・マテリアの祝宴》にてなくしてしまったラベンダー色のマフラーとはまったく異なる雰囲気となった新たなマフラーを、エストレージャはとても喜んでくれた。

そしてそれは、今は、エストレージャの首に巻かれている。

「エージャ、今日もそのマフラーを巻いてくれてありがとう」

「えっ？」

「ふふ、急にごめんなさいね。サプライズが成功したことが今でも嬉しくって。エディも、あなたのように喜んでくれたらいいのだけれど」

「母さんが選んだものなら、父さんは絶対に喜ぶと思うけど。だからこそ、誕生日当日はあんなに落ち込んでたんだし」

「……………そうね……」

それについてはもう申し訳ないとしか言いようがない。呆《あき》れとも疲れとも取れる苦笑を浮かべるエストレージャに、私はがくりとこうべを垂れた。

エストレージャへのサプライズを私が企てていたことを知っていたあの男は、当たり前だが、自分へのサプライズも期待していたようだった。その気がないように振る舞っていたが、妙にそわそわしていた素振りから察するに、自分の誕生日というものを楽しみにしていたようだった。毎年プレゼントを贈り続けてきた私だけれど、その中でもあの男は、今年は特に楽しみにしていたように思う。

そしてやってきた、誕生日当日。エストレージャからは、騎士団長殿に教えていただいた鍛冶屋《かじや》さんで特注したのだと言うペーパーナイフを。エリオットとエルフェシアからは、私が教えたバースディソングを録音した魔法石を。あの男はそれはそれは嬉しそうに受け取っていた。

そして、次はお前だろう？　という期待に満ちた朝焼け色の瞳が向けられた瞬間、私は「ごめんなさい！」と悲鳴を上げる羽目になった。

何事かと瞳を瞬かせる夫に、プレゼントが未だ用意できていないことを伝えた、の、だが。

——……………そうか。気にするな。

そうあの男は言ってくれたけれど、気にしないでいられる訳がない。「そうか」の前の長い沈黙が胸にぐさりと突き刺さった。

せめてもの償いに、あの男の好物であるチーズを使ったご馳走《ちそう》を用意したり、果物たっぷりの誕生日ケーキを手作りした。あとは夜も。ええと、まあその、それなりに私なりに頑張らせていただいた。

おいしくかどうかはあの男のみぞ知る話だが、まあぺろりと残さず食べられてしまった私である。

それはそれであの男は喜んでくれたのだけれど、やはりプレゼントがなかったことについては残念に思っていたに違いないだろう。

言い訳になってしまうけれど、あの男の誕生日プレゼントを、妥協したくなかったのだ。手に職を持っている訳ではなく、ただの一介の貴族……と言っていいのか甚《はなは》だしく疑問が残るが、それはさておきとにかくこの場合はただの貴族の妻でしかないこの私。普段は、男から渡される生活費の一部をお小遣いとして頂戴しており、残りは貯金に回している。お小遣いで賄《まかな》いきれないなら、その貯金を切り崩せばいいのでは、というずるい考えも浮かんだが、なんとか思い止《とど》まった。

エストレージャへのプレゼントのマフラーを編むための毛糸の代金と、その誕生日祝いのご馳走の代金。そして、エリオット達のあの男へのプレゼントの魔法石と、これまたあの男の誕生日祝のご馳走のために使った代金。

これらを差っ引くと、目標であったあの男のプレゼントへの予算が苦しくなってしまった。金銭を稼ぐために、久々に恋文の代筆業を復活させようかとも考えていたところ、実家であるアディナ家にて、母から「我が家の家事のお手伝いをしてくれたら、お給金を出してあげるわよ」という実にありがたい提案を頂いた。エリオットとエルフェシアのことを見ていてもらう上にお金まで、と思うと申し訳なさもあったけれど「こんなにかわいい孫達と遊べるのだもの。わたくしにとってはご褒美よ」と言ってくれた母には感謝してもしきれない。

おかげで無事に目標金額に達したので、ようやく本日、こうして母子揃《そろ》ってお出かけという運びになったのである。

「素敵なものが見つかるといいのだけれど」

乳母車を押しながらこぼした呟《つぶや》きには、たっぷり溜息《ためいき》が混じってしまった。

何せ相手はあの男だ。あの男が子供達からのプレゼントを大層喜んでいた上に、散々待たせている手前、下手なものは絶対に用意できない。だからこその奮発した予算である。高ければいいという訳ではなくても、相応の金子があればそれだけ選択肢が広がるのだから、やはりある程度は金子を用意しておくべきだと思う。

何を贈るかは決めているけれど、理想通りのものがあるだろうか。

ここ最近ずっと頭を悩ませてくれている疑問を内心で繰り返して今度こそ溜息を吐く。すると、隣を歩いていたエストレージャが、ふと口を開いた。

「母さんの、そういう気持ちが、父さんは一番嬉しいんじゃないかな」

穏やかな口調に、気付けば俯《うつむ》きがちになっていた顔を上げる。出会ったばかりの頃は同じくらいの背丈だったのに、気付けば見上げなければならなくなっていた位置にある黄色い瞳には、あたたかな光が宿っていた。

首を傾げてみせると、エストレージャは、エルフェシアを抱き直してから、自らの首に巻いているマフラーにそっと頬を擦り寄せる。

「このマフラーを編んでくれている間、俺のことを考えていてくれたんだろう？　そういう優しい気持ちが、俺はすごく嬉しかったんだ。前のマフラーをなくしたことは、すごく申し訳ないし悔しいけど、このマフラーもとてもあたたかくて嬉しい。だからやっぱり、父さんが欲しいのは、母さんの気持ちなんだと思う」

「そういうものかしら?」

「そういうものだって教えてくれたのは母さんだよ」

嬉しそうに笑うエストレージャに、何も言えなくなってしまう。この子のことを、いつまでも子供扱いしていられないことに気付かされる。いつの間にこんなにも頼り甲斐《がい》のある男の子に成長してくれたのだろう。双子が生まれて以来、よく笑ってくれるようになったな、とは常々思っていたけれど。

双子の効果は、笑顔をもたらしてくれるばかりではないらしい。子供とはつくづく偉大なものだ。

「エルもほしい！　にいしゃまとおそろい！」

「エリーも、エリーも！　まふらー！」

エストレージャのマフラーをぱしぱしと叩くエルフェシアと、乳母車から身を乗り出したエリオットが、それぞれ同じことを主張する。その愛らしい様子と、くすぐったそうに笑うエストレージャの表情が嬉しくて、私も笑ってしまった。

「あらあら、じゃあ帰りに寄り道しなくちゃね」

手芸用品店に寄って、毛糸をいくつか見繕おう。子供達ばかりのものではなく、お詫《わ》びも込めてあの男にもまた何か作りたい。それから自分の分も作れたらいい。エルフェシアやエリオットの言う通り、『お揃い』で。

そう考えるとなんだかわくわくしてきた。よし、楽しく毛糸選びをするためにも、まずはあの男のプレゼントを用意しよう。絶対にあっと言わせるものにしてみせる。

そう決意を新たにして、いよいよ私達は広場から大通りへと足を踏み出した。真冬の装いに身を包み、着膨れした人々が行き交う中で、私達の目的地は決まっている。昔から懇意にしている宝飾店である。私が以前、あの男におねだりしてお揃いの指輪を買った店だ。

押し寄せる人の波をかい潜《くぐ》りながら、ようやくその目的の店に辿《たど》り着く。古くから王都で商いを営む店の扉には『ご予約のお客様のみどうぞ』という旨が記された小さな看板が吊《つ》るされている。ショーウィンドウに並ぶきらびやかな宝石を横目に、私達は艶やかな飴色《あめいろ》に変色した古い扉を開けた。

カラン、とドアベルが鳴り、あたたかな空気に身体が包まれる。外の冷たい空気から解放されてほっと息を吐いていると、様々な宝石がディスプレイされているガラス張りのカウンターの向こうで、店主である顔馴染《なじ》みの老婦人が、立ち上がって一礼してくれた。

「いらっしゃいませ、ランセント夫人。そして、御子息、御令嬢の皆様」

「お久しぶりになります、マダム」

すっかり真っ白になった髪をおしゃれなショートカットにして、右目に魔法石で作られたモノクルをつけた彼女の身を包むのは、飾り気のないハイネックのドレス。一つ一つはどれもシンプルなものだけれど、だからこそ胸元の見事なカメオが映えていらっしゃる、上品なご婦人である。

宝飾品の職人である旦那様の作品を誰よりもよく理解し、だからこそ商品として取り扱うことを許されている彼女のように歳を重ねたいものだと、顔を合わせるたびに思わされるものだ。

マダムに応えて頭を下げると、慌てて隣のエストレージャもまた頭を下げ、エルフェシアとエリオットもきりっと顔を引き締めた。

「こ、こんにちは。エストレージャ・フォン・ランセントです」

「こんにちは！　エリーでしゅ！」

「こんにちは！　エルでしゅ！」

「エリオットとエルフェシアと申しますの。三人ともわたくしと夫の自慢の息子と娘ですわ。本日はわたくしの無理を受け入れてくださり、誠にありがとうございます」

緊張の面持ちで名乗るエストレージャに続いて、愛称を誇らしげに名乗り上げるエリオットとエルフェシアを紹介すると、マダムは笑みを深めて「ごきげんよう」と双子にそれぞれ頭を下げてくれた。

「ふふ、こんなにもかわいらしいお子様達に出会えるのでしたら役得でございますわ。さ、皆様、コートをお預かり致します。エリオット様とエルフェシア様にはお子様用のお椅子をご用意しておりますからそちらに。さあどうぞ」

促《うなが》されるままに双子をカウンターの前に既に用意されていた子供用の椅子に座らせ、二人を挟む形で私とエストレージャもまた椅子に腰を下ろす。

マダムが用意してくれたあたたかい紅茶に舌鼓《したつづみ》を打っていると、エリオットとエルフェシアが、目の前のカウンターを覗き込み、うっとりと目を細めた。

「きらきらだぁ」

「きらきらねぇ」

透明なガラスの向こう側で、色とりどりの様々な宝飾品や、これから加工されるのを待っているルースが輝いている。どれもこれもとても美しくて、私まで目移りしてしまう。

そんな私に気付いたらしいマダムは、眦《まなじり》を細めて頷《うなず》きながらも、誇り高き商売人としての顔になる。

一旦カウンターの上に、黒のビロードの布を敷くことで私の目から宝飾品を隠してくれた。

「まずは、何をお探しでいらっしゃるか、から始めましょう」

「そ、そう、ですね」

いけないいけない。ついつい子供達と一緒になって圧倒されていたけれど、今日の目的は最初から決めていたのだった。ただ美しいばかりではなく、できたら何かしらの意味を込めて贈りたいもの。

「その……夫に髪留めを、と、思いまして」

先達ての《プリマ・マテリアの祝宴》にて、私と夫であるあの男は、ともに精霊界へと渡ることになった。その際に巻き込まれた競売にて、かつて私があの男に贈った魔宝玉の髪留めは、対価として失われてしまった。不本意にも手放す羽目になった髪留めの代わりに、今日に至るまであの男は、一房伸ばした黒髪に、私の赤いリボンを結んでくれている。

似合っていないと言えば嘘《うそ》になるのだけれど、私やあの男の職場の面々の精神衛生上の問題として、一刻も早く新たな髪留めを贈りたいというのが本音だった。そのくせ妥協もしたくなくて今日まで先延ばしになっていた私に言えた台詞ではないけれど。

そうだとも。今年のあの男への誕生日プレゼントは、絶対に髪留めにすると決めていた。

「まあ、エギエディルズ様に？」

それはそれは、と言いたげにマダムはぱちくりと瞳を瞬かせた。幼げな仕草すら、このマダムがすると妙に色気のある、それでいて気品あふれる仕草となるのだから羨ましいことこの上ない。

マダムはモノクルの向こうの瞳をわずかに瞠《みは》った後、ふむ、と口元に白い手を寄せた。

「でしたらわたくしも気合を入れてお選び致しませんと……そうですね、髪留め、髪留め……」

ビロードの布の上に、マダムはカウンターの下からいくつか髪留めを出して並べてくれた。

「この辺りのものが、流行に流されず、かつしゃれたものとして、男性にも使いやすいものかと存じます。もちろんどれも、それぞれの意味を持つ魔宝玉をあしらった品ですわ」

いかがでしょうか？　と並べられた髪留めは、なんと三つもあった。

銀の円柱上の台座に、鮮やかな空色のターコイズが嵌《は》め込まれたものは、危険から身を守る守護の願いが込められているのだそうだ。なんでも、特に他人から贈られる物の方が、効果を発揮しやすいのだとか。手頃な価格で手に入れられることもあって、『大切な相手への贈り物』として特に人気を博しているのだという。立場上、そして性格上、他人からの恨みを買うことが少なくないのがあの男だ。『守護』という魔宝玉の効果はあの男に相応《ふさわ》しいだろう。

続いて、コーンフラワーブルーという最高級の青を戴くサファイアが輝くリング状の髪留めは、周囲に流されない強い意志を持つことを支えるとされ、成功を収めようとする者の助けになるようにという祈りが込められているらしい。努力する持ち主に報いてくれるともいうし、なるほど、これもあの男にはおあつらえ向けである気がする。世間様から見れば、既に十分すぎるほど成功を収めているように見えるあの男だが、それでも日々たゆまぬ努力を重ねていることを知っている。その努力の助けになるような効果は実に魅力的である。ただし、コーンフラワーブルーのサファイアのお値段は……うむ、なかなかになかなかなかである。

そして最後に、白金で繊細な細工が施された台座の上に、眩《まぶ》しいほどの光を放つダイヤモンドが据えられた髪留め。流石《さすが》誰もが認める宝石の王様、その輝きは一級品だ。無色透明であることから、あらゆる精霊の守護を受け入れることができるとされ、また、ダイヤモンドそのものに、永遠の絆《きずな》を象徴する意味合いが込められているのだという。『永遠の絆』なんてものをプレゼントに選ぶのは気恥ずかしいけれど、男から貰《もら》った指輪にあしらわれた朝焼け色の魔宝玉に対するお返しとしてはぴったりではなかろうか。まあその代わり、サファイアと同様そのお値段は……はい、分割払い一択だ。

「きれいねぇ」

「そうねぇ」

目の前の見事な逸品《いっぴん》に見惚《みと》れるばかりで、手を伸ばすことはしない、大変お行儀よくしてくれているエリオットとエルフェシアの頭を撫でて、私は二人に問いかけた。

「そうね。エリー、エル、お気に入りのものはある？」

数多《あまた》の宝石に負けず劣らず、美しく瞳を輝かせていたエリオットとエルフェシアは、私の問いかけに、顔を見合わせてから、きょとりと首を傾げた。

「んー、わかんない！」

「どれもきれいよ！」

つまり、『これだ！』と来たものはない訳だ。これは困ったことになりそうだと思いながら、きょろきょろと周囲を落ち着きなく見回しているエストレージャに手を伸ばし、その袖を双子越しにちょいちょいと引っ張る。ハッと息を呑《の》んで姿勢を正す十八歳の少年の様子を、マダムと一緒になって微《ほほ》笑《え》ましく見守りながら、私は彼にも問いかけた。

「エージャ、あなたはどれがいいと思う？」

一緒に選んでほしくて、貴重な彼の休みを私のために使ってもらっているのだ。ここで、遠慮なく忌憚《きたん》なき意見を聞かせてほしい。

エストレージャの綺麗《きれい》な黄色い瞳が、じっくりと、黒のビロードの上で輝く三つの髪留めを吟味している。そうしてしばしの沈黙の後に、ようやく長男坊は口を開いた。

「俺も、どれも父さんに似合いそうだと思うけど……でも、青は今までの髪留めと同じだし、金剛石は父さん、あんまり好きじゃなさそうだと思う」

予想通りと言えば予想通りだったその台詞に、ついつい苦笑してしまう。流石我が息子、考えることは同じだ。

「やっぱりそう思う？　そうなのよね」

メインとなる石や台座のデザインは違えども、ターコイズやサファイアは、以前使っていたものと同じ青であり、どうしてもあれと比べることになってしまう。となるとダイヤモンド一択なのだが、あの男の趣味嗜好《しこう》を考えるに、同じ無色透明や白の石ならば、ダイヤモンドよりもむしろ水晶や真珠の方が好ましいに違いない。

マダムが勧めてくれた品は、どれも素晴らしい逸品であることは解るのだけれど、なんだかいまいちパッとしないというか……そう、ピンと来ない。結局、エストレージャの言う通りなのだ。

「これ以外のものとなりますと、ルースから選んでいただきまして、一からオーダーメイドという手段もご紹介させていただくことも可能でございますよ。せっかくのエギエディルズ様への贈り物ですもの。わたくしどもも普段の感謝を込めまして、最高の逸品を提供させていただけるよう尽力させていただきますわ」

「まあ、ありがとうございます、マダム。わがままばかりを申し上げてごめんなさい。でも、そうですね。オーダーメイドも素敵ですよね」

そう、確かにそれも悪くない。むしろ本当に理想通りのものをと思うならば、最初からそうすべきなのだろう。だが、オーダーメイドとなると、それなりの日数が必要になってしまう。ただでさえ待たせているのだから、これ以上待たせたくない。早く喜んでほしいし、その喜んでいる顔が見たい。

このお店ならきっと、と思っていたけれど、これは別のお店にも足を伸ばすべきだろうか。でも、ここで紹介してもらった逸品以上のものが見つかるとも思えない。ううん、悩ましい。

先程のエリオットではないけれど、妥協すべきなのか。いやいや、それこそまさかだ。値段なんて二の次で、とにかく納得できる髪留めを見つけたい。心からあの男に喜んでほしいから。

さて、どうしたものか。三つ並んだ髪留めを、睨《にら》み付けるように見比べていると、エリオットとエルフェシアが「おかあしゃま、こあいお顔！」「こあーい！」と突っ込んでくれる。いけないいけない、つい眉間《みけん》にしわが。

ぐいぐいと眉間をマッサージして、エリオットとエルフェシアの頭を撫でる。幼児のさらさらの髪は、触るだけでリラックス効果があるからすごい。ああ、それにしても本当にどうしよう……と、溜息を噛み殺していると、ふと視線を感じた。

髪留めを見下ろしていた目を持ち上げれば、エストレージャのもの言いたげな目とぶつかる。

「エージャ？」

どうかしたのだろうか。どんな意見でも聞かせてほしいのだから遠慮はいらないぞ。さあどうぞ、と無言のまま先を促す。だがしかし、「あの、母さん」と、いかにもおずおずといった様子でエストレージャはもごもごと何かを言いかけては口を閉ざすのを繰り返している。

古《いにしえ》の神の一柱である〝善《よ》き冬の狼《おおかみ》〟の末裔《まつえい》にして、女神の愛し子たるクレメンティーネ姫の守護役という大任を任されている我が家の長男坊は、当初よりはマシになったものの、それでも未だにこんな風に遠慮がちなところを見せてくれるのだから、母である私は少々どころではなく歯痒《はがゆ》いところである。

ここで急《せ》かすのは悪手《あくしゅ》である。のんびりとした気構えでエストレージャの台詞の続きを待っていると、やっと彼は、意を決したようにその口を開いてくれた。

「その……母さんが、自分で創ってみたらどうかと思うんだけど、どうかな？」

「え？」

予想外の提案に、思わず目を瞬かせる。自分で作るって、まさか。

「……ええと、流石にわたくしには、こんなにも美しい髪留めはとても無理だと思うのだけれど……」

流石にこんなにも素晴らしい逸品を見た後で、私ごときの拙《つたな》い手芸テクニックで髪留めを作る自信はない。あの男のとんでもない美貌に相応しい髪留めなんてそうそう作れるものではないだろう。

私の戸惑いに敏《さと》く気付いてくれたエストレージャは、「えっと」と一呼吸置いてから続ける。

「ごめん。言葉が足らなかった。髪留めを、じゃなくて。髪留めの本体そのものはここの店で頼むのがいいと思うけど、その中心になる魔宝玉を、母さんが創ればいいんじゃないかって思ったんだ」

「――――魔宝玉？」

『作る』ではなく、『創る』ということなのか。簡単なことのように言ってくれているけれど、いまいち納得しきることもできず、ますます首を傾げてしまう。

そんな私の反応とは裏腹に、「まあ！」とマダムが両手を打ち鳴らした。

「素晴らしいですわ、エストレージャ様！　大変素敵なお考えです」

お、おお、いつも余裕たっぷりで冷静なマダムが、こんなにも興奮しているところなんて初めて見た。白いかんばせを薄紅に上気させているご様子は、いつも美しいと評すべきマダムを、なんだかとてもかわいらしく見せている。

「そうと決まりましたら……ああそうだわ、とっておきのものが！　少々お待ちくださいませ」

エストレージャの提案がよほどお気に召したらしいマダムは、いそいそと立ち上がり、言い終わるが早いか、足早に店の奥へと消えてしまった。

その後ろ姿を半ば呆然《ぼうぜん》と見送ってから、私はエストレージャへと再び視線を向けた。

「ええと、エージャ。わたくしが魔宝玉を創るって、どういう意味かしら？」

「どういう意味っていうか、そのままの意味で、だけど」

「ええ？」

なんだそれは。私が首を傾げると、その私の仕草の真似をして、エリオットとエルフェシアもこりと首を傾ける。私達三人が揃って首を傾げている光景に、何やらグッときているらしいエストレージャは、「ちょっと待ってほしい。整理するから」と片手を挙げて『待った』をかけてきた。

そもそも魔法石や魔宝玉は、魔法使いの魔力や、神官の神気、そして精霊の皆々様の加護を宝石や貴石に封じ込めて作られるものだ。また、高位の魔法使いや神官であれば、媒体となる石そのものを一から創造することも可能であるという。

現に、私の左手の薬指で光る指輪の魔宝玉や、男の杖《つえ》の魔宝玉は、男自身が魔法によって生み出したものである。蒼穹《そうきゅう》砂漠における姫様のお見合い事件にて目にした、姫様の魔宝玉もそうして創られたものだろう。

だからこそ、魔法石や魔宝玉が『創られる』ということ自体は、そう珍しいことではない。けれど、魔法使いでも神官でもない私が『創る』とはこれいかに。

そんなことが可能なのかとますます首を捻《ひね》っていると、店の奥からマダムが、両手でビロード張りのボードをいかにも大切そうに持ち、楚々《そそ》とした足取りながらも足早に戻ってきた。

「お待たせ致しました。どうぞご覧くださいませ」

既に並べてあった三つの髪留めをどかして、その代わりに持ってきたばかりのボードをマダムは目の前に置いてくれる。そして私達は、一様に目を見開くことになった。

「綺麗……」

思わず呟くと、エストレージャも無言で深く頷いてくれた。幼いエリオットとエルフェシアが、言葉もなく目の前に置かれたそれに見入っていることからも、その美しさが相当のものであることがお解りいただけるといったところだろう。

マダムが持ってきてくれたのは、やはり髪留めだった。けれど、ただの髪留めではない。『とても美しい』という枕詞《まくらことば》が付く、見事な髪留めだ。

中心に据えられているのは、虹色の光を孕《はら》む透明な宝石だ。しかもただの宝石ではない。なんと、その石には、大輪の花――おそらくは月下美人と思われる花が、楚々と、それでいて堂々と咲き誇るさまが、実に繊細な細工で彫り込まれているのである。艶を消した黄金で縁取られたその石は、ただただ言葉もなく見入ることしかできないほどに美しかった。そしてその石の魅力をより一層引き立てる、青とも紫とも付かない、微妙な色合いの蝶《ちょう》の翅《はね》飾り。螺鈿《らでん》細工のそれが、ゆらゆらと光を遊ばせている。

髪留めと言うよりは髪飾りと呼ぶべきかもしれない。あの男が着けるとしたら、一房伸ばした黒髪が垂れる右耳の上に飾るイメージだろうか。

「これは……ええと、水晶でしょうか？」

かろうじて絞り出した問いかけに、私達の様子を誇らしげに見ていたマダムは、ふふと笑ってかぶりを振った。

「いいえ。月長石《げっちょうせき》にございます」

「月長石？　これが？」

月長石、すなわちムーンストーン。私の知るムーンストーンは、シラーと呼ばれるきらめきを孕む、主に白色を主体とした半透明の、優しい輝きの貴石であると記憶している。

だがしかし、マダムが見せてくれた髪留めにあしらわれている大粒の石は、半透明なんてとても言えない、どこまでも透明なものだ。虹色のシラーが美しいそれは、清水に浮かぶ月を捕まえたかのような風情を思わせる。

そういう見方をすれば確かにこれは、水晶ではなく、月長石なのだろう。だがしかし、こんな月長石が本当に存在するのかと疑問に思えるくらいに、初めてお目にかかる代物《しろもの》だった。

「ランセント夫人の仰《おっしゃ》る水晶の方が丈夫で扱いやすくはあるのですが、今回はあえてこちらをお勧めさせていただきます。月長石は元々半透明のものがほとんどです。ですがこちらは、稀《まれ》に見つかる透明度が極めて高いものの中でも、更に希少な、宝石質のものになります。これ以上の逸品は、世に出回ることはまずないかと思われますわ」

誇らしげな口調でマダムは続け、私達によく見えるように、髪留めを持ち上げて、様々な角度を示してくれる。

「本来であればカボションカットされるところを、主人がどうしても、と申しまして、このように月下美人を彫り込み、カメオとして仕上げさせていただいております。こちらの翅飾りは、その月下美人に誘われた蝶、といったところでしょうか」

なんて贅沢《ぜいたく》な、と思ってしまった私の感想は、たぶん半分正しくて、もう半分は間違っているのだろう。素材そのものの美を守ることは確かに大切だ。けれどその美をより活かすために手を加えることもまた職人の腕の見せどころである。今回の場合は後者であり、それこそが正解である気がした。

私達が完全に新たに登場した髪留めに気を取られているのを誇らしげに見つめていたマダムは、再びやり手の商売人の顔になり、ずいっとその髪留めを乗せたボードをこちらへと押し出してくる。

「まだこちらの月長石には、魔宝玉としての意味が込められておりません。虹色の輝きを孕む透明なこの月長石の可能性は無限大です。あらゆる魔力、神気、そして精霊の皆様の加護を込めるにあたって、最適かと存じます」

いかがですか？　と問いかけられたものの、私が答えるよりも先に、エリオットとエルフェシアが身を乗り出して声を張り上げた。

「これ！　これがいい！」

「おかあしゃま、エルもこれがいいのよ！」

「おとうしゃまの、これにしよ！」

「おとうしゃま、よろこぶのよ！」

よっぽどムーンストーンの髪留めが気に入ったのか、エリオットとエルフェシアが大層興奮した様子で身振り手振りとともに訴えかけてくる。その気持ちはとてもよく解る。私も、一目で「これだ」と思った。

けれど、先程からのエストレージャの言葉の意味が気にかかる。髪留めをじっと見つめている彼もまたこの髪留めに乗り気なようだけれど、購入する前にきちんと聞いておかなくては。

「ええ、とても素敵な髪留めだと思うわ。これをぜひお願いしたいのだけれど……ねえ、エージャ。

さっきも聞いたけれど、わたくしが『創る』とはどういう意味なのかしら？」

魔法使いでも神官でもない私が、一体どうやって魔宝玉を？

そう言外に含めて問いかけると、エストレージャは凛々しく表情を引き締めて、「つまり」と視線をカウンターの上へと向ける。その先にあるのはもちろん、月長石の髪留めだ。

「魔宝玉を『創る』っていうよりは、魔宝玉に『する』って言う方が正しいかもしれない。精霊の加護は、滅多なことがない限り、基本的に誰しもに与えられるものなんだ。母さんが精霊に力を借りて、その加護を月長石に込めて魔宝玉にすれば、この髪留めは立派な守護の力を持つお守り……いいや、きっと最高の魔法具にだってなれる」

なるほど、そういう仕様なのか。我が国、ヴァルゲントゥム聖王国では、他国よりもずっと、魔法石や魔宝玉の存在というものが一般的だ。国によっては、生涯お目にかかることすらない国もあるというのだから相当特殊な位置にあると言っても過言ではないだろう。それは、我が国が精霊王の妻である女神の守護のもとに、精霊の存在が他国よりも身近にあるからだと言うけれど……でも。

「……わたくしにできるかしら。その、あなたも知っての通り、わたくしは……」

幼かったあの日、あの男とともに焔《ほのお》の高位精霊を召喚し、この背中に負った大火傷《おおやけど》。あの焔の高位精霊には、本人から赦しを得たばかりか、精霊界においてはまさかのご助力まで頂いてしまったけれど——それでも、私が精霊の皆様に関われるのかどうかについては、未だに自信を持てずにいる。

「確かに、前の母さんだったら無理だったと思う」

「だったら」

けれどそんな私の不安を肯定した上で、穏やかにエストレージャは微笑んでくれた。

「大丈夫だと俺は信じてる。今の母さんには、できるんだ。母さんの周りに集まってくる精霊は、誰も彼もいつもとても優しいから。きっと母さんのことを応援してくれるはずだ。とは言え、実際に術式を行うには手順があるから、もちろん、俺も手伝うけど」

王宮にて、王宮筆頭魔法使いであるあの男を筆頭にした黒蓮宮の魔法使いの皆様にしごかれているのだというエストレージャは、もう魔宝玉を創ることができるくらいに成長していたらしい。身体も、心も、知識も、何もかも成長していく長男坊の姿が、なんだかとても眩しく、そして頼もしく見えた。

エリオットが「にいしゃま、しゅごいね！」とぱちぱちと拍手をし、エルフェシアが「エルもてつだうの！」と決意を固めている。ああもう、子供達がかわいすぎる上に立派すぎて、目頭が熱くなりそうだ。歳を取ると涙もろくなっていけない。

そんな私達のやりとりを微笑ましげに見守っていてくれたマダムは、「お決まりでございますね」と上品に笑みを深めた。

「月長石は、名前の通り、月の力が宿る石と申します。恋人達の石、愛を囁く石、とも。ランセント夫人とエギエディルズ様、そしてご家族様のご関係が、円満なものでありますよう、わたくしもこの月長石に願いを込めさせていただきますね」

「何から何まで、本当にありがとうございます、マダム」

「ありがとございましゅ！」

「でも」

「ありがとございましゅ！」

「俺からもお礼を言わせてください」

口々にお礼を言う私達に、マダムはころころと笑い、そしてその瞳をエストレージャへと向けた。

穏やかな視線に息を呑むエストレージャに、マダムは優しく、それでいて年長者としての威厳ある口ぶりで続けた。

「エストレージャ様であれば、わたくしどもよりも魔法石や魔宝玉について造詣《ぞうけい》が深くいらっしゃることかと存じます。どうかランセント夫人に……フィリミナ様に、素敵な導きを」

「――――はい」

「エリーも！」

「エルも！」

「ふふ、がんばってくださいませ。女の意地の見せどころですよ」

モノクル越しに、茶目っ気たっぷりのウインクをプレゼントしてくれたマダムに、ついつい顔が赤らんでしまう。

そういう訳で、ようやく夫である男へのプレゼントが決まったのであった。

＊　＊　＊

言うまでもなく予算オーバーしてしまったプレゼントだったが、昔からの付き合いということで分割払いを許してもらうことになった。

本当にとんでもない値段だった。『前』の世界では『清水買い』なんて言葉があったが、清水の舞台どころか、高層ビルの屋上から飛び降りたような心地である。こんな高価な買い物なんて初めてだ。それでも、納得のいく買い物ができたという充実感と多幸感の方が大きくて、うきうきと心も身体も軽くなるような気分が心地よい。

そして辿り着いた、我が家であるランセント家別邸。リビングに集まった私達は、神妙な表情で、ローテーブルの上に置かれた髪留めを見下ろしていた。

「ええと……それじゃあまず準備から」

「え、ええ。よろしくお願いします、先生」

「おねがいしましゅ、しぇんしぇ」

「しぇんしぇー！」

羊皮紙と羽ペンを持って、いざ、と本人曰《いわ》くの『準備』に臨もうとするエストレージャのことを、緊張しすぎてつい『先生』と呼んでしまった。そんな私にツッコミを入れるどころか、むしろ瞳をきらきらと輝かせて双子は兄のことを「先生」と舌足らずに続けて呼ぶ。エストレージャは顔を赤くして、「そんな大したことは教えられないんだけど……」などともごもごと口の中で呟いてから、気を取り直すようにコホンと一つ咳払《せきばら》いをした。

「今回は、さっき店でも言った通り、精霊の加護を込めた魔宝玉を創ろうと思う。母さんには、父さんみたいな魔力や、俺みたいな神気はないけれど、精霊との縁は確実に結ばれているから、そこから加護を手繰《たぐ》り寄せるイメージかな」

ローテーブルの上に敷いた羊皮紙に、エストレージャはさらさらと慣れた手つきでペン先を滑らせる。そうして書き上がったのは、簡易的な魔法陣だった。

魔力、神気、そして四大精霊を意味する六芒星《ろくぼうせい》の中心に、買ってきたばかりの髪留めを置いて、「ここからだ」と、六芒星を円形に取り囲む魔法言語の中で、空白になっている部分を指し示した。

「ここに母さんの名前を入れて、最も縁ある精霊の力を借りることになる。俺の神気を呼び水にしているから心配しなくてもまず失敗はないはず……どうかした？」

決して難しいことを説明されている訳でもないというのに、私が何やら考え込んでいる様子であることを訝《いぶか》しんだのだろう。エストレージャが不思議そうにこちらを見つめてくる。

兄に倣《なら》ってエリオットとエルフェシアも私のことを見上げてくる中で、「あのね」と私は一つの提案をすることにした。

「ねえ、エージャ。もしよかったら、あなたもこの月長石に祈りを込めてくれないかしら」

「え？」

エストレージャの綺麗な黄色い瞳がぱちぱちと瞬く。驚いているというよりも戸惑っているという方が相応しい表情だ。十八になり、その凛々しさに磨きがかかってきたかんばせが見せる幼げな表情を微笑ましく思いつつ、私は意を決して言葉を続けた。

「わたくしばかりじゃ心許ないというのもあるのだけれど。でもそればかりじゃなくて、エディに、あなたからの気持ちも贈りたいの。もちろん、エリーとエルからの分も」

もう既にあの男にプレゼントを渡しているエストレージャにこんなことを言うのはなんだか違うのかもしれない。けれど、あの男に『お守り』を贈るのならば、私ばかりではなく、子供達からの想いも込めてほしいと思わずにはいられなかった。あの男にとって私の存在は特別なものなのだろうけれど、それと同じくらいに、子供達だって特別なのだから、いつだって身に着けてくれる髪留めは、そういう意味のあるものにしたい。子供達がいてこそのこのプレゼントだと思うから。

私のそういうわがままは、口にせずとも伝わってくれたらしい。エストレージャは綺麗に、照れ臭そうに笑った。長男坊のこういう笑顔は、父親であるあの男にとてもよく似ていると思う。

エストレージャは魔法陣の中で空白になっている部分に、小さく自らの名前と、エリオット、エルフェシアの名前を書き足してくれる。続いて私も、残ったわずかな空白に自分の名前を書き込んだ。

「じゃあ、まずは俺から」

魔法陣の上に、エストレージャが右手をかざす。魔法陣が発光し始めるのに続いて、エストレージャの手から優しい白銀の光があふれ出る。その白銀の光は六芒星の角の一角に吸い込まれ、そのままそこで白銀の光の球体となって宙に浮かぶ。

ここからどうなるのだろう、と見入っていると、兄の様子をじっと見つめていたエルフェシアが、はい！　と元気よく手を挙げた。

「エルも！　エルもやりたい！」

「じゃあエル、このお星様に向かって、『お父様をお守りください』ってお祈りしてくれるか？」

「はぁい！」

見よう見まねで、エルフェシアは、右手を白銀の光が一角に浮かぶ魔法陣にかざした。まあ何も起こらないだろうけれど、こういうのは気持ちの問題だ。子供達全員と協力しあって作ったのだと知ったら、きっとあの男はとても喜んでくれるに違いない。

考えるだけで私の方が嬉しくなってしまう――――って、言っている間に、なんとエルフェシアの右手から、金色の光の粒子がこぼれ始める。その粒子に引き寄せられるようにして、吐息のような炎が、優しい水の流れが、穏やかなそよ風が、そして鉱石のきらめきがどこからともなく現れ、金色の光と融合し、七色に輝く光となる。

目を見開く私とエストレージャを置き去りに、その光はエストレージャが込めた白銀の神気が浮かぶ一角の、ちょうど反対側の一角に集まり、まるで星のようにきらきらと瞬き始めた。

唖然《あぜん》と固まる私を余所《よそ》に、エルフェシアは誇らしげに胸を張っている。その頭を撫でながら、エストレージャが感嘆のにじむ笑みを浮かべた。

「すごいな、エル。もう自分の魔力の扱いを覚え始めてる。精霊がどうしてもエルに力を貸したかったみたいだ」

「あら、まあ」

あの父親にしてこの娘あり。蜂蜜色の髪に一房混じる漆黒の髪は、確かに意味のあるものらしい。

「にいしゃま、エリーは？　エリーもやりたい」

「エリーも？　そうか、そうだよな……」

兄と妹の活躍を目《ま》の当たりにしたエリオットが、当然の主張を口にした。その頭を撫でつつ、エストレージャは少しばかり考え込んでいるようだった。

エストレージャのように神気を持ち合わせている訳でもなく、エルフェシアのように飛び抜けた魔力を持っている訳でもないエリオットの場合は、おそらく私と同じく精霊の加護をお願いすることになるのだろう。けれどこんな幼い子に、そんな真似ができるのだろうか。

エリオットだけ仲間外れなんてそんなのは絶対に嫌だし……と、考えていると、なかなか動かない大人達に焦《じ》れたエリオットが、両手をバッと魔法陣に突き出した。

「ん～～～、えいっ！」

「えっ？」

「あら？」

その瞬間だった。六芒星の残りの四角に、それぞれ、炎のトカゲ、水の貴婦人、風をまとうほっそりとした少女、体格のいい土に汚れた老人がそれぞれポンッと軽い音を立てて現れる。四体とも手のひらサイズだ。おそらくは下位の精霊だろう。

彼らは顔を見合わせて、それからじっと自分達のことを見下ろしているエリオットを見上げると、いかにも仕方がないと言いたげにそれぞれ、かぶりを振ったり、苦笑を浮かべたり、溜息を吐いたり、フンと顔を背けたりしてから、自らが佇《たたず》むその場に自身の力の欠片《かけら》を残してかき消えた。

これがエリオットにまつわる精霊との縁というものなのだろうか。説明を求めてエストレージャを見つめると、エストレージャもまた呆然とした様子ながらもかろうじて説明してくれた。

「ええと……エリオットはエルフェシアみたいに大きな魔力を持ってはいないから、精霊に魔力を提供している訳じゃない。だからこそ精霊に特別好かれている訳でもないけど、周りが、その、父さんとか俺とかエルフェシアだから。なんて言うか……そういう周囲の縁の糸が取り巻いて、精霊にはエリオットも守護の対象になるってことかな。全部父さんの受け売りだけど」

それにしてもまさかこれほどとはと、エストレージャは困惑と驚嘆の入り混じる表情で、そのまま絶句している。なるほど、ようはエリオットは、周囲が受ける恩恵のおこぼれをこれでもかと一身に集めているということか。それは喜ぶべきことなのだろうか。いまいち判断がつきかねる案件である。

エリオット本人は何が起きたのかよく解っていないようで、きょとんと首を傾げているのがまたなんとも言えない。黒持ちであり、父親譲りのとんでもない美貌を誇るエルフェシアの将来について、これまで何度も心配になったものだが、こうなるとエリオットの将来もまた心配になってくる。なんかどこかで変なモノを拾ってきそう。

いや、子供達の将来を憂うよりも、とりあえず今は私だ。今度は私の番なのだ。どうしよう、なんだか緊張してきてしまった。

「母さん、大丈夫だから。まずは集中して、父さんを守護してくれるよう、この六芒星に向けて祈るんだ。そうすれば、母さんに縁ある精霊は、絶対に応えてくれるから」

「え、ええ」

「おかあしゃま、がんばえー！」

「がんばえ！」

「そうね、三人とも立派に成し遂げたんですもの。わたくしも頑張らなくちゃね」

三人分の期待を背負って、いざ魔法陣と向かい合う。私もまた見よう見まねで左手を、六色の光が浮かぶ六芒星の上へとかざす。

――どうか、わたくしのかわいいあの人をお守りください。

――エギエディルズ・フォン・ランセントの行く末が、光あふれるものでありますように。

心からの願いを込めて、『誰か』に祈る。あの男は私ばかりが無茶をすると言ってくれるけれど、私に言わせればあの男だって十分無茶ばかりしているように思う。その無茶をさせているのは誰だ、なんて、眉をひそめて反論されるのだろうし、私はその反論に対して更に反論を重ねることはできないのだけれど。

それでも、どうか、どうかと祈りを捧《ささ》げずにはいられない。あの男とともに、子供達とともに、家族皆で歩んでいく未来に、どうか優しい加護がありますように。

そうして、どれだけの間そうしていたか。うんともすんとも反応しない魔法陣に、だんだん不安になり始めた頃、その変化は起こった。

「きゃっ!?」

「母さん!?」

左手の薬指の指輪が――正確には、その中心に据えられた朝焼け色の魔宝玉が輝き出す。思わず手を引こうとした瞬間、朝焼け色の魔宝玉から光が迸《ほとばし》り、宙に大きく複雑な魔法陣を描き出す。緋色《ひいろ》に輝くその魔法陣を見上げたエストレージャが、大きく目を見開いた。

「まさか……っ」

呆然としながらもしっかりエリオットとエルフェシアを確保してくれている長男坊の声は、驚きをあらわにしたものだった。とりあえず双子の安全が確保されていることに安堵しつつ、私もまた呆然と宙に描かれた魔法陣を見つめる。

そして、その魔法陣から、ゆらりと一頭の大きな獅子《しし》が現れたのは、瞬きの後のことだった。

「――――ヴァル様？」

燃え盛るたてがみを持つ獅子。『個』としての名を魔導書に記されることを許された、焔の高位精霊。人間が発音するならば、本人曰く『ヴァルツオールイイ』であり、気軽に「ヴァルでいい」と言ってくれたお方。きっと私にとっては、誰よりも縁深い精霊だ。

言葉もなくその姿を見つめる私達を見下ろして、焔の獅子はぐるりと宙を旋回する。きゃあきゃあとエリオットとエルフェシアが歓声を上げながら拍手する。子供達の反応に満足げに頷いて、焔の獅子は髪留めが置かれた羊皮紙の向こう側に降り立った。

「久しぶり、というほどでもないが。息災そうで何よりだ」

腹の底から響くようなバリトンボイスが耳朶《じだ》を打つ。反射的に私とエストレージャが礼を取り、それを真似てエリオットとエルフェシアがぺこりと頭を下げる前で、焔の御仁の姿が、獅子のそれから人間の青年の姿へと変じる。相変わらず見事な男ぶりを見せてくださった御仁は、何故だかむっすりと不満そうな表情を浮かべていらっしゃった。

「あの、ヴァル様？」

「何故俺を呼ばない？」

「は、はい？」

「お前の夫となる男への守護など、俺こそが正《まさ》に適役だろう？　冬の御仁の御子の気配と、お前達の子らの元に集《つど》った小さきものどもの動きがなかったら気付かなかったぞ。まったく、お前といい、その旦那といい、つくづく無礼極まりないな」

「も、申し訳ありません……」

んん？　何故私は謝っているのだろう。確かに私に、そしてあの男に最も縁が繋がっているのはこの目の前の御仁だろうけれど、それにしても魔法使いでもなんでもない私の呼び声に、この方が応えてくださるなんて誰も思わないではないか。

ほら、エストレージャが、想定外の大物のご登場に完全に圧倒され言葉を失っている。エリオットとエルフェシアは、焔の御仁の立派なお姿に「おっきいねぇ」「まっかだねぇ」とはしゃいでいるけれど。子供ってすごい……なんて言っている場合ではない。

「まあいい。さて、俺はなすべきことをなそう。お前達の召喚に応えたその意味を果たさねばな」

言い終えるが早いか、焔の御仁は片手を挙げた。そこに鮮やかな赤の炎が宿る。まるで空を焼く暁《あかつき》のような炎だ。

「照らせ。導け。そして守れ。いかなる闇の中であろうとも、我が炎が潰《つい》えることはない」

堂々とした声だった。決して大きな声でもないというのに、その焔の御仁の言葉には、はかり知れない力が宿っているようだった。

そのまま焔の御仁の手の中にあった炎は、羊皮紙に描かれた六芒星の中心の、髪留めの上へと移動する。そこからはあっという間だった。

炎の輝きが一際大きくなったかと思うと、六芒星の角に浮かんでいた六色の光がそれぞれ、導かれるようにして、髪留めの月長石の中へと吸い込まれていく。一つ光が吸い込まれるたびに、無色透明だった月長石に色が宿る。様々な色が遊ぶようになった月長石に、最後に暁の炎が吸い込まれる。

月長石に彫り込まれた月下美人が、様々な色を孕んで、炎の揺らめきに揺れるように、色とりどりに変化しながら咲き誇る。

ほう、と、思わず息を漏らしたのは誰だったのだろう。一歳児すら言葉を忘れて見入る中で、焔の御仁はにやりと笑みを刷《は》き、そして「では、嫉妬小僧が現れる前に。また会おう、稀なる子らよ」と、あっという間に目の前からかき消えてしまった。残されたのは、呆然と立ち竦む私達母子である。

「きれえだったねぇ」

「ライオンさん、またあえる？　またあいたい！」

「ほ、ほら、エリー、エル、落ち着くんだ。それから、母さん。その……大丈夫か？」

いち早く正気を取り戻したエストレージャが、興奮の冷めやらない双子を宥《なだ》めつつ、そっと問いかけてくれる。なんとか頷きを返して、私は新たな輝きを宿した髪留めに手を伸ばした。

大した重みがある訳でもない、繊細な作りの髪留めだ。月下美人が彫り込まれた月長石のカメオには、不思議な輝き――いいや、明かりとでも呼ぶべき光が宿っている。ゆらゆらと炎が揺れるように色を変える月長石は、これからの人生における灯火《ともしび》とでもいうべきものか。月下美人に翅を休めるようにして取り付けられている蝶の翅飾りもまた、月長石が放つ不思議な明かりを受けて、数えきれないほどの色を映している。

「——ふふ。とっても素敵な贈り物ができたわね」

見れば見るほど、これこそがあの男へのプレゼントに相応しいと、そう思えた。同意するようにエストレージャが小さく笑って頷いてくれて、エリオットとエルフェシアがにこにこと「おとうしゃま、よろこぶかな」「おかあしゃま、おとうしゃま呼んで！」と早くも父親であるあの男の帰りを待ち焦《こ》がれ始めている。

うんうん、そうだとも、素敵なプレゼントが見つかったら、早く渡したくなるものだ。とはいえ、あの男は今はお忙しいお仕事の真っ最中であるはずだ。この髪留めをプレゼントするのは、帰ってきてからのお楽しみに……。

「——何があった？」

そう、お楽しみにするはずだったのだけれど、突然目の前の空間が歪んだかと思った次の瞬間、聞こえてきたのは地を這《は》うような低い声。

聞き心地はいいものの、何故だか寒気ももたらしてくれるその声とともに目の前に現れた夫の姿に、私は度肝を抜かれる羽目になったのである。

「きゃっ‼　エ、エディ⁉」

「父さん⁉」

びっくりした。本当にびっくりした。思わず竦み上がり、同じくとんでもなく度肝を抜かれたらしいエストレージャと身を寄せ合ってしまった。そんな私達を見て、ここぞとばかりに足元にくっついてくるエリオットとエルフェシアばかりが「おとうしゃまだぁ！」「おかえりなしゃい！」と歓声を上げている。

何事かと長男坊と揃って男の顔を見上げると、その夜の妖精も恥じ入るような美貌に何やら怒りをにじませて、じろりと男はこちらを睨み付けてきた。

「屋敷の結界が揺れたかと思ったら、高位精霊の召喚の気配を感じた。フィリミナ、エストレージャ。お前達、何をした？」

低い問いかけに、男がいわゆるマジ切れ状態であることを知る。かわいそうに、エストレージャは完全に凍り付いてしまっている。男の怒りに慣れていない長男坊の背を宥めるように撫でると、なんとかほっと息が吐けた様子だった。それでも未だ緊張を解き切ることができずにいるエストレージャを背に庇《かば》い、エリオットとエルフェシアが、むんっと男の前に立ち塞がった。

「おとうしゃま、だめっ！」

「いじめちゃ、めっ！　なのよ！」

なんて素晴らしき兄妹愛。尊すぎて涙が出そう。

エリオットとエルフェシアに二人がかりで怒られた男は、怒りを持続させればいいのか、それとも子供達のかわいさに陥落すればいいのか、どちらを選ぶこともできずに、なんとも複雑そうな表情になっている。

双子に睨み付けられて反論できずにいる男が、流石にかわいそうになって、私はエリオットとエルフェシアを引き寄せて、ゆっくりと言い聞かせる。

「大丈夫よ、エリー、エル。お父様は怒っている訳でも、もちろんいじめている訳でもないの。ただ、わたくし達のことを、とぉっても心配してくださったのよ」

そう、今の男の状態は、正確には、怒っている、というものではないのだ。この男の心を占めているのは、心配というただその一念。心配しすぎて、一周回ってその心配が怒りという形で発散されているに違いない。

きょとんと不思議そうに大きく瞬く二対の朝焼け色の瞳に笑いかけ、ようやく落ち着いてきたエストレージャの頭を撫でてから、改めて男に向き直る。

「驚かせてしまって申し訳ありません。少し、その、不測の事態が起こりまして……」

「……いや、無事なら、いい」

いやその顔、ちっともいいと思っていないだろう。思い切りその白皙《はくせき》の美貌に『不満です』と書いてあるぞ。これは説明をきちんとしない限り納得しないに違いない。となると、必然的に髪留めのことを話さなくてはならなくなる訳で……ううむ、仕方がない。

「あの、エディ」

「なんだ」

「あなたが一刻も早くお仕事に戻られなくてはならないことは承知の上ですけれど、少しだけ、わたくしにお時間をくださいませんか？」

ぱちり、と、長く濃い睫毛《まつげ》に縁取られた朝焼け色の瞳が瞬く。無言で先を促され、私は、こっそり後ろ手に持っていた髪留めを差し出した。

「遅くなってしまいましたが。わたくしから、あなたへの、お誕生日の贈り物です」

あらゆる加護を込めた、月下美人が彫り込まれた月長石のカメオに、蝶の翅が飾られた、美しい髪留めだ。

男の瞳が大きく見開かれ、そのまま何度も私と髪留めの間を行き来する。

「魔宝玉を創ったのか？」

「はい。エージャに教えていただきまして、皆で一緒に。いついかなるときもあなたに加護があるようにと」

エストレージャの神気、エルフェシアの魔力、エリオットの精霊の加護、そして私と焔の御仁の縁。こんなにも守護の力が込められた魔宝玉なんてそうそうないだろう。

「エル、がんばったのよ！」

「エリーも！　にいしゃまも！」

誇らしいのは私ばかりではなく、子供達も同様だ。エルフェシアとエリオットがここぞとばかりに自慢げに胸を張り、エストレージャが照れ臭そうに笑う。

そんな私達の、一人一人の顔を確かめるように見つめてから、男は私の手の中の髪留めへと再び視線を戻した。

「――――そうか」

吐息のように小さな声だった。けれど、万感の喜びが、確かににじむ声だった。なんの飾り気もないどころか、ただの返事としか言えないような言葉だったけれど、それでも確かにこの男が喜んでいてくれることが窺い知れる。なんだか私まで嬉しくなってしまうではないか。

髪留めを両手のひらに乗せて、改めて男へと差し出す。

「それではエディ、受け取っていただけますか？」

「ああ。もちろんだ。……と、言いたいところだが」

一旦ぷつりと途切れた台詞に首を傾げる。なんだろう、エストレージャの指導のもとになされた術式に間違いはないと思うし、焔の御仁だってこの男を相手にして下手な真似などなさらないだろう。何か気に入らないところがあったのか。

私としてはこの男によく似合いそうなデザインだと思うし、何より、子供達の想いもたっぷり詰まった最高のプレゼントのつもりだ。とはいえそれはあくまで私の主観である訳で、何かしら文句を付けたいところがあるのかもしれない。

一体何を言われるのかと身構えていると、男は大真面目な顔をして続けた。

「お前がつけてくれなくては意味がないな」

――こ、こ、この、この甘えたさんめが！

子供達の前で恥ずかしげもなくこういうことが言えるところを、見習えばいいのか、それとも諫《いさ》めればいいのか、未だに私は答えが出せずにいる。

視界の端で、エストレージャが笑いを堪えようとして失敗して、肩を震わせている。エリオットは「なかよしね！」と満面の笑顔であり、エルフェシアは「おとうしゃま、しょーがないのね！」とすまし顔だ。おいこら、子供達にこんな反応をされて、この上まだ私に髪留めをつけてくれと言うつもりなのか。本気なのか。

そんな気持ちを込めて、半ば半目になって男を見上げるけれど、男は涼しいお顔である。こうなったらもう、早々に負けを認めるしかない。

「……では、失礼しますね」

ここ最近ずっと男の髪を飾っていた赤いリボンをほどく。このリボンも、やっとお役御免だ。ご苦労様、と、そっと一撫でして今日までの大活躍をねぎらってから、そのリボンの代わりにカメオの裏側に取り付けられた留め具で、一房だけ伸ばされた黒髪をまとめて留める。

今までの髪留めやリボンは、伸ばされた一房の下の方で髪をまとめていたけれど、新しい髪留めは、耳よりも少し上のこめかみのあたりで居場所を見つけることになった。

「どうだ？」

答えなんて解り切っているくせにわざわざ問いかけてくる男に、にっこりと笑顔で答える。

「とてもよくお似合いですわ、わたくしのかわいいあなた」

似合うに違いないと思って選んだ髪留めだったけれど、本当に驚くほどよく似合っている。最初からこの男のために作られたのだと言っても過言ではないのではないかとすら思えるくらいだ。

「おとうしゃまきれーい」

「エルもほしい！　おとうしゃまばっかりずるいの！」

「ありがとう、エリー。エル、お前にはまたお前にぴったりのものを選びに行くこととしよう。その時は、お前達だけではなく、俺も一緒にな」

「ほんと？」

「ああ」

「やくそくよ！」

「ずるい！　エリーも！」

「ああ、もちろんエリーもだ」

忙しい父からの約束に、エルフェシアもエリオットも嬉しそうにくふくふと含み笑いをする。これは近い内に、家族全員で出かける機会を設けなくては。うんうん、私も楽しみだ。

「父さん、喜んでくれてよかったな」

「ええ、本当に。あなたのおかげよ、エージャ」

そうだとも。本日の功労賞は他ならぬこの長男坊だ。いつものノリで頭を撫でると、顔を赤らめながらもエストレージャは大人しく受け入れてくれる。

これが許されるのはいつまでかな、と思うとほんの少し寂しくもあるけれど、いつか来るその日までは存分にスキンシップさせていただく所存である。

「ああ、そうだ。エリー、エル。そろそろ昼寝の時間だろう？」

「ん？　んー……ちょびっとねむいよ」

「にいしゃまも一緒がいい！」

「あらあら、もうそんな時間なのね。じゃあお父様をお見送りしてから、皆でお昼寝を……」

「いいから、母さん。俺が二人を寝かしつけておくから、少し父さんと二人で話したらいいと思う」

じゃあそういうことで、と、エリオットとエルフェシアの二人を一度に軽々と両腕で抱き上げて、エストレージャはリビングルームから出て行ってしまった。

止める間もないスマートな流れに「あら？」と首を傾げていると、目の前の男がくつくつと喉を鳴らして笑う。

「エディ？」

「いや。気を利《き》かせてもらったなと思っただけだ」

「……やっぱりそう思います？」

「それ以外ありえないだろう」

本当によくできた長男坊である。今夜はあの子の好きなものを作ってあげようと心に決めて、ちらりと男を見上げる。

赤いリボンは赤いリボンで似合っていたが、今の髪留めはそれ以上だ。お高い買い物ではあったけれど、妥協しなくてよかった。

ふふ、と満足感たっぷりの笑みをこぼすと、すっと手に持っていた赤いリボンが男に奪われる。どうかしたのかと首を傾げると、男はじっとそのリボンを見つめてから、ぽつりと呟いた。

「これはこれで、気に入っていたんだがな」

おやおや、それはまた珍しい。装飾品なんて魔法の媒介としての価値を最優先にする男なのに、ただのリボンをお気に召していたなんて。

「わたくしとの愛の絆ですものね」

運命の赤い糸と言っても通じないだろうから、冗談混じりにそう言ってみた。真面目ぶってなんて言える訳がない台詞だ。

男の視線がリボンからこちらへと向けられる。その朝焼け色の瞳が、とろりと甘くとろけた。

「そうだな」

「え。んむっ⁉」

赤いリボンに口付けて、それからそれを私の唇に押し付けた男は、にやりと笑って、リボンを自分の懐《ふところ》に収めてから、身を屈《かが》めて私の耳元で囁《ささや》いた。

「今夜、覚悟していろよ」

ぞっとするほどの色を孕んだその言葉に、一気に顔が赤くなるのを感じる。けれど私が返事をする前に、男の姿はかき消えた。転移魔法で王宮に戻ったのだろう。

「本当に、ずるい人」

どれだけ慣れたと思っても、あの男の言葉一つ、所作一つで、こんなにも胸が高鳴ってしまう。子供ができても変わらないどころか、むしろ子供ができてからの方がすごいのではなかろうか。

子供達へスキンシップする分、私にも怒涛《どとう》の勢いでスキンシップしてくるあの男をどうしてくれよ

うか。私だって子供達に対しては積極的な方だと思っているけれど、それは絶対、あの男の影響だ。あの男が、こう、事あるごとに色々してくれるものだから、ついつい私まで……いや、喜んでくれているから悪いことではないか。うん。深く考えるのはよそう。

こんな日々がずっと続けばいい。あの男と、子供達と、楽しく倖せに過ごせる日々が愛おしい。決して手放せない、手放したくない毎日を守るためなら、なんだってできる気がするのだから不思議なものだ。

そうして私は、胸をいっぱいに満たしていたあたたかく甘やかな息をゆっくりと吐き出してから、子供達の様子を見るために寝室へと向かった。

2

その日の姫様からのお招きは、突然のことだった。しかも、いつもとはいくつかの点が異なっていることが気にかかるところだった。

元より姫様と私的な交友関係を結んでいる私が、姫様からのお招きに与《あずか》ること自体は珍しくはない。けれど、常であれば事前に書状が届けられるはずだというのに、それがなく、本当に突然『今日の午前十時に』と、連絡用魔法石に通信が入ったことが、まず一つ。いつものお茶会とあれば王宮の紅薔《べにば》薇宮《らきゅう》に伺うというのに、今回はなんと大神殿の一室を指定されたことが一つ。エリオットとエルフェシアをかわいがってくださる姫様が、本日は二人には来訪を遠慮してほしいという命令があったことが一つ。そして何より、お招きに与ったのが、私ばかりではなく、夫である男もだった、ということが一つ。

これはもしや私に用があるのではなく、王宮筆頭魔法使いである男に用があったのでは？　私は行かない方がいいのでは？　と悩んだものの、男に「お前も来るようにと言われていただろう」と諭《さと》されて、なんとも言えない緊張感を抱いたまま、大神殿にやってくる運びとなった。

「あの、エディ。今日のお招きについて、何か姫様から伺っていらっしゃいます？」

大神殿に設けられている姫様の私室にて待つようにと命じられた私は、隣に座っている男にこっそりと問いかけた。

今回のお招きについて、私が聞かされていなくても、この男がすべて知っている可能性は大いにある。だからこその質問だったのだけれど、予想に反して、男はあっさりとかぶりを振った。

「いや、何も。おかげで今日の執務を放り出してくる羽目になった。ウィドニコルに悲鳴を上げられたぞ」

「あら、それはそれは」

むっすりと不機嫌がにじむ声音に苦笑する。この男の弟子であり、その執務の助手としても頭角を現しつつあるのだというウィドニコル少年は、今頃、山になっている仕事を前にして涙目になっているに違いない。

ご愁傷様です、と言うのは、あまりにも薄情がすぎるだろうか。埋め合わせ、というにはほんのささやかなものだけれど、近い内に焼き菓子でも作って、差し入れさせてもらおう。

しかし、それにしても、この男もまた何も聞かされていないのだとすると、いよいよ何事かという気持ちになってくる。大したことではないといいのだけれど、そういう訳にはいかなさそうだ。

そんな私の内心の溜息《ためいき》をそのまま拾い取ったように、男は思い切り溜息を吐いてくれた。

「どういうつもりで姫が俺達を招いたのかは知ったことではないが、内密にしておきたい話であることは間違いないだろうな。公式の招集ではなく内輪の話に留めておきたいらしいが……その上で大神殿という、外界から隔絶されているとはいえ『公』の場と呼ぶべき場所を指定してくるくらいだ。相応の覚悟はしておくべきと考えた方がいい」

「お、おどかさないでくださいな」

「事実だ」

さっくりと言い切られ、それ以上の反論もできずがくりとこうべを垂れる。うう、なんだかどんどん不安になってきたぞ。姫様にお会いすること自体はとても楽しみだけれど、そう気楽に構えているばかりではいられなさそうなところが実に憂鬱なところである。乳母《うば》に預けてきたエリオットとエルフェシアに、早くも会いたくなってきた。

思わず遠い目になると、不意に、ぐいっと身体《からだ》ごと引き寄せられた。誰にって、もちろん隣の男にだ。ぽすっと頭が男の胸にぶつかった衝撃に、ぱちぱちと何度も瞬きをする。

「エディ？」

まるで片腕で抱き締められるような体勢になってしまい、どういうつもりかとより間近になった美貌を見上げると、相変わらず不機嫌そうな表情がそこにあった。

「俺がいるんだ。この俺が、だ。お前はいつも通りに、子供達と一緒にのんきに笑っていればいい」

フンと鼻を鳴らして言い切る男に、それまでの不安も忘れてつい笑ってしまった。

のんきに、とは何だ。なかなかにご挨拶である。そもそも「この俺が」って、自分で言う台詞《せりふ》だろうか。素直に「安心しろ」と、一言言ってくれればいいのに。

それができないこの男は、やはり不器用でかわいい人なのである。あばたもえくぼという言葉が頭を過《よ》ぎり、なるほど道理だと頷《うなず》くしかない。

「ええ、エディ。ですがあなた、忘れないでくださいましね。あなたがいるから、わたくしは笑えるのです。わたくしが笑えるのは、あなたがいるからですわ」

いっそ悔しくなるのだけれど、私の笑顔の理由は結局、この男のもとに帰結するのだから。「俺がいる」と言ってくれるのならば、最後まで責任を取ってもらう所存だぞ。

言外に込めた私の気持ちに気付いたのだろうか。男はぱちりと瞳を瞬かせてから、ふと小さく笑った。その右のこめかみの上あたりに飾られた髪留めが、男の笑顔に反応するようにきらりと光る。

「お互い様だな」

「まあ、光栄ですこと」

夜の妖精も恥じ入るという、吟遊詩人がこぞって褒め称《たた》える、美貌の男の笑顔の理由がこの私。まるで冗談のような話だ。しかし本人はどこまでも本気らしい。まったく恐悦至極でございますこと。

冗談のような本気の話を繰り広げていると、扉がノックされる音が響き渡る。密着していた身体を引き剥《は》がし、名残惜《なごりお》しげにしている男の額を指先で弾《はじ》いて、慌《あわ》てて立ち上がる。数拍遅れて、額を押さえながら男が立ち上がるのとほぼ同時に、扉が開かれた。

「待たせたわね、エギエディルズ、フィリミナ」

鈴を転がすかのように愛らしく、それでいて凛《りん》とした芯の強さも感じさせる魅力的な声音に、私と男は揃《そろ》って一礼した。「楽になさい」という許しのもとに顔を上げると、大輪の白百合《しらゆり》を思わせる美貌の姫君がそこに立っていらっしゃった。

うつくし姫、生ける宝石、女神の愛《いと》し子。彼女こそが、我がヴァルゲントゥム聖王国の第一王位継承者にして唯一無二の巫女《みこ》姫たる、クレメンティーネ様だ。

「お久しゅうございます、姫様」

今日も今日とて我が国の宝は眩《まばゆ》いばかりにお美しくていらっしゃる。彼女と友人でいられる自分の幸運に、つくづく感謝せずにはいられない。

見た目ばかりではなくその内面まで美しく魅力的な姫様は、私と目が合うと、少しばかり困ったようにその柳眉《りゅうび》を下げられた。

「本当はもっと別の場所、別の機会で会いたかったのだけれど、事が事なものだから。急な招集をしたことを許してくれるかしら」

「もったいないお言葉ですわ。もちろん……」

「内容によるな」

「……エディ」

姫様のお言葉に再び一礼しようとした私を止めるように、男がすぱっと言い切った。こらこらこら、姫様に向かってなんだその言い方は。確かに、この男と姫様のこれまでの関係を鑑《かんが》みるに、こういう態度でも問題ないのかもしれない。それでももう少しこう、遠慮とか配慮とかそういうものがあるだろうに。

抗議の意味を込めて、後ろ手で男の腕をつねると、男は文句でもあるのかと言いたげな視線を向けてくる。文句なんて山ほどあるに決まっているだろうが。

そんな私達の無言のやりとりを横目に、姫様はよどみのない足取りで上座にあたる一人がけの豪奢《ごうしゃ》なソファーに腰かけられる。そして、姫様に続いて部屋に入ってきた人物に、私と男は目を瞠《みは》った。

「まあ、エージャ？」

「お前も同席するのか？」

近頃妙に忙しそうな様子で、朝早く屋敷を出て、夜遅く帰ってくる長男坊が、かしこまった表情で姫様の背後に立つ。どうやらエストレージャ以外におともはいないようで、そのまま部屋の扉は閉ざされ、しんと部屋が静まり返る。

いつもの穏やかな表情とは異なる、どことなく緊張がにじむ引き締まった表情で、エストレージャが口を開いた。

「ああ。今回の俺は、『父さんと母さんの息子』としてではなくて、『姫様の守護者』として、ここに同席する」

それはすなわち、エストレージャという個人の立場ではなく、〝善《よ》き冬の狼《おおかみ》〟の末裔《まつえい》という公の立場で、ということだ。

男の前ではともかくとして、私の前ではあまりその後者の立場にある自分を見せようとはしないのがエストレージャだ。いよいよきな臭いものを感じて眉をひそめてしまう。それは男も同様だったようで、眦《まなじり》を鋭くさせて姫様へと視線を向ける。私もまた姫様を見つめると、「まずは座りなさい」と促《うなが》された。

大人しく腰を下ろすと、姫様はほぅと物憂げな溜息を吐いてから、とうとう口火を切られた。

「本題を単刀直入に言うわね。あたくしの結婚相手が見つかったわ」

「……え？」

その間抜けな声が自分のものであると気付くのに、随分と時間がかかってしまった。姫様の、ご結婚相手。とんでもないパワーワードがもたらした私の精神的ダメージは計り知れないものである。

双子が生まれる前に訪れた蒼穹《そうきゅう》砂漠での一件が頭を過ぎる。精霊の寵児《ちょうじ》たるスノウ少年が、姫様のご結婚相手として、ほとんど本決まりの状態ではあったものの、あの時はそれでもあくまでも『お見合い』という体《てい》を取っていた。確定という訳ではなかったし、現実に、あのお見合いは破談となった。対して今回のこの姫様の言いぶりはどうだ。何故か非常に不本意そうになさっているけれど、お相手を確かに『結婚相手』として認めているように見えるのは、きっと気のせいではない。

「それはおめでとうと言うべきか？」

大して驚いた様子もなく、淡々と男が問いかける。そう、おめでたいことなのだ。姫様が、ご結婚なさるということは。それなのに私は、こんなにもショックを受けている。

だって、だって、姫様がご結婚なさったら、今までのように気安くお茶会なんてできなくなるかもしれない。姫様のご幸福を祈るならば笑顔で「おめでとうございます」と言うべきなのに、今ばかりは男の素っ気ない言葉に同意してしまいそうな自分の大人げなさが情けない。

素直におめでとうございますと言えたらいいのに言えないこの心の狭さ。自分は結婚して子供までいるのに、ご結婚なさることで『大好きなお友達』である姫様が遠くなってしまったらどうしようなんて考えている。

姫様はどうお答えになるのだろう。そのお言葉を待っていると、先程よりも更に大きく深い溜息が聞こえてきた。

「ええ、そうね。おめでとうと言われるべき、おめでたいことよね」

台詞の割に、これまた随分と不本意そうというか、不機嫌そうなお声である。姫様の背後のエストレージャが、大層気遣わしげに姫様のことを見つめているのがまた引っかかった。

「その、ちなみに、どのようなお相手なのか伺ってもよろしいですか？」

そう、その肝心のお相手はどなただ。もしかしたらもしかすると、私とお互いにお互いのことをいけ好かなく思っている、姫様の腹心の、あのハインリヒ・ヤド・ルーベルツ青年とかだったりしたら本気でどうしてくれようか。

姫様のことを憎からず思っているらしいあの青年は、身分も立場も王配殿下となるには正《まさ》に適任だろう。公私とも姫様を支えてくれるだろうけれど、個人的に勘弁してほしい人選である。ああ、自分で問いかけておいて何だけれど、姫様のお答えを聞くのが怖くなってきた。

膝の上で両手を握り締め、息を詰めて姫様を見つめると、姫様は実に億劫《おっくう》そうに大粒の琥珀《こはく》のような瞳を細められた。

「異世界からの来訪者よ」

「………………はい？」

聞き間違いだろうか。今、『異世界からの来訪者』と言われたような気がしたけれど、まさかそんなはずはないだろう。ええと、つまりはどういうことだ。ここは笑っていいところなのだろうか。ちらりとエストレージャの方を見上げると、姫様の守護者様は極めて大真面目な表情を浮かべている。下手に声をかけることもできずに姫様に視線を戻す私の隣で、男がうろんげな表情になった。

「ふざけているのか？」

「伊達《だて》や酔狂や嘘《うそ》や冗談やおふざけでこんなことを言うと思って？」

このあたくしが？　と、不機嫌そうに吐き捨てる姫様のお姿に、彼女が真実を口になさっていることを思い知らされる。だからこそ余計に戸惑わずにはいられない。

異世界からの来訪者。舌の上で転がしてみると、その言葉の響きは存外にこの身体に馴染《なじ》むような気がした。それも当然だろう。何せ、ある意味では私もまた、『異世界からの来訪者』なのだから。

いわゆる前世と呼ばれる世界は、この世界とは違う世界だった。我ながら不運だったとしか言えない事故で命を落とし、この世界に転生したのがこの私である。だからこそ、異世界から何らかの形で誰かがこの世界にやってきたとしても、私にとっては不思議なことではない――といえども、やっぱり驚かずにはいられない。

私の戸惑いの眼差《まなざ》し、そして男の疑問の眼差しを受け止めて、姫様はほっそりとした両手を、膝の上で組み、小首を傾《かし》げてみせた。

「先の《プリマ・マテリアの祝宴》の件を覚えていて？」

「忘れられる訳がないだろうが」

男の即答に続いて、私もまた深く頷きを返す。そうだとも、忘れられるはずがない。

人間界と精霊界の境界が曖昧《あいまい》になるのだという、五年に一度のお祭り騒ぎ。それが《プリマ・マテリアの祝宴》だ。今年がちょうどその年であったのだけれど、異世界と異世界を隔てる壁にヒビが入ったことで、この王都中の子供達が精霊界にさらわれてしまうという事件が起きた。もちろんエリオットとエルフェシアもその例にもれず、私と男がともに精霊界に旅立つことになった。

そんな《祝宴》の話を何故今になって姫様は持ち出されるのだろう。姫様曰《いわ》くの『異世界からの来訪者』とやらがどう関わってくると言うのか。んん？　と首を傾げる私の隣で、ハッと何かに気付いたらしい男が息を呑《の》み、「まさか」と呟《つぶや》いた。

「まさか、例の世界を隔てる壁のヒビから、取りこぼされた存在がいたということか？」

「ご名答。そのまさかよ。察しがよくて助かるわ」

わざとらしくもったいぶった仕草で、ぱちぱちぱち、と拍手する姫様に、ますます男の表情が険しくなる。それを横目に、私は男の台詞を内心で繰り返した。

なるほど、例のヒビから、こちらの世界へとやってくることになったらしい『異世界からの来訪者』が、姫様のお相手になるのか。

……やっぱり意味が解《わか》らない。何がどうしてそうなったというのだろう。

「あの、異世界からの来訪者と仰《おっしゃ》いますが、証拠はあるのでしょうか？　世界を隔てる壁にヒビが入ったのが《祝宴》のタイミングであったのなら、時間が経《た》ちすぎている気がするのですが」

眉唾物《まゆつばもの》の噂《うわさ》がでっちあげられているのでは、とつい思ってしまう。けれど、隣の男が、「時間については」と口火を切った。

「それは前提が間違っているな」

「え？」

「おそらく、世界を隔てる壁にヒビとやらが入ったのは、《祝宴》当日ではなくそれよりも前の話だ。実際にこの王都において壁に穴が開いたのは《祝宴》当日だったが、それは世界そのものの壁が薄くなる時期だったからこそだろう。どんな物質でも、ヒビが入れば、厚いものよりも薄いものの方が損傷しやすい。だからこそ《祝宴》をきっかけにして子供達がさらわれる事態に陥《おちい》ったと考えられるな」

「精霊界と人間界の時の流れが異なることは、フィリミナ、貴女《あなた》も経験しての通りよ。同じことが異世界にも言えるわ。世界を隔てる壁にヒビが入り、そこに迷い込んだ例の来訪者にとっての『今』とあたくし達の『今』が重なり合ったのが、このタイミングだったのだろうというのがあたくし達の見解ね」

男と姫様の説明に、なんとか頷きを返す。なるほど、時の流れの違いゆえに『今』なのか。

「ですが、何故そのお方が、姫様のご結婚相手になられるのでしょうか？」

いくらなんでも唐突すぎる。よっぽどの理由がない限り、到底認められる話ではないだろう。それだけの理由が、『異世界からの来訪者』という存在にあるのだろうか。

私の問いかけに、姫様はひとたび瞑目《めいもく》し、また溜息を吐かれる。そんな姿もお美しいけれど、姫様が憂鬱でいらっしゃるというのならば少しでも気が晴れるようにお手伝いしたい。

「女神からの、託宣よ」

「託宣……？」

やがて吐き出された忌々《いまいま》しげな声に、私は目を見開いて姫様の花のかんばせをまじまじと見つめてから、続いてその背後のエストレージャの顔を、そして最後に助けを求めて隣の男の顔を見る。誰も彼も、お世辞にもおめでたい話をしている顔つきではない。

おそらくは私自身も似たような顔をしているのだろうなと思いながら、視線で姫様の言葉の続きを待つと、姫様は、もう数えるのも馬鹿らしくなってきた溜息を再び吐かれた。

「あたくしの結婚相手となるべき存在が、地方の神殿に保護されている。その存在を保護し、いずれ王配の座に就かせよ。それが女神のお言葉よ。あたくし自身が直接授かった託宣だからまず間違いはないわね」

言葉が出てこない。何と答えていいものか解らなかった。

女神様からの託宣とは、我が国においては何よりも確かなものとされ、何よりも優先されるべき案件となるものだ。女神の愛し子、巫女姫たる姫様の元に降《くだ》った託宣であるならばなおさらだろう。

その時点で、もう誰にも否を唱えることができない確定事項が成立してしまったということだ。

「そのあたくしの『結婚相手』とやらは、今は地方から出てきてこの大神殿で保護されているわ。まだ表沙汰《おもてざた》にはできないけれど、近く公表することになるでしょうね」

まるで他人事のような口ぶりである。姫様だって年頃の少女であるというのに、今の姫様の琥珀の瞳は、どこまでも冷え切っている。結婚相手について語っているとは思えない冷ややかな眼差しだ。

姫様のお立場上、自由に結婚相手が選べる訳ではないことなんて解り切っていたけれど、それでも今回の話はあまりにも突然すぎる上に、拒絶を許さない、有無を言わせないものすぎる。

無性に切なくなって胸を押さえたくなる衝動を堪《こら》えていると、ぱちりと姫様と目が合った。ふふ、と姫様は、そうしてようやくいつもの愛らしい笑みを見せてくださった。

「いやね、フィリミナ。せっかくのかわいらしいお顔が台無しよ？」

「も、申し訳ありません」

「構わないわ。……ありがとう」

笑みを含んだお礼の言葉に頭が下がる。お礼を言いたいのはこっちの方だ。姫様の方がよっぽど心中穏やかではいられない事態だろうに、それなのに私のことを気遣ってくださるそのお心遣いがありがたく、そして申し訳ない。

垂れた頭を、隣の男に、ぽんぽん、と軽く撫《な》でるように叩《たた》かれて、ますますきゅっと心が締め付けられるような思いを味わう。

「それで？　いずれ公になるとはいえ、まだ『結婚相手』の話は宙に浮いているのだろう。その上で俺達をわざわざ呼び出して、ここでわざわざ話を持ち出してきた理由を聞かせてもらおうか」

だからなんでこうこの男はこんなにも偉そうなのだろう。先程も思ったけれど、もう少し、もう少しこう何かあるだろうに。

共通の友人である勇者殿が、以前、「姫とエギエディルズの仲って、気の置けない仲って言うんだろうなって思うよ。男とか女とか関係なくさ。そういうのって、なんかいいよね」とほわほわと笑っていた。これもそういう関係だからこそのやりとりなのか。判別がつかない私はまだまだ未熟者である。

男の問いかけに、姫様は短く「それよ」と答えてくださった。それ、と言われてもどれのことだ。んん？　と首を傾げる私の前で、姫様が優美な仕草で立ち上がる。

「まずは紹介するわ。あたくしの『結婚相手』をね」

ついてきなさい、と一言続けて、姫様は豪奢なドレスの裾を翻《ひるがえ》して扉へと向かわれる。エストレージャがすかさず姫様をエスコートするのを見届けてから、私は男と顔を見合わせた。

「紹介って、あなたはともかく、わたくしまでよろしいのでしょうか？」

「姫自身がいいと言っているのだからいいのだろう。……面倒なことになりそうな予感がするな」

低く呟かれた男の台詞に、私は顔を引きつらせる。なにそれこわい。

姫様のご結婚相手を紹介していただくのは構わないのだけれど、その後で何が待ち構えているのかと思うとなんだか空恐ろしくなってくる。背筋を冷たい汗が伝った。

この男のこういう予感はほぼほぼ百パーセントの確率で的中するだけに、おそらくは本当に厄介事が舞い込んでくることになるのだろう。でも、それでも。

「姫様のお力になれるのでしたら、わたくしはちっとも構いませんわ」

主従関係からくるものではなく、今まで紡いできた友情ゆえに、心の底からそう思う。いつだって凛と背筋を伸ばして前を向いていらっしゃる姫様だからこそ、私だって微力ながら支えになりたいのだ。大切な友人の力になりたいと思うのに、これ以上の理由なんてないだろう。

そんな私を呆《あき》れたように見下ろして、やがて男はふいっと顔を背けた。

「エディ？」

「別に。少し妬《や》いただけだ」

「あら、姫様を支えるのはお友達であるわたくしの役目であると自負しておりますけれど、そんなわたくしが立っていられるのはあなたがいてくださるからこそですのに」

先程も伝えた通り、私の笑顔の理由はこの男だ。そして、立っていられる理由も、また。

だからこそ妬く必要なんてないのだ。まあちょっぴり嬉《うれ》しいけれど。

そう微笑《ほほえ》みかけると、男は肩を竦《すく》めてさっさと姫様の後に続いて歩き出してしまった。置いていかれる形になった私は足早にその後を追う。

「エディ」

「なんだ」

「照れていらっしゃるあなたも、子供達と同じくらいかわいいですよ……って、いたっ」

「言っていろ」

姫様がいらした際に額を弾いたことを実は根に持っていたらしい男に、今度は私が額を指先で弾かれる。女の顔になんてことを、と見上げれば、その耳がうっすらと赤く染まっているのが見て取れたから、それ以上追及するのはやめておいた。

姫様と、彼女をエスコートするエストレージャは、私達を振り返ることなく廊下をどんどん突き進んでいく。広く複雑な造りになっている大神殿だが、姫様にとっては手狭な庭のようなものなのだと以前ご本人が仰っていた。行き交う神官や神殿騎士達が、姫様のお姿を認めるとすぐさま礼を取って道を開ける姿は壮観である。

姫様とエストレージャは一体どこまで行くつもりなのだろう。もう随分と奥までやってきた気がする。それこそ、先達《せんだつ》ての《祝宴》にて足を踏み入れることが例外的に許された、聖域と呼ばれる部屋くらいに大神殿の奥へと入り込んでしまっているのではないだろうか。

そうして、どんどん人通りが少なくなり、とうとう私達だけになった廊下の最奥《さいおう》。咲き乱れる花々が繊細に彫刻された扉の前で、ようやく姫様は立ち止まられ、エストレージャがその隣に控えた。

「この大神殿の貴賓《きひん》室よ。神官長と、その許可を得た者だけが許されている部屋になるわ」

ここにくだんの『異世界からの来訪者』にして『姫様のご結婚相手』なる存在がいるということか。

どんな相手なのだろうという純粋な疑問と、姫様のお相手という個人的にとても羨ましく恨めしい相手に対する興味が心をくすぐる。どんな相手であろうとも負けるつもりはない。姫様がどういうおつもりで私達を引き合わせるのかは解らないが、私は姫様のお友達としての立場をできる限り優先させる所存である。

私の心中をしっかり察知したらしい男が、やはり呆れたように見下ろしてくるけれど、こればかりは譲れるものか。

私がそう決意している前で、エストレージャが、懐《ふところ》から小さな銀の鍵を取り出し、姫様に手渡した。受け取った姫様が、ためらうことなく扉の鍵穴に鍵を差し込む。思いの外軽い音を立てて鍵が開き、そのままエストレージャが扉を開けた。

扉の向こうのガラス張りの大きな窓から、金色の日の光が降り注ぐ。その眩さに目を細めつつ、室内へと足を踏み入れた。広い部屋だ。一人で使うにはもったいなさすぎるほどの広さがある。シンプルながらも贅《ぜい》を尽くした調度品の数々が並ぶ中、一番目立ったのは天蓋《てんがい》付きのベッドだった。絹のシーツの下に、おそらくは大人一人分と思われる膨らみが見受けられる。

「ハル、紹介したい相手がいるの。起きてくれるかしら」

「んー?」

姫様の呼びかけに対して、のんびりとした声音が返ってくる。もぞもぞとシーツの塊《かたまり》がほどけ、そこからまるで卵から鳥の雛《ひな》が孵《かえ》るように、一人の少年が現れる。

そして私は息を呑んだ。私ほど大げさではなくとも、隣の男も驚かずにはいられなかったようで、静かに目を瞠る。

ベッドの上で眠そうに目を擦《こす》っているのは、十七か十八か、といったところの少年だった。それも、とびっきりの、という枕詞《まくらことば》がつく美少年だ。隣にいる男ほどではないけれど、世の中の老若男女の目を奪うには十分すぎるほどに顔立ちが整っている。幾重にも花弁が重なる芍薬《しゃくやく》を思わせる美貌だ。可《か》憐《れん》であり、儚《はかな》さを孕《はら》みながらも、それでいて堂々とした強さを感じさせる大輪の花……と、男性相手であるというのに、そう評したくなってしまう。

そして何よりも、私達の目を奪って離さないのは、彼の髪だ。

彼の髪は、見事な白銀。窓から降り注ぐ陽光によって、白銀の髪がきらきらときらめいている。姫様と同じと言っても過言ではないほどに美しい、この世界においては女神の加護を意味する尊い色彩。

呆然《ぼうぜん》と立ち竦む私と、驚きつつも冷静さを手放さずにさっそく少年のことを観察し始めた男、そして姫様とエストレージャの姿を寝ぼけまなこで確認した美少年は、ふわりと笑った。どこか中性的な印象を見る者に抱かせる儚げな美貌の背後で、華やかに芍薬が咲き誇るのが見えた気がした。

「おはよぉ、ティーネちゃん。あと、エストレージャ。それから、はじめましてのお二人さん」

「おはようというには少々寝坊が過ぎていてよ。朝食は食べたかしら？」

「食べた食べた。俺は二度寝してただけだよ」

なんて親しげなやりとりだろう。ずるい、私だって姫様のことを『ティーネちゃん』なんて愛称で呼んだことないのに。

一人衝撃を受ける私を置き去りに、くわぁと大きな欠伸《あくび》をして、美少年はベッドから降りてこちらに歩み寄ってくる。それを制して、姫様は部屋の中心に置かれているソファーに腰を下ろされた。その後に続いて少年もまた姫様の正面のソファーに座り、私達は姫様の背後に控えるように立つ。

「こんな大所帯で珍しいね。いつもならティーネちゃんだけか、せいぜいエストレージャを連れてくるくらいなのに」

のんびりとした口調で、少年は「何かあった？」と首を傾げる。そんな些細《ささい》な仕草すら妙に迫力がある。儚げなのに迫力があるとはこれいかに。

下手な発言はできずに口を噤《つぐ》んでいることしかできない私と、その隣の男を、美少年は神聖な印象を抱かせる、限りなく黒に近い焦《こ》げ茶色に、ほんの一匙《ひとさじ》の青を混ぜたような色をしている瞳でじっと見つめてくる。笑みを湛《たた》えた眼差しについ身動《みじろ》ぎすると、ますます少年は笑みを深める。

「それで？　ずーっと俺をここに押し込めてるティーネちゃんは、今日は俺に何の用？」

「貴方《あなた》にとっては朗報よ。後ろの三人にとっては悲報でしょうけれどね」

「へぇ。面白そうじゃん」

花のようなかんばせに、にやりと笑みが刻まれる。何だろう、今、寒気がした。

少年にとっての朗報であり、私達にとっての悲報とは一体何なのだ。男が先程言っていた『面倒なこと』がいよいよスキップしながら近付いてきている気がする。そう思ったのは私ばかりではなく男も同様であったようで、整った眉が思い切りひそめられている。

飛び抜けた、どころか、突き抜けた、とでも呼ぶべき中性的な美貌の男がそういう表情を浮かべると、とんでもない迫力があるものだが、それを前にしても少年は涼しい顔である。この少年、儚げな美貌に反して随分と精神は図太そうだ。

手に汗を握り沈黙したまま、事の次第を窺《うかが》っていると、姫様が「まずは互いに自己紹介といきましょうか」と口火を切られた。

「ハル、エストレージャのことは知っての通りよ。神の一柱である〝善き冬の狼〟の末裔であり、女神の愛し子たるあたくしの守護者ね。そしてそこの黒髪の男が、そのエストレージャの義理の父親で、王宮筆頭魔法使いのエギエディルズ・フォン・ランセント。そしてその隣の女性が、エギエディルズの妻でエストレージャの義理の母、何より、あたくしの大切なお友達であるフィリミナ・フォン・ランセントよ」

ありがたくも紹介に与ったので、私は男とエストレージャと一緒に一礼する。『あたくしの大切なお友達』という言葉に、きゅんきゅんと胸をときめかせていたのは秘密だ。バレバレだろうけれど。

頭を下げた私達に対し、『ハル』と呼ばれた少年は、「よろしく。面倒な名前だなぁ」とさっくり失礼なことを言ってくれる。気持ちは解るけれど。

「エギエディルズ、フィリミナ。紹介するわ。地方の神殿から保護された、あたくしの結婚相手として託宣が降りた異世界からの来訪者の……」

「新藤千夜春《しんどうちよはる》でっす。新藤が家名だよ。名前は『千』の『夜』の『春』って書いて『ちよはる』。こっちの世界の人には難しい発音らしいから、ハル・シンドーって呼んでくれればいいかな」

姫様の言葉に被《かぶ》さるようにして名乗りを上げ、少年はひらひらと手を振ってくる。姫様のお言葉を遮るなんて！　と顔をしかめるべきところなのだろうけれど、それどころではない。

――――しんどう、ちよはる。

その響きに思わず固まってしまったからだ。なんて懐《なつ》かしい響きなのか。しんどうちよはる……新藤千夜春。それは、間違いなく、私にとっては『前』の世界にあたる、日本と呼ばれる国の名前だ。

私が少年の名乗りに応えもせずに硬直したままでいることに、隣の男と、エストレージャが訝《いぶか》しげにしている。だがしかし、繰り返すがそれどころではない。

名前から察するに、目の前の少年は、日本人なのだろう。彼の故郷は、日本なのだろう。まさかこんなところで同郷の存在と出くわすことになるだなんて、誰が想像しただろうか。

「……姫様。発言をお許し願えますか」

「ええ、許すわ」

知らず知らずのうちに声音が硬くなってしまう。自分でも理解できない緊張に襲われる。それでもさりげなく男が手を握ってくれたから、なんとか私はこの場に立っていることができるのだ。

「あの、その、千夜春さん、と仰いましたよね。その髪は、元からそのお色でいらっしゃるのですか？」

白銀の髪を元から生まれ持つ日本人なんてそうそういないだろう。外国の方とのハーフなのか、それともアルビノという体質なのかは解らないが、どちらであったとしてもここまで見事な白銀の髪なんてなかなかお目にかかれないに違いない。

いや、待てよ。そもそも本当に彼は日本人なのだろうか？『前』の私が生きたかつての世界とは別の世界が、たまたま日本人の名前を持つ世界なのかもしれない。

むしろそうであってほしいと思いながら、彼、もとい千夜春少年を見つめる。はっとせずにはいられない美貌を誇る少年は、きょとりと瞳を瞬かせた後、気分を害した様子もなく、さらりと自らの白銀の髪をかき上げた。

「ああ、これ？　なんか、こっちの世界に来た時から、この色になっちゃってさぁ。もうびっくりだよな！　あ、ちなみに目は天然だよ。俺、れっきとした日本人なんだけど、生まれつき目だけはこういう色なんだよね」

「そ、うですか」

ビンゴだ。間違いなく彼は、日本出身だ。だってもう自分で『日本人』って自己申告をしてくれているし、こんなことで嘘をつくメリットなんてないだろうから、彼は確かに真実を口にしているのだろう。もしかしたら日本と限りなくよく似た別の世界なのかもしれないが、それでも彼が『日本人』という点に変わりはない。

異世界トリップした先で、女神の加護を得てお姫様と結婚することになりました……なんて、どこの世界のライトノベルだ。創作の中だけの話だと思っていたけれど、本当にあるのかこんなことが。にわかには信じ難いけれど、目の前にその具現がいるのだから、もうぐうの音も出ない。

私がそのまま黙りこくると、男がきゅっと握った手に力を込めてくれる。私の質問の意図なんてこの男は知る由《よし》もないのだろうけれど、それだけでどうしようもなく安堵《あんど》する。側《そば》にいてくれることが、ただただ嬉しい。

エストレージャからも心配そうな視線を向けられたから、大丈夫だという気持ちを込めて微笑みかけると、彼はほっとしたように眦を緩めた。うん、子供にまで心配させてはいけないな。

「それで、ティーネちゃん。なんでまたこの人達を俺に紹介したわけ？　どういうところが俺にとってのいい知らせなのか訊《き》いてもいい？」

一国の姫君に向かって随分と気安い口ぶりだ。いくら私達しかいないとはいえ、いいのかこれは。ああでも、将来姫様の旦那様となるらしいから、こんな心配なんて無用なのかもしれない。そういうことにしておこう。でなければ羨ましすぎて歯ぎしりしてしまいそうになるから。

ままならない感情を持て余している私をよそに、姫様は「それが本題ね」と頷かれた。

「ハル。貴方は近日中に、このランセント夫妻の屋敷の預かりとなりなさい」

「えっ⁉」

「なんだと？」

思わず声を上げた私と男は、目を見開いて姫様を見下ろし、続いてぱちくりと目を瞬かせている千夜春少年を確認した後で、最後にエストレージャへと視線を向ける。だがしかし、エストレージャもまたこの件については聞かされていなかったようで、戸惑いもあらわにふるふると首を振っている。

千夜春少年を、私達が預かる？　それはまたどうして。千夜春少年がいずれ王配となるならば、王宮にて保護されるのが妥当なところではないだろうか。

いやでもこの白銀の髪を持つ少年を、ほいほいと王宮に放り込んだら、一騒ぎどころではない騒ぎになってしまうだろうし……ならばこのまま大神殿では？　こんな貴賓室を貸し与えられるくらいなのだから、大神殿における相応の地位は既《すで》に確立されつつあると考えるべきだろう。大神殿で匿《かくま》われている方が、彼の身の安全が保証され、かつ彼自身が安心して、公に発表されるまで無事に存在を隠してもらえるのではないのかと思うのだけれど。

だがしかし、そんな私の考えは、大層浅はかで甘っちょろいものであるらしい。男が眉をひそめて、

「神殿の権威の増長を防ぐためか」と吐き捨てた。

聞き捨てならない台詞に首を傾げると、姫様もまた忌々しげに「その通りよ」と頷かれた。

「全員、心して聞きなさい。ハル、もちろん貴方もね」

「え～～？　俺、小難しい話とか苦手なんだけど」

「貴方がお粗末な頭の持ち主であろうとも解るように説明してさしあげてよ。安心なさいな」

呆れと疲れが入り混じる溜息を吐かれた姫様は、そうしてゆっくりと口を開かれた。

「エギエディルズとフィリミナは特に知っての通りだけれど、今の神殿は、正直クズよ」

容赦のないお言葉である。巫女姫ともあろうお方がそんなことを言っていいのかと心配になるが、隣の男は「今更だな」と涼しい顔だし、千夜春少年は「ひってぇ！」とけらけらと楽しげに笑っている。エストレージャも過去の経験上、神殿にいい印象を抱いているはずもないので、あからさまに同意こそしないが、かといって否定もしない。

いやいや、クズってそんな、流石《さすが》にあんまりでは……いや、そうでもないか。割と私も散々な目に遭わされているので、ここはやはり姫様に賛同して『クズ』と呼ぶべきところかもしれない。

「皮肉なことだけれど、これまで発生した事件のおかげで、ある程度の膿《うみ》は排出されたわ。先達てヒースロウ翁《おう》が神官長に就任されたこともあって、神殿の権威を笠に着ていた輩《やから》は、今では肩身を狭くしているわね。でも、それだけでは足りないの」

「……ほう。だからこそ俺達を防波堤にしようということか」

姫様の言葉の先を早くも汲《く》み取ったらしい男が、いかにも辟易《へきえき》とした様子で呟くと、姫様は「その通りよ」と苦く微笑まれる。

申し訳ないことに私にはまだ解らない。防波堤とはどういう意味なのか。

「怪我《けが》や病と同じよ。膿を排出しても、そのまま放置はしないでしょう？　然《しか》るべき処置と治療を続けなくては意味はないわ。あたくし達はそのために今動いているの。その間、手薄になってしまうハルの処遇について、このまま公表までこの部屋で匿っておくことは可能ではあるけれど……」

「えっ！　俺、もういい加減この部屋飽きたんだけど！」

「……と、本人がこういう具合だし、遅かれ早かれ大神殿内にハルの存在は知れ渡ることになるわ。人の口に戸は立てられないもの。問題はそこよ。まだ見苦しくあがいている馬鹿どもが、ハルにあることないことを吹き込もうとするのは目に見えているわ。女神の加護の証《あかし》である白銀の髪を持つハルを旗頭にして、新たな勢力を築こうとする可能性も十分にあり得るわね。だからこそ、王宮でも、大神殿でもなく、〝王宮筆頭魔法使い〟と〝女神の愛し子の守護者〟が暮らす屋敷の預かりになることで、ハルには手が出せないということを知らしめる必要があるの」

なるほど、そういう意味での『防波堤』である訳か。

思っていた以上に、神殿という組織が厄介であることを思い知らされた気がした。ただ心無い神官を捕らえるだけでは駄目なのだ。姫様は、その先の未来を見ていらっしゃる。

その未来で隣に立つ予定の千夜春少年を、私達に預けようと仰っているのだ。承知いたしましたと即答できるほど簡単な問題ではない。

「俺、そんなに馬鹿に見える？　こういう風に前々から教えてもらってたら、騙《だま》されたりなんかしないつもりなんだけど」

暗に騙されるに決まっていると言われている千夜春少年が不服そうに唇を尖《とが》らせるけれど、姫様はハッと笑い飛ばされた。

「欲に溺れたけだものを舐《な》めるものではないわ。かわいらしい侍女に迫られて既成事実でも作られたらどうするつもり？」

「……そんなことある？」

「後のない馬鹿は時折思いもよらないことをするものよ。窮鼠《きゅうそ》猫を噛《か》むと言うでしょう？」

「こわっ！」

自分で自分を抱き締めて身体を震わせる千夜春少年は、正に年相応の少年といった様子である。

この少年が、姫様のご結婚相手。なんだか妙に現実味がない。だからだろうか。蒼穹砂漠へおともした時の方がよっぽど深刻であったような気がする。

以前のお相手は、『不確定なお見合い相手』だった。対する今回は、『確定済みの結婚相手』。後者の方がよほど深刻になるべきだと我ながら思うのだけれど……なんだろう、すっきりしない。

千夜春少年の白銀の髪が、姫様との繋《つな》がりを感じさせて、彼が姫様の隣に並んでも見劣りしないどころか、わざわざ誂《あつら》えた揃い人形のような印象を抱かせるせいかもしれない。二人の軽妙なやりとりといい、お似合いはお似合いなのだけれど、だからこそ余計に不思議な違和感を拭《ぬぐ》い去れない。

……自分でも何を言っているのかよく解らなくなってきた。とにもかくにも、姫様はこの千夜春少年を、当家にて預かってほしいと仰っている訳だ。しかもどうやらこれこそ決定事項であるらしい。

姫様が、こちらを肩越しに振り返って、私達を見上げてきた。隣の男がいかにも嫌そうに眉をひそめ、エストレージャも戸惑いを隠しきれていない。私も私で困ったような顔をしていたのだろう。姫様は柳眉を下げて「悪いのだけれど」と前置いて続けた。

「今回の件については、あたくしは『お願い』するつもりはないの。是が非でも貴方達に引き受けてもらうために、『命令』することも辞さないつもりよ。まだ幼いエリオット達もいることだし、巻き込みたい訳ではないのだけれど、貴方達以上の適任が……」

だから、と、大変珍しくも歯切れ悪く続けようとする姫様のお言葉を、ぶちりと遮るように、フンと男は鼻を鳴らした。いつもであればすぐに反論なさるはずなのに、姫様は遮られた台詞を続けることなく口を噤まれる。

ああ姫様、お労《いたわ》しい。横目で男を睨《にら》み上げても、男は素知らぬ顔で淡々と姫様に向かって告げた。

「御託はいい。素直に『頼む』と一言言えば済む話だろうが」

「……！」

姫様の琥珀のような瞳が大きく見開かれる。男の台詞はつまり、姫様の『命令』を受け入れる、ということを意味していた。

面倒事も厄介事も好かないこの男が、その面倒と厄介の集大成のような千夜春少年を受け入れることをよしとすると言っている訳である。まさかこんなにもあっさりと男が了承すると思っていらっしゃらなかったらしい姫様は、明らかに驚いていらした。

まさかこの男が、文字通りの自分のホームに、初対面の赤の他人を受け入れるなんて、普段のこの男を知る者からしてみれば信じられないことだ。このわずかな間に、千夜春少年が信用に足る人物であると判断したのか。

いいや、違う。信用、そして信頼を寄せているのは、姫様に対してだ。なんだかんだ言いつつ、この男もまた、姫様のことを友人だと思っていて、その友人のお願いに応えることをやぶさかではないと思っているのだ。

そして、私もまた同じ気持ちなのである。ご自分でも無理を仰っていることは自覚済みで、その上で私達を頼ってくださる姫様の、そのお心に応えたい。今まで、これでもかと騒動に巻き込まれてきた私達に、いつだって手を差し伸べてくださった姫様がお相手だからこそ、私達もまた、姫様が助けを求めて伸ばしてくださった手を握り返したい。つまりはそういうことだった。

男の隣で、私も微笑んで頷きを返すと、一対の大粒の琥珀が、金の光を宿してゆらりと揺れる。姫様、と思わず声をかけそうになったけれど、それよりも先に姫様はこちらへと向けていた顔を前方へと戻してしまわれた。うーん、なんだかもったいないものを見てしまったような。

とりあえず話の流れとして、千夜春少年が我が家の預かりになることがほぼほぼ決定したと言っていいだろう。目の前で当人をスルーして決定した事項に対して、千夜春少年は特に不満の声を上げることなく、「決まりなんだよな？」と小首を傾げてみせた。姫様が頷かれると、千夜春少年は笑みを深め、私達へと視線を向けた。

「それじゃ、えーっと、エギなんとかさんと、フィリミナさんだっけ？　それからエストレージャ。これからお世話になりまーす」

……どうしよう。あまりにも気軽な口調に、逆に不安になる。千夜春少年にとっては大神殿だろうと私達の屋敷だろうと関係ないのだろうけれど、それにしても随分とあっさりしたものだ。

養父であるランセントのお義父《とう》様から贈られた自分の名前を大切にしている男が、名前を適当に呼ばれたことで無表情ながらも地味にイラッとしている。その気配を察知してエストレージャが引きつった苦笑を浮かべた。

そんな二人と、相変わらず笑顔の千夜春少年を見比べて、内心で溜息を吐く。先が思いやられるような気がするのは、決して気のせいではないだろう。

＊　＊　＊

かくして新藤千夜春少年、こちらの世界風に呼ぶならばハル・シンドー少年は、我が家であるランセント家別邸の預かりとなった。王宮からの援助により、身の回りの品々は私達が用意しなくても、当の本人が我が家に持参してくれた。

姫様からは、千夜春少年を預かるついでに、できることなら、今後必要になるであろう王侯貴族としてのマナーなどを教えてあげてほしいと頼まれている。ようは、年頃の少年を、行儀見習いとして屋敷に受け入れる、という体である。

「リュシアス様やスノウ様のことを思い出しますわね」

「あいつらほどかわいらしいものではないがな」

中庭に面したテラスにて、薬草茶を片手に思わず呟くと、同じく薬草茶を飲んでいた男が、苦々しげに吐き捨てた。明らかに不機嫌がにじむ声音に苦笑するしかない。

かつて我が家に滞在した、男の異母弟であるリュシアス少年。そして、蒼穹砂漠にて私がマナーを指南させていただいた、精霊の寵児たるスノウ少年。千夜春少年のことを預かってからというもの、あの二人のことを思い出す機会が妙に増えた。千夜春少年もまた、あの二人と同様に、私達に保護されつつ指南を受ける立場にあるからかもしれない。

リュシアス様もスノウ様も今頃どうしていらっしゃるかしら、と薬草茶を口に運ぶ私の隣で、男がチッと舌打ちをした。その向こうの椅子に座っているエストレージャが、魔導書を読むのを中断して困ったような表情を浮かべる。そんなエストレージャに気付いた男は「気にするな」と言うけれど、いや、それ、無理だと思うぞ。

最近、不機嫌とまではいかなくとも、ご機嫌斜めではある男のそのご機嫌を大きく左右する原因は、間違いなく、現在エリオットとエルフェシアとともに中庭でボール遊びをしている千夜春少年だ。

小春日和《びより》の本日、久々のあたたかな日差しに、彼の白銀の髪がきらきらと眩《まぶ》しくきらめいている。儚げな容貌に反して、アウトドア派であるのだという彼は、我が家にやってきて以来、元気いっぱいの双子とそれは楽しげに遊んでくれている。

千夜春少年と、彼にさっそく懐《なつ》いたエリオットとエルフェシアが、仲良さげに遊んでいる光景は微笑ましいものだけれど、我が家の男性陣にとってはあまり面白いものではないらしい。平たく言えばやきもちだ。男と長男坊が複雑そうに三人が遊んでいる様子を見つめている様子を、更に眺めるのが、最近の私の日課となってしまった。

と、エリオットが投げたボールが、こちらのテラスまで転がってきた。足にぶつかったボールを男が拾い上げると、それを見届けた千夜春少年がぶんぶんと手を振ってくる。

「エギさーん！　ボールこっちに投げてくれる⁉」

ぶふっと思わず噴き出してしまいそうになったところを、なんとか耐えた。いやもう、何度聞いても笑える。エギさんって。非常に解りやすいが、呼ばれている本人にとっては不本意極まりない呼び方である。ここ最近の男のご機嫌斜めの原因その二だ。

「いい加減その呼び方をやめろ。俺の名前はエギエディルズだ」

「だってその名前、すごい発音しにくいじゃん。別にエギさんでよくない？」

「よくないから言っているんだろうが」

「えー？　じゃあフィリミナさんみたいに、エディさんって呼んでもいいんだ？」

「…………本当に、ああ言えばこう言う……」

幾度となく訂正しても、ちっとも呼び方を変えようとはしてくれない千夜春少年に、男は、いい加減訂正するのも馬鹿らしくなってきているようだ。お気の毒様である。

いいではないか、エギさん。なかなか親しみが持てて素敵な呼び名だ。つい笑ってしまうけれど。

そう感じているのは私ばかりではないらしく、エストレージャもまた、魔導書を持ち上げて顔を隠しつつも、その肩を震わせている。そうなる気持ち、とてもよく解る。

人が笑っているのを見るとこちらまで笑えてくるというのは当然の話で、ついつい私もくすくすと笑うと、男は口をへの字にしてそっぽを向いてしまった。

かたくなに『エギさん』と呼ばれるのを拒否しながら、絶対に『エディ』とは千夜春少年に呼ばせない男の態度を、実は喜びとともに見つめていることが知れたら、それこそ雷を落とされるかもしれない。「人の気も知らないで」とでも言われるだろうか。だからこそ、男本人にばれないように、今日も今日とて私は、『エディ』という私だけが使うことを許された最強にして最高の呪文を、しかと噛み締めるばかりなのだ。

「ハルくん、おとうしゃまいじめちゃ、めっ！」

男と千夜春少年のやりとりを見ていたエルフェシアが、眉尻をつり上げながら、ぺちぺちと千夜春少年の足を叩く。そんなエルフェシアを軽々と両手で抱き上げて、千夜春少年は笑った。

「あはは、ごめんな、エル。ほーら、たかいたかーい！」

「きゃー！」

「エリーも、エリーも！」

「はいはい、順番な」

仲良きことは美しきかな。そんな言葉が脳裏を過ぎった。

まさかエリオットとエルフェシアがあそこまで懐くとは思わなかった。初めて千夜春少年がやってきた時は、二人ともエストレージャの足にしがみついて、警戒心をむき出しにしていたというのに、今では完全に『大好きなお友達』扱いである。千夜春少年がそれだけ二人に対して気を配りながら遊んであげた結果なのだろう。けれど、それに対して複雑な気持ちでいるのが、魔導書を読んでいるふりをしながら、その意識は完全に幼い弟妹《ていまい》の方へと向いている長男坊である。

「エージャ、あなたから見て、千夜春さんはどうかしら。歳《とし》も近いし、お互いに神様のご加護のある身でしょう？　少しは仲良くなれた？」

何せ同じ屋敷に住まうことになった仲だ。エストレージャは立場上、同年代の友人を作ることがなかなか難しい。だからこそ、千夜春少年と仲良くなることはいいことなのではないかと思うのだけれど、エストレージャ本人は、なんとも複雑そうに、困ったような笑みを浮かべることで答えてくれた。

「……まだ何も。エリーもエルも、あんなに懐いてるんだから、きっと悪い奴ではないと思うけど」

「そうねぇ……。でも、その割には、なんだか面白くなさそうなお顔をしているわよ？」

——しまった。我ながら意地悪な指摘だった。

私の台詞《せりふ》に、ぐっと言葉に詰まったエストレージャの黄色い瞳が、うろうろと泳ぐ。男が無言で私が焼いたチーズクッキーを差し出すと、それを三枚まとめて口に放り込んで薬草茶で流し込んでから、なんとも物悲しい声で長男坊は呟いた。

「……だって、エリー達、もう俺よりもハルの方が……」

なんともかわいらしい愚痴をエストレージャが吐き出そうとした瞬間だった。「にいしゃまー！」というエリオットの声に、エストレージャは俯《うつむ》き加減になっていた顔をバッと持ち上げてそちらへと視線を向けた。

「にいしゃまー！　きてー！　エリーをたかいたかいして！」

「え、俺は？」

それまで散々千夜春少年に構ってもらっていたくせに、あっさりとエリオットは首を振る。

「や！　にいしゃまがいい。にいしゃまきて！」

だからはやくきて！　と小さな手でエストレージャを手招く双子の兄の姿に、千夜春少年に抱っこされていたエルフェシアもまた、もぞもぞと身をよじって、エストレージャに手を伸ばす。

「エルも、エルも！　にいしゃまがいいの！　おろして！　にいしゃまぁ！」

「酷《ひど》い！　俺のことを弄《もてあそ》ぶだけ弄んで捨てるなんて！」

エルフェシアを地面に降ろしてから、わっ！　とわざとらしく千夜春少年は両手で顔を覆う。だがしかし、そんな千夜春少年のことなんてもうすっかり忘れてしまったように、エリオットもエルフェシアも、口々に「にいしゃま！」と繰り返している。思わず男と顔を見合わせて笑ってしまった。

「ほらエージャ、ご指名よ。エリーとエルと遊んであげてちょうだいな」

「責任重大だぞ、『お兄様』」

「……行ってくる」

顔をほんのりと赤くしながらも、いそいそと立ち上がって弟妹の元に走っていくエストレージャの代わりに、千夜春少年がこちらへとやってきて、空いている椅子にどさりと腰を下ろした。

「あーつっかれた！　フィリミナさん、俺にもお茶ちょーだい？」

「はい、どうぞ。エリーとエルと遊んでくれてありがとう」

千夜春少年に対し、当初は敬語で話そうとしていたのだが、十七歳であるのだという本人が「俺の方が年下なんだし、面倒だから普通にしゃべってよ。俺もそうしたいから」と言ってくれたので、ありがたく私も男と同様に、千夜春少年に対して砕けた口調で話しかけている。

ティーカップに薬草茶を注いで、チーズクッキーとともに差し出すと、千夜春少年は嬉しそうに笑ってまずは薬草茶を口に運んだ。

「ん、うまい。これ、エギさんが作ってるんだっけ？　売ったらお金取れるんじゃない？」

「だからその呼び名をやめろと……もういい。いやよくはないがお前に言っても無駄なことはよく解った。薬草茶の茶葉については、そこまで量産する気はないな。そもそもどこの誰とも知れん奴のために誰がわざわざ調合するか」

「えっじゃあもしかして、これは俺のことを想って作ってくれたり……？」

「それこそまさかだな。お前はフィリミナとエージャのついでだ」

「ひどっ！」

男の容赦ない言葉を気にした様子もなく、千夜春少年はけらけらとまた笑って、今度はチーズクッキーを口に運んだ。

「フィリミナさんって料理上手だよな。お貴族サマの御令嬢って、みんなそうなの？」

「家によるわね。わたくしの生家の場合が、自分達でまかなえる家事は自分達で、というのが信条だっただけよ」

母と乳母がほとんどの家事をこなしてくれていたから、私の実家であるアディナ家は、よっぽどの必要がない限りは、乳母以外の使用人を雇わなかったし、雇ったにしても日雇いでお願いしていた。代々魔導書司官を務める家として、貴重な魔導書を多数所蔵していたからだ。そのおかげで、純黒を持つこの男は、幼い頃からアディナ家ではその髪をさらして過ごすことができていた。

あの頃の男は、本当にエンジェルかフェアリーか、とでも言いたくなるくらいにかわいかった。エルフェシアを見ていると、余計にあの愛らしい姿が思い出されてやまない。口数も、表情の変化も、本当にわずかなものだったけれど、その一つ一つが私はとても嬉しかったものだ。

あのかわいこちゃんがどうしてこんな風になってしまったのだろう。いや、今は今で私にとってはとてもかわいいけれど、あの頃とは別の意味での『かわいい』になってしまったことについては、少々悔やまずにはいられないものがある。

「……おい、フィリミナ」

「はい？　何でしょうか？」

「お前、今、失礼なことを考えただろう」

「あら、そんなことはございませんとも」

低い声音ににっこりと笑顔で返す。失礼なことなんてちっとも考えていないとも。時の流れとは残酷だなぁとしみじみと思っていただけだ。

ああ、でも。

「ただ、わたくしのかわいいあなたは、今も昔も、とってもかわいい方だと思っていただけですわ」

結局そういう結論になってしまうのだから、我ながら不思議なものである。

昔の方がかわいかった、なんてことはない。意味合いこそ変われど、私の旦那様は今もなお……いいや、昔よりももっとずっとかわいくなってしまった。おかげでいつだって私の心は忙しくなるのだから困ってしまう。

もう少し控えてくれてもいいのに、と思いつつ、同じくらいこの男の『かわいい』に心躍《おど》らせときめいているのだから、我ながら本当にどうしようもない。

ふふ、と笑ってそう続ければ、男はティーカップをソーサーの上に戻して、いかにも物憂げに、その長く濃い、漆黒のティアラのような睫毛《まつげ》を伏せてみせた。

「そう言うお前は、今も昔も厄介な奴ばかり惹《ひ》き付ける誘蛾灯《ゆうがとう》だな。おかげで俺はちっとも目が離せない」

「ふふ、それは光栄ですこと。そのままずぅっと、子供達と一緒にわたくしのことを見ていてくださいまし、というのはわがままでしょうか？」

「いいや、願ってもないお願いだな」

「まあ、嬉しい。ありがとうございます。お礼に、さ、このクッキーをどうぞ？」

「食べさせてくれないのか？」

「エリーやエルのようなことを仰らないでくださいな、わたくしのかわいいあなた」

「……二人とも、俺がいること忘れてない？」

私達のやりとりを、チーズクッキーをかじりながら聞いていた千夜春少年が、半目になって問いかけてきた。いけないいけない。ついいつものノリで男と言葉遊びをしてしまった。

「ご、ごめんなさいね。その、忘れていた訳では決して……」

「なんだ、まだいたのか。邪魔をすると馬に蹴られるぞ」

流石に気恥ずかしくなって顔を赤くする私とは対照的に、男が涼しい顔で言い切ると、「ああもう！」と千夜春少年はテーブルに拳を叩き付ける。一瞬宙に浮いた食器がガチャンと音を立てるけれど、構わずに少年は続けた。

「少しは恥ずかしがってよここはさぁ！　俺の方が恥ずかしいんだけど！」

美しい白銀の髪をかきむしらんばかりの勢いで千夜春少年は叫び、続けて盛大な溜息を吐いた。なんだかとっても申し訳ない。

ごまかすように曖昧に笑う私と、相変わらず涼しい顔……というよりもむしろいけしゃあしゃあとでも呼びたくなるような表情の男が、千夜春少年を見つめ返すと、彼は勢いよく薬草茶を呷《あお》る。

そして、空になったティーカップをソーサーの上に投げ出すように置いてから、肘《ひじ》をテーブルの上について、その手の上にあごを乗せた。

「そもそも、なんで二人は結婚したの？　エギさんだったら引く手あまただっただろうし……いや、フィリミナさんが悪いって言ってるんじゃなくてさ。フィリミナさんも、こんな面倒そうなエギさんと結婚するのって相当の覚悟が必要だったんじゃない？」

その問いかけに、私と男は思わず顔を見合わせた。なかなかに遠慮のない質問である。だがしかし、なるほどと納得できる、ごもっともな質問でもあった。

傍《はた》から見ても、当人である私からしても、私とこの男、まったく釣り合いがとれていない。容姿も、地位も、何もかも。幼少期の事件——焔《ほのお》の高位精霊によって私が大怪我を負うことになっていなかったら、結婚どころか婚約を結ぶことすらも困難を極めたに違いない。

けれど、たとえどれだけ困難を極めたとしても、きっと変わらず今に至っていただろうと言い切れる自信がある。

顔を見合わせたまま、私と男はどちらからともなく笑い合った。男の優しくも不敵な笑みに、私の自信がますます確固たるものへと変わる。だってそうではないか。

「俺にとってはフィリミナしかいなかった。それ以上の理由が必要か？」

「ええ、わたくしも。わたくしにとっては、この人……エディ以外の殿方なんて、考えられなかったものだから」

つまりはそういうことだ。文句があるならば受け付けよう。男と一緒に全力で論破してみせるから。

千夜春少年は、私達の答えに、呆れたように半目になり、そして深々と溜息を吐いてから「そりゃゴチソウサマ。砂吐きそう」と吐き捨ててくれた。

はははははは、それはまた大いに結構である。恥ずかしくないと言えばそれは思い切り嘘になるけれど、同じくらい……いいや、もしかしたらそれ以上に誇らしい。

空になったままだった千夜春少年のティーカップに薬草茶を注ぐと、千夜春少年はそれで唇を濡《ぬ》らしてから、「それはそれとして」と一旦言葉を切り、ちらりと男へと視線を向けた。

今までとはどこか異なる、なんとなく何かを探るような視線だ。何を言い出すつもりかと私は身構えるけれど、男は器用に片眉をつり上げるだけで何も言わない。その態度を促しと受け取ったらしく、千夜春少年は続けた。

「エギさんはさぁ、なんだっけ、『黒持ち』とか呼ばれてるやつなんでしょ。しかもエギさんくらい真っ黒な髪ってそうそうないって聞いてるよ。この国はなんかその黒持ちとやらに厳しいらしいし、それなりに苦労してるんじゃない？　今でこそ王宮筆頭魔法使いサマで、世界を救った英雄サマらしいけどさ」

……これまた遠慮のない、かつごもっともな質問である。いや本当にごもっともなのだけれど、それを本人に訊いてしまうところがすごい。いっそ尊敬すべきなのか。

まだこの世界にやってきてから日が浅い千夜春少年だからこその質問だ。この世界、もっと限定すれば『この国』における黒持ちの扱いを知っていたら、こんな質問、口が裂けてもできないだろう。白銀という色彩を尊ぶ風潮が強い分、黒という色彩を忌避《きひ》する風潮もまた強い我がヴァルゲントゥム聖王国において、この男が背負わされてきた苦労は計り知れない。

はたして男はどう答えるのか。口を挟むことなんてできるはずもなく、ただ男の答えを待っていると、男は片肘をついて、「そうだな」とようやく口を開いた。

「確かに苦労はしている。おそらくはこの髪でなかったら、俺はもう少し楽に生きられたのだろう」

「……そう、なんだ」

あっさりと自身の苦労を肯定する男に対して、千夜春少年の声音が、妙に緊張を孕んだものになる。

彼の深い色の瞳が、何かを見定めようとするかのように、そして、何故だかすがるように、男のことを見つめている。その視線に気付いていているに違いないのに、男はわざとらしく薬草茶をもったいぶった仕草で口に運んでいる。非常にじれったい。私までなんだか緊張してきてしまう。やがて男は、ふ、と、その唇に薄い弧を描いた。

「ああ。だが、そうだな」

一旦言葉を切って、男はこちらへと視線を向けてきた。朝焼け色の瞳とばちりと視線が噛み合って、どきりと心臓が大きく跳ねる音がする。そんな私にほんの一瞬眦を細めてから、男は再び千夜春少年へと視線を戻した。

「別に苦労ばかりがすべてではないな。黒持ちであり王宮筆頭魔法使いであり英雄である以前に、俺はフィリミナの唯一無二の夫で、エストレージャ、エリオット、エルフェシアの父親だ。不可抗力の苦労よりも、もっと得難《えがた》いものを、俺は与えられている」

「それってつまり、倖《しあわ》せってこと？」

「さて」

千夜春少年の問いかけに、男は小さく肩を竦めてみせた。その手が伸びて、私の髪の一房を持ち上げる。そのまま、それにそっと口付けを落として、男は笑った。あまりにも美しい、幸福というものを絵にしたら、きっとこんな笑顔になるのだろうという表情に、見慣れているはずの私ですら見惚《みと》れてしまう。

そっと名残惜しげに私の髪を手放した男は、そうしてまたくつくつと喉を鳴らした。

「どうだろうな？」

千夜春少年が息を呑む。そのまま沈黙が私達の間に横たわり、エストレージャと遊び回っているエリオットとエルフェシアがきゃらきゃらと笑い合う声ばかりが空気を揺らす。

男の答えは、明確な答えにはなっていないものだった。けれど言葉にするよりもよほど雄弁に、男の笑顔や態度は、『答え』を物語っていた。

「――――そっか」

そして、ようやく、ぽつりと千夜春少年が呟いた。

「うん。そうだよな。………………よかった」

本当に小さく続けられた、その『よかった』という言葉の意味は解らなかった。ただ千夜春少年が、なんだかとても安堵しているように見えた。普段の彼の、なんとも軽々しいというか、はっきり言ってしまえばチャラついた態度のせいで非常にもったいなくなっている儚げな美貌が、初めてはっきりとあらわになったようだった。

何故だろう。今やっと、私達が知らないだけで、千夜春少年だって抱えているものがあるのだということに、気付かされた気がした。本当に、今更のことだけれど。

千夜春少年がこの世界にやってきたなりゆきは、ほとんど事故のようなものだろう。その上更に、姫君の夫となるように言われて、何も思わないはずがない。いくら姫様がお美しく素晴らしいお方であるとは言っても、いくらでも思うところはあるはずだ。まだ彼は、たった十七歳の少年なのだから。

「千夜春さん」

「ん？　どしたの、フィリミナさん」

「今夜はあなたのお好きなものを作るわね。ご要望はあって？」

「えっマジで？　やった」

それまでの儚げな印象を打ち消すような明るい笑顔で、それじゃあ、といくつも料理名を挙げ始める千夜春少年を一睨みしてから、男が抗議をたっぷり込めた視線をこちらへと向けてくる。

「おい、俺は？」

せっかくの休みなのだから自分だって、とでも言いたげな男の頭を私は手を伸ばして撫でた。手触りのいい、艶《つや》めく黒髪が、指に絡《から》まることなくさらさらと流れていく。

「あなたにはチーズクッキーを焼いてさしあげたではありませんか。今日はそれでお許しくださいな、わたくしのかわいいあなた」

「子供扱いするな」

「まあ、子供扱いだなんて。こんな大きなお子様、わたくしの手に余ってしまいますわ。あなたがわたくしの立派な旦那様であることなんて、わたくしが一番よぉく理解しておりますとも。だからこそ、今日は我慢してくださいね」

頭を撫でながら続けると、男は実に不承不承といった様子で頷いてくれた。うんうん、いい子だ。ついつい調子に乗ってそのまま男の髪の感触を楽しんでいると、プッと噴き出す声が聞こえてきた。

「エギさん、やっぱり子供扱いされてんじゃん」

「お前は黙っていろ」

「図星だ」

「うるさい」

「こわーい！　エリー、エル、エージャ！　お前らのお父様から俺を守ってー！」

勢いよく椅子から立ち上がるが早いか、千夜春少年は、子供達のもとへと一気に走り出す。エストレージャが苦笑して、エリオットとエルフェシアが「きゃー！」と逃げ出した。よちよちと走り回る二人を、エストレージャと一緒になって千夜春少年は追いかけ回し始める。

微笑ましい光景に、私と男は揃って笑い声を上げたのだった。

3

我がランセント家別邸に、千夜春《ちよはる》少年がやってきてから、早くも二週間が経過する。その間に千夜春少年は、どんどん我が家に馴染《なじ》んでいった。

元々人好きのする性格であるらしい千夜春少年は、エリオットやエルフェシアばかりではなく、彼とは逆に人見知りしがちなエストレージャとも気付けば仲良くなってくれていた。これも貴族教育の一環だということで、我が夫の監督のもとに、剣の打ち合いを重ねることで、打ち解けることができたらしい。主にテーブルマナーやレディのエスコートについて教えている私よりも、よっぽど仲良しな様子だ。同じくらいの年頃で、同性であるからという理由もあるのだろうけれど、それ以上に単純に相性がいいのだろうというのが夫である男の弁である。

そんな二人は、今日も元気に中庭で、それぞれ得手とする剣を手にして向かい合っていた。こんな寒空の下でよくやるものだと感心してしまう。エストレージャは両刃の長剣を両手で。千夜春少年は、エペと呼ばれる細身の剣を片手にしている。

「────始め」

休日を返上してエストレージャと千夜春少年の模擬試合を監督することになった男の合図が皮切りとなる。先に千夜春少年が地を蹴った。『前』の世界にて、幼い頃からフェンシングを嗜《たしな》んでいたのだという千夜春少年が繰り出す鋭い突きを、エストレージャは軽くいなしつつ反撃の機会を窺《うかが》う。

「にいしゃまー！　がんばえー！」

「にいしゃま！　まけちゃ、めっ！　なのよ！」

ベンチに座っている私の両隣に座って、エリオットとエルフェシアが、ぶんぶんと両手を振り回しながら、懸命に大好きな兄のことを応援している。既《すで》にそれなり以上の剣の腕前を持つエストレージャといい勝負を繰り広げている千夜春少年の剣術もまた、相当優れたものであることが、素人目《しろうとめ》にも解《わか》る。だからこそ余計に、双子はエストレージャのことを応援せずにはいられないのだろう。大好きなお兄様が負けるところなんて見たくないに違いない。愛されているなぁ、お兄様。

剣と剣がぶつかり合う高らかな音に、エリオットとエルフェシアの興奮は最高潮だ。当初は怖がっていたくせに、模擬試合ならエストレージャの活躍が間近で見られると解ると、エストレージャにも千夜春少年にもことあるごとに「剣のおけいこして！」とせがむのだから子供とは現金なものである。

そこがかわいい。木の枝を振り回して真似しようとするのには、毎回肝が冷やされるけれど。

うっかり二人が取り返しのつかない怪我《けが》をしてしまったら、私は間違いなく卒倒する。そう思うと、私がかつてこの背に大火傷を負った件について、当時の母は本当に強かったと思う。もちろん父も。どれだけ心配をかけたのかと思うと胸が痛む。今更すぎるけれど、今度また何かしら親孝行をさせていただきたいものだ。

そして、私の左右に腰かけている双子を両腕で抱き寄せて暖を取りながら、何をさせてもらおうかと考えていた、その時だった。

ふいに、それまでエストレージャ達の打ち合いを見守っていた男が、顔色を変えてバッと勢いよく空を見上げる。模擬試合に熱中しているエリオットとは逆に、既に飽きてきたらしく私にすりすりと擦《す》り寄ってきたエルフェシアもまた、むっと眉をひそめて同じように空を見上げた。

「エディ？　エル？」

どうしたの？　と問いかけようとしたのだけれど、その私の問いかけは、男の怒鳴り声によってかき消されることになる。

「双方、剣を収めろ！」

基本的に淡々としている男の珍しい大声に、何事かと千夜春少年が固まった。そして、エストレージャは、男と同様に顔色を変えて空を見上げる。

その視線を追いかけて、私もまた視線を上方へと向けた。ちょうど、エストレージャと千夜春少年の真上で、ぐにゃりと、青空が奇妙に歪《ゆが》んだ。

何事かと目を瞠《みは》る私に、怯《おび》えたように更にエルフェシアが擦り寄ってきて、妹の異変に気付いたエリオットもまた私に抱き着いてくる。両腕でそれぞれ二人を抱き締め、呼吸すら忘れて空の異変に見入る。

男の手に、杖《つえ》が召喚される。柄の部分に、私の赤いリボンが新たに飾られることになった、男がずっと愛用しているものだ。

「どけ！」

有無を言わせない怒鳴り声に、エストレージャと千夜春少年が慌《あわ》ててその場から飛び退《の》いた。

次の瞬間、まるで布がほどけるように、ずるりと空の歪みから何かが落ちてくる。遠目だけれど、解る。あれは、人間だ。

そうと認識した瞬間、ざっと頭から血の気が引いた。あの高さから落ちたら、人間は、まず無事では済まない。

「エディ！」

「解っている！」

相手が誰であろうとも、このまま見過ごす訳にはいかなかった。悲鳴混じりに助けを求めて男を呼ぶと、力強い答えが返ってくる。

男が構えた杖の魔宝玉が朝焼け色に輝き、風が生まれ、空から落ちてくるその『誰か』を包み込む。風はクッションとなり、優しく『誰か』を地面で受け止めた。

ぼろぼろの布をまとったその『誰か』の元に、男が歩み寄る。私もまたエリオットとエルフェシアを背後に庇《かば》いながら近付いた。

エストレージャもまた警戒心を隠さずに近付く中で、男がしゃがみ込んで『誰か』を助け起こす。

完全に気を失っているらしい『誰か』は、男の腕の中で、重力に従ってがくりとこうべを垂れる。

その拍子に『誰か』が被《かぶ》っていた薄汚れた外套《がいとう》のフードがはらりと落ちた。そうして息を呑《の》んだのは、一体誰だったのか。


――――黒だ。


よくよく見てみると、限りなく黒に近い焦《こ》げ茶色のようだけれど、それでもこの髪を見た相手は、誰もがはじめは『黒髪である』と表するに違いない。

せいぜい肩口に届くか届かないかといった長さしかない、ぼさぼさのざんばらな髪は、確かに『黒』だった。私もまた男の側《そば》でしゃがみ込み、手を伸ばしてそっと、長く伸ばしっぱなしになっている前髪をかき分けた。

ぶかぶかの外套のせいで一見そうとは解らないけれど、この小柄な身体《からだ》から察するに、おそらく相手は少女だ。まだ年若いと思われるこの少女が、どうしてこんなぼろぼろの姿になっているのかは解らなかったけれど、放っておくことはできない。

そうして髪をかき分けてあらわになった、薄汚れつつもなおも愛らしい、まるで日本人形のような整った顔立ち。儚《はかな》さと強さを併せ持つ芍薬《しゃくやく》を思わせる、その美貌。

カラン、と、何かが落ちる音がした。そちらを振り返ると、千夜春少年が、持っていたはずの剣をその場に取り落とし、呆然《ぼうぜん》と立ち竦《すく》んでいた。

「……ひな！」

最早蒼白《もはやそうはく》とでも呼ぶべき顔色になっている千夜春少年の薄い唇がわななく。そして彼は、慌てふためきながらこちらへと駆け寄り、意識のない美少女に取りすがった。

「ひな、ひな！　朝日夏《あさひな》！　しっかりしろ！」

千夜春少年は、少女を揺り動かして無理矢理起こそうとするけれど、理由も解らず意識がない相手に対し、それはまずい。エストレージャがさっと千夜春少年を取り押さえるが、彼は「放せ！　放せよ！」と暴れようとする。

男が溜息《ためいき》を吐いて、千夜春少年の頭を杖で軽く小突く。途端に、千夜春少年の声の一切が聞こえなくなってしまう。パクパクといくら口を動かしても、自分の声が出ないことに遅れて気付いた千夜春少年が、怒りを宿した瞳で男のことを睨《にら》み付ける。当たり前だ。いくらなんでもやりすぎである。

それでも、これ以上喚《わめ》いても暴れても何にもならないことを悟ったらしい千夜春少年は、やっと身体から力を抜いて、その場に座り込んだ。もちろん視線は、目の前の少女に釘付《くぎづ》けだ。

千夜春少年がそれ以上の抵抗をやめたことを悟ったエストレージャが、彼のことを解放する。男がまた彼の頭を杖で小突き、口封じの魔法を解く。それを見届けてから、代表して私が口を開いた。

「まずは落ち着いてもらえたかしら。千夜春さん、あなたはこの子のお知り合いなのね？」

努めてゆっくりと、千夜春少年の感情を逆撫《さかな》でしないように気を付けながら問いかける。千夜春少

年の手が伸びて、少女の頬の汚れを優しく拭《ぬぐ》い取る。

「……俺の、双子の妹の、新藤《しんどう》朝日夏だ。俺は、俺一人でこの世界に来たんじゃない。こいつと一緒に来て……それで、こいつはこいつで、ちゃんと神殿に保護されてるって元々いた神殿の奴らから聞かされてた。俺、俺が、ティーネちゃんの旦那になれるよう頑張れば、こいつの身の安全とか生活は保証するって言われてて。下手に俺と親しい態度を取ると、黒持ちのこいつに嫉妬する奴が出てくるかもしれないから、だからずっと会えてなくて。この王都の大神殿に移動する時も、王都の方が偏見が激しいからこのまま預かってくれるって……こいつのことは任せてくれって……そう、言ってもらってたのに……っ！　それなのに、なんで、なんでなんだよ……!?」

戸惑いと怒りが入り混じる声に、言葉を失う。男もエストレージャも険しい表情になった。普段自分達には見せない父と兄の表情に、エリオットとエルフェシアが不安げな顔になって私に擦り寄ってくる。二人をそっと引き寄せながら、私もまたこっそりと眉をひそめた。

神殿に保護されていた？

それが本当だとしたら、どうしてこの少女はこんなにもぼろぼろなのだろう。

初めて出会った時の千夜春少年の待遇と同じ扱いをされていたならば、こうはならないのではないか。傍《はた》から見れば黒持ちと呼んでなんら差し支えないこの少女に、神殿は、何をした？

「――――姫に、連絡を取る必要があるな」

男の低い呟《つぶや》きに、なんだかとても嫌な予感がして、私はぎゅっとエリオットとエルフェシアを抱き締めた。

＊
＊
＊

空から突然謎の美少女――もとい、千夜春少年の双子の妹であるという、新藤朝日夏嬢が降ってきた、その夜のことだ。

既にエリオットとエルフェシアが夢の世界に旅立っている中で、私達は、千夜春少年に提供している客室に集まっていた。ベッドでは、朝日夏嬢が未《いま》だにこんこんと眠り続けている。そんな彼女の手を握り、千夜春少年は、非常に沈痛な表情を浮かべていた。儚げな美貌により一層陰を孕《はら》み、今にも倒れてしまうのではと心配になるくらいの様子である。

そんな彼を横目に、私と夫である男、そしてエストレージャは、通信用魔法石により宙に浮かび上がった姫様と対面していた。

「その少女……ハルに倣《なら》うなら、ナツ・シンドーと呼べばいいかしら。朝日夏とは『朝』、『日』、そして『夏』と言うのでしょう？　だったら『ナツ』と呼ぶのが相応《ふさわ》しいのでしょうね。前置きはこのくらいにしましょう。その『ナツ・シンドー』のことを、神殿は、あたくし達王宮側に対して、徹底して隠ぺいしてくれていたことが解ったわ」

姫様のお声は、本来、鈴を転がすように愛らしく聞き心地のよいものだ。それが今や、地獄の釜《かま》がふつふつと煮立つかのような、低く恐ろしいものになってしまっている。今にも舌打ちせんばかりに吐き捨てる姫様のお姿に、驚きよりも、「やっぱり」という納得の方が勝《まさ》る。

昼間、朝日夏嬢を保護してから、私達はすぐに姫様と通信を図った。私達の話を、当初は半信半疑の様子で聞いていらした姫様だったけれど、眠っている朝日夏嬢の姿を魔法石越しに見せると、すぐに真剣な表情となって、「必ず今日中に調べ上げるわ」と言ってくださった。

そして、今。深夜と呼んでなんら差し支えのないこの時間になってようやく、姫様からの通信が入ったという訳である。

「隠ぺいとは、ナツ・シンドーが、黒持ちであったからか？」

「話が早くて助かるわ……と、言いたいところだけれど、まだ足りないわね。エギエディルズ、そしてエストレージャ。貴方《あなた》達はもう気付いているのではなくて？」

男の問いかけに対して更に返された問いかけに、男とエストレージャは頷《うなず》いた。どういう意味かと二人を見ると、エストレージャが、「信じられないことだけど」と言い置いてから続けた。

「その……彼女からは、まったく魔力を感じないんだ」

予想外の言葉に目を見開く。魔力を感じない？　少しでもその髪に黒、ないしは黒に近い色を持つ者であれば、大なり小なりの違いはあれど、必ず魔力を持つというのがこの世界の常識だ。けれどこの少女には、その常識が当てはまらないらしい。

「異世界人であるがゆえだろう。ここまで解りやすい黒持ちでありながら、魔力を持たない相手など、普段から黒持ちに対していい感情を抱いていない馬鹿な神官にとっては格好の不満の捌《は》け口《ぐち》だ」

「そんな……」

頼るべき相手もいない世界で、ただ黒髪であるからというだけで、こんな姿にされるまで、この少女は追い詰められたなんて。そんなの、あんまりにもあんまりではないか。

すっかり言葉を失うばかりの私を一瞥《いちべつ》してから、努めて冷静な無表情をそのかんばせに貼り付けられつつ、姫様は淡々と続けられる。

「当初、ハル達が召喚された神殿は、女神の加護を受けたハルのみを保護し、黒持ちでありながら魔力を持たないナツを存在しないものとして幽閉していたらしいわ。それだけでも十分すぎるほど問題なのだけれど、もっとまずいのは、二人がこちら側の世界にやってきたタイミングよ」

「どういう意味だ？」

男の問いかけに、姫様は琥珀《こはく》色の瞳を眇《すが》めて、ちらりとベッドサイドに座って、俯《うつむ》いている千夜春少年へと視線を向ける。

「ハル。貴方、本当は大神殿に保護されるよりもずっと前……あたくしが女神から託宣を授かるよりもずっと前から、地方の神殿で暮らしていたわね？」

「ッ！」

朝日夏嬢の手を両手で握っていた千夜春少年の肩が、びくりと大きく跳ねる。明確な答えこそ返ってこなかったものの、その反応が何よりの答えだった。

託宣を授かる前から、神殿で――この世界で暮らしていた？

それだけ聞くと、何も悪くはないと思うのだけれど、姫様の無表情と、ますます険しくなる男の表情が、私のそんな浅はかな考えを否定してくれていた。

「どうやら、王位第一継承者たる姫君のご威光とやらは、未だ地方には届いていないらしいな」

皮肉をたっぷりと含んだ男の言葉を、姫様は否定なさるどころか「その通りよ」と静かに肯定して頷かれた。

「ハル達の存在が隠されていたことこそが、あたくし達にとっての、未だに残る神殿側の膿《うみ》であり、あたくし達が介入して治療せねばならない神殿の患部なの」

そこまで言い切っていいものなのかと逆に心配になるくらいに、姫様のお言葉には容赦のよの字もなかった。口を挟むこともできずに沈黙するしかない私の前で、姫様は極めて冷静に、そしてだからこそこれまた極めて怒っていることが知れる声音で、事の次第の説明を始めてくださった。

曰《いわ》く。

いくら女神の愛《いと》し子と呼ばれる巫女姫《みこ》という立場にあるとはいえ、姫様は、本来であれば、神殿のすべてを掌握《しょうあく》する必要はない。むしろ、政《まつりごと》を司《つかさど》る王宮側の権威と、宗教を司る神殿側の権威は、バランスよく配分されるべきであるらしい。

だがしかし、王宮側に、王位第一継承者としての権威とともに、巫女姫としての権威――すなわち、神殿側の権威をも持ち合わせている姫様が存在することで、その権威の天秤《てんびん》のバランスが近年崩れつつあったのだという。『巫女姫』の存在により、神殿側の人間が大きな顔をするようになってきていたのだそうだ。

ここ数年もの間に、私と男が巻き込まれた事件もまた、そういう神殿側の人間の暴走が原因の一つであったと言えるだろう。エストレージャという〝善《よ》き冬の狼《おおかみ》〟の末裔《まつえい》という存在が姫様の守護者の任に就いたことで、なおさら姫様のご威光は確かなものになったが、そのご威光を姫様個人のものではなく、神殿すべてに通じる威光であると考える神官は少なくないらしい。

だからこそ姫様は、魔王討伐以降、『巫女姫』という立場よりも『次代の王』という立場を優先なさり、神殿の権威を削り取るよう努めてきたという。

「皮肉なことだけれど、エギエディルズとフィリミナを巻き込んでしまった事件のおかげで、あたくし達王宮側の計らいは功を奏し、ようやく最近、権威の均衡が整いつつあったのだけれど……まあ当然、神殿側としては面白い訳がないわね」

姫様の無彩色だった無表情が、ようやくいつもの色彩豊かな鮮やかなものへと変わる。そこにある感情はお世辞にもご機嫌とは言い難《がた》い、非常に忌々《いまいま》しげなものだけれど、なんだかほっとしてしまう。

「――――なるほど」

ふ、と、男が吐息のように小さく呟いた。そちらを見遣《みや》ると、やはり非常に皮肉げな笑みを浮かべた男が、姫様のことを珍しくも同情的な目で見つめていた。

「だからこそのハルか。隠し玉としてはなかなか強烈だな」

「本当、嫌になるくらい察しがよくて何よりよ」

感心しているのか、はたまた辟易《へきえき》しているのか、どちらともつかない声音とともに、姫様は男に対していつぞやと同じくぱちぱちぱち、とわざとらしい拍手を送る。隠し玉とはどういう意味だろう。

男のように『嫌になるくらい察しがいい』訳ではない私とエストレージャが、困惑をあらわにして姫様と男の顔を見比べる。私達のもの言いたげな眼差《まなざ》しを受けて、男は一つ溜息を吐いた。

「つまり、神殿がハルの存在をひた隠しにしていたのは、姫に次ぐ『女神の加護を受けた存在』として、『次代の王』たる姫に対する切り札にしようとしていたということだ」

「切り札？」

「ハルが？」

きょとんと目を瞬かせ、エストレージャと顔を見合わせる。無言のまま視線だけで「意味が解った？」と問いかけると、私よりも察しのいい長男坊も未だ理解しかねているらしく、同じく無言のまま「さあ」とばかりに首を振る。

そんな私達のやりとりを見届けた男は腕を組み、もう一度溜息を吐く。

「まったく嘆かわしいな。姫の元に託宣が降りなければ、ハルの存在が明るみになることはなかっただろう。ハルを保護していた地方の神殿は、姫が『次代の王』という立場を選んだ時に、『女神の加護は我らにあり』とでも言って、ハルのことを旗頭にして神殿の権威の復興を狙うつもりだったのだろうが……託宣が降《くだ》ったのは、そういう奴らにとっては生憎《あいにく》だったたか」

「現在の神官長であるヒースロウ翁《おう》や、高位神官である叔父《おじ》上は、親王宮派とでも呼ぶべき派閥を形成されていらっしゃるから……今回はそれが仇《あだ》になったと言えるでしょうね」

つまり、姫様を代表とする王宮に対抗するための、神殿側の派閥の代表として、いずれ千夜春少年を担ぎ出そうとしていたと、そういうことか。

やっと得心がいって頷く私とエストレージャに、男は頷きを返し、そして憐《あわ》れむように横目で、ベッドの上で眠る少女を見遣った。

「そこのナツ・シンドーの存在がなかったものとされたのも、ハルの存在の神聖性を高めるためだろう。双子の妹が魔力のない黒持ちだなんて、とんだ醜聞《しゅうぶん》だと騒ぎ立てられかねないからな。この様子から察するに、相当の迫害を受けたと見ていいだろう」

男の言葉に、ぎくりとエストレージャが身を強張《こわば》らせる。この子もまた、かつて神殿から迫害を受けた身だ。色々と思うところがない訳がない。

蒼褪《あおざ》めた顔色があまりにも痛ましくて、私は座っているソファーの横を示しつつ、エストレージャのことを手招いた。

「エージャ、いらっしゃい」

「え、あ……」

「構わないから、いらっしゃい。わたくしの隣に来てくれないかしら」

ね？　と駄目押しのように首を傾《かし》げてみせると、姫様の手前、遠慮していたらしい長男坊は、おずおずとやってきて、私の隣に座ってくれた。

手持ち無沙汰《ぶさた》になっている手は震えている。その手に私は自分の手を重ねてぎゅっと握り、向こう側に立っていた男がぐしゃりとエストレージャの頭をかき混ぜるように撫でる。乱された髪を気恥ずかしげに片手で直す長男坊の、そのもう一方の手を握ったまま、私は姫様へと再び視線を向けた。

姫様の視線は、私達へではなく、ベッドの上の朝日夏嬢へと向けられている。

「ナツ・シンドーは、保護……正確には監禁されていた神殿から、自力で逃げ出したとのことよ。その行方《ゆくえ》はようとして知れず、ハルが大神殿に保護された後も解らないままだったわ。神殿が秘密裏に捜索を続けていたのに、まさか、貴方達の元に現れるなんてね。これも女神のご采配《さいはい》かしら」

ありがたいこと、と続けつつ、実際はこれっぽっちも『ありがたく』なんて思っていらっしゃらないことが知れる口ぶりだ。女神の愛し子という立場にある姫様ですらそうなのだから、女神様への信仰心がおそらくは我が国の中でも特に薄いと思われる私はなおさらだ。

これが女神様のご采配？　本気でそうなのだとしたら、女神様はあまりにも残酷でいらっしゃるのではなかろうか。異世界からやってきた寄る辺のない少女を、唯一頼りになる兄から引き剥《は》がし、迫害の末に放り出すなんてあんまりだろう。

そう思ったのは私だけではないらしい。男もエストレージャも、厳しい表情で黙りこくっている。

そして。誰よりもこの事態を、許し難く思っているのは。

「――――なんだよ、それ」

姫様の淡々とした声とまるで正反対の、怒りに震える声が耳朶《じだ》を打つ。

ハッと息を呑んでそちらを見ると、ベッドサイドで俯いたまま座っていた千夜春少年が、立ち上がって私達のことを睨み付けていた。青の差し込む焦げ茶色の瞳が、燃え盛るような怒りで爛々《らんらん》と輝いている。そのわずかばかりの青が、彼自身の感情の昂《たか》ぶりゆえにきらりと瞳の奥で閃《ひらめ》く。

「ふざけんなよ！」

筆舌に尽くし難い怒りを感じた。千夜春少年は、私達一人一人を睨み付けてから、ずんずんとベッドサイドから突き進み、姫様の前まで辿《たど》り着くと、彼女にその燃えたぎる瞳を向けた。

それぞれ握り締められた拳が震え、力を込めすぎているせいで血の気が失《う》せている。儚げな印象を抱かせる美貌が、怒りによってあまりにも鮮やかな色を放っている。まるで花火のような美しさと激しさを撒《ま》き散らしながら、千夜春少年は叫んだ。

「なんでひながそんな目に遭わなくちゃいけないんだよ！　なんなんだよ、だって、最初の神殿の奴ら、みんな言ってたじゃんか！　ひなのことは気にするなって、大丈夫だからって！　俺の方がよっぽど重責を背負ってるんだから、ひなのことは自分達に任せろって！　悪いようには絶対にしないって言ってたくせに！　なんだよそれ、じゃあ俺は何のためにここまで来たんだよ!?　ひなが無事だって言うから俺は従ってたってのに、それなのに、なのに……っ！」

私達や神殿に対する怒りはもちろんあるのだろうけれど、それ以上に、千夜春少年の言葉からは、自分自身に対する怒りをより強く感じた。大切な妹が傷付けられていたというのに、それを知らずに自分ばかりがのうのうと過ごしていたことが、彼にとって何よりも許し難いことなのだろう。

かける言葉が見つからない私達をほとんど涙目になって睨み付け、そしてその視線を今度は男へと向ける。そこには怒りとともに、すがるような光が宿っていた。

「エギさん言ってたじゃんか！　黒持ちであっても、苦労ばかりじゃないって！　倖《しあわ》せにだってなれるんだろ!?　だから、だから俺はひなだって大丈夫だって思ってたのに！　だから俺がどうなってもひながいいならそれでいいって、そう思ってたのに、なんだよ、なんでこんなことになってんだよ!?　こんなの酷《ひど》すぎるだろ!?」

かける言葉なんて見つからなかった。千夜春少年の怒りが、あまりにも当然のものであったからだ。

誰もが何も言えず黙りこくる中で、千夜春少年の怒りがにじむ荒い息ばかりがやけに目立っている。

その時だった。


「――お兄ちゃん、うるさい」


自分でも制御できない怒りに打ち震えている少年に、まるで氷水を思い切りかけるかのような、冷ややかな声が上がった。涼やかな、姫様のお声とはまた違った意味合いで聞き心地のよい声だ。

弾《はじ》かれたように勢いよく、千夜春少年が、ベッドの方を振り返る。そこでは、それまで眠りに就いていたはずの少女――新藤朝日夏嬢が、ゆっくりとその身体を起こそうとしているところだった。

「ひな！」

千夜春少年が慌てて彼女の元に駆け寄り、その身体を支える。それに大人しく甘えながら完全に上半身を起こした朝日夏嬢は、ぼさぼさの前髪から覗《のぞ》く瞳を私達の方へとちらりと向けた。双子の兄であるという千夜春少年と同じ、焦げ茶色の青をほんの少し混ぜたかのような、見る者がつい見入ってしまうに違いない色を宿した瞳が印象的だった。

「ひな、起きたのか⁉　だいじょ……っ⁉」

「私なら大丈夫よ。ちゃんとアルベリッヒが助けてくれたから」

兄の言葉をぴしゃりと遮るように告げられた言葉に、千夜春少年が訝《いぶか》しげに首を傾げる。そして私達は、朝日夏嬢の口から飛び出した予想外の名前に、大きく目を見開く羽目になった。

「は？　誰だよ、アルベリッヒって」

「精霊の王様だって本人が言ってた。名前がないと不便だから、私が勝手に『アルベリッヒ』って呼んでたの。知ってるでしょ、『真夏の夜の夢』の妖精の王様の別名」

「精霊の王様ぁ？」

なんだそれ、と思い切り顔に描いて首を傾げる千夜春少年に対し、朝日夏嬢は大真面目な様子で頷きを返す。そしてそのままその瞳が、驚きに固まっている私達の方へと向けられた。

「……あんた達は知ってるでしょ？　アルベリッヒが知り合いだって言ってたもん」

「精霊王が御自《おんみずか》ら、お前を俺達の元に導いたということか？」

男の問いかけに、朝日夏嬢は俯いて、「そういうことでいいと思う」と小さく呟く。

ええと、そういうこととはつまりどういうことだ。察しが悪くて申し訳ない。

精霊王アルベリッヒ。それはまだ記憶に新しい存在である。

あらゆる精霊の長にして、女神の第一の従者にして唯一無二の夫でもあるかの御仁は、こちら側の世界、つまりは人間界とは、基本的に決して乗り越えることが叶《かな》わない壁を隔てて存在する精霊界にて、悠久の時を過ごしていらっしゃるはずだ。

彼の気まぐれのおかげで、先達《せんだつ》ての《プリマ・マテリアの祝宴》において、私達は王都から精霊界へとさらわれてしまった子供達を取り戻すことができたのだけれど――あの精霊王が、自ら朝日夏嬢を助けたとは、にわかには信じ難い。

そう思っているのは私ばかりではないらしく、男も姫様も、半信半疑の様子で朝日夏嬢の言葉の続きを待っている。そんな二人と、戸惑いを隠せていないエストレージャと私、そして自己嫌悪に苛《さいな》まれている様子の自らの兄の顔を見比べてから、朝日夏嬢は、とつとつと言葉を紡ぐ。

「その、あの最低な神殿から逃げ出してから、私、自分でこの王都まで来たんだけど……。えっと、あんた達の言う、《祝宴》でいいのかな。あの時に、隠してたこの髪を見られて襲われかけて。もうだめだって思った時に、アルベリッヒが、あっちの世界に私を喚《よ》んでくれたの。それからしばらく私はあっちにいたんだけど、お兄ちゃんが、大神殿？　ってところに保護されたから、そろそろいいだろうってことで、アルベリッヒは私をこっち側に送り返してくれて……」

自分で語りながら、これまでの仕打ちを改めて思い出したのか、朝日夏嬢は震える自らの身体を抱き締める。そんな妹の肩に手を回し、千夜春少年が「ごめん」と今にも泣き出しそうな声で呟く。けれど、その「ごめん」こそが、朝日夏嬢にとっての逆鱗《げきりん》だったらしい。「ごめんって、それ、どういう意味？」と短く問いかける少女の声音は氷のように冷たく、兄に向ける視線もまたどこまでも冷ややかなものだ。

「その『ごめん』は、私のことなんてすっかり忘れて遊びほうけてたことに対して？」

「え、あ」

「そうだよね、お兄ちゃん。随分楽しそうにしてたんでしょ。私が神殿の奴らに、どんな目に遭わされてるかなんてちっとも知らないで!!」

「ッ！」

身体を支えていた枕を、朝日夏嬢は千夜春少年に、怒声とともに叩《たた》き付ける。それを避《よ》けることなく受け止めた千夜春少年は、無言で俯いてしまう。

直接的に怒りをぶつけられているのは千夜春少年だけだけれど、朝日夏嬢のその感情の矛先は、兄である少年だけではなく、この世界のすべてに対して向けられていると言っても過言ではないだろう。やはりかける言葉が見つからない。私からの……いいや、私ばかりではなく、この世界の人間の謝罪なんて、きっと朝日夏嬢には意味がない。黒持ちを忌避《きひ》する風潮について、今までだって何度もその理不尽さに怒ったり悲しんだりしてきたものだけれど、私が感じてきたそれらの感情よりももっと強い理不尽さを、朝日夏嬢は押し付けられてきたのだから。

朝日夏嬢に反論できる者がいるのだとしたら、それはこの部屋ではたった一人しかいない。

「俺が言う台詞《せりふ》ではないのだろうが、よかったな」

その『唯一』である、今まできっと誰よりも黒持ちとして過酷な人生を歩んできたに違いない男が、驚くほど穏やかに言葉を紡いだ。

「…………え？」

「何がよかったっていうんだよ？」

予想外の言葉に、きょとりと朝日夏嬢が瞳を瞬かせ、千夜春少年が先程よりももっと視線を鋭くする。ごもっともな反応を見せる二人に、男は小さく笑ってみせる。その美しい笑顔に新藤兄妹が揃《そろ》って見惚《みと》れる中、男はすいっと人差し指を千夜春少年へと向ける。

「ナツ・シンドーと言ったな？　今日に至るまでの経緯については同情するが、まずはそこのハルとの再会を喜んだらどうだ。お前からしてみたら、遊びほうけていただけに見えるかもしれないが、お前の兄は、お前のことをずっと気にしていたようだぞ。それこそ、この俺に直接、黒持ちについて言及するくらいにはな」

　称賛に値する勇気ある愚行だ、と男はくつくつと喉を鳴らした。千夜春少年が息を呑んで顔を朱に染め、そんな兄を信じられないものを見る目で朝日夏嬢は見つめる。

　先程まで二人の間に流れていたどこかギスギスとしていた空気が、ほんの少しだけだけれど、なんだか和《やわ》らいだような気がした。

　無意識に詰めていた息をほうと吐き出すと、隣のエストレージャもまたほっとしたように眦《まなじり》を細める。顔を見合わせて笑い合えば、魔法石から映し出されている姫様もまた、安堵《あんど》をにじませてその花のかんばせの緊張を緩めた。

「あたくしも、自らの立場というものを今一度見直さなくてはならないわね」

　誰にも同意を求めることなく、自分に言い聞かせるように呟かれたそのお言葉に対して答えることができる者はここにはいなかった。頑張ってくださいませ、なんて、とんだ無責任な応援だろう。だから私は頷くだけに留めた。

　姫様がご自分で成し遂げねばならないと思っていらっしゃることに、私が口を挟む権利はない。その代わり、もしも姫様が助けを求められたならば、いつだってその手を取るつもりだ。だからこそ私は、千夜春少年のことを、この屋敷に受け入れたのだから。

そう決意を新たにしていると、それまで黙っていた朝日夏嬢が、そっと「ねえ」と口を挟んできた。

「まだ話は続くの？　ちょっと私、もう少し眠りたいんだけど」

お兄ちゃんと一緒に、と朝日夏嬢が、顔を赤らめながらそう言うと、千夜春少年も「俺からも頼む」と妹の発言を後押しする。この兄妹には、ゆっくり休む時間とともに、二人でじっくり話し合う時間も必要だろう。そして私達もまた、姫様と話し合う時間が必要だった。

客室に新藤兄妹を残し、私達は姫様と通信が繋《つな》がったままの通信用魔法石とともにリビングルームへと移動した。ようやくリビングルームのソファーに腰を落ち着けた頃になって、それまで何かを考え込んでいた様子の男が、一人、「なるほど、そういうことか」と何やら合点がいったように頷いた。

「エディ？」

「父さん？」

「ちょっとエギエディルズ。一人で納得しないでくれるかしら」

私達に一斉に見つめられ、男は「つまり」と口火を切った。何がつまりなのだろうと首を傾げ合う私達に対して、男は淡々としているようで、どこか熱が籠《こも》った声音——すなわち、知的探求心が大いに刺激されていることが汲み取れる、王宮筆頭魔法使いとしての声音で続ける。

「《祝宴》における王都にいた子供達が精霊界へとさらわれた事件だが。あれは、精霊王がナツ・シンドーをあちら側へと召喚した余波だったのかもしれない」

「待ちなさい、エギエディルズ。だったら、『世界を隔てる壁にヒビが入ったから』という精霊王の言葉は偽りであったとでも言うつもり？」

姫様の言葉に同意するように、エストレージャがこくこくと頷く。精霊が、冗談を言うことはできても、嘘偽りを言うことはできないということは、私でも知っているこの世界の常識である。いくら精霊王であろうとも、その常識——世界の決まりごとを破ることは叶わないはずだ。

「いいや、『世界を隔てる壁にヒビが入った』ことは事実だ。だからこそハル・シンドーと、ナツ・シンドーは、この世界に召喚された。問題はその後だ」

「……と、仰《おっしゃ》いますと？」

「王都の子供達が揃いも揃って皆、一様に精霊界にさらわれた……いいや、『落ちた』とでも言う方が真実に近いか。何故『落ちてしまった』のが王都の子供達に限定されていたのかが気にかかっていたが、あれが精霊王によるナツ・シンドーの召喚の影響であったならばすべて説明できる」

いつもより早口な口調で続ける男に、誰も口を挟むことができない。私達の戸惑いをよそに、男は更なる早口で続けた。

「この王都は俺が創り上げた結界で守護され、外界とは隔絶された都市であると言える。しかも姫の神気で満たされていることから、王都は一つの『世界』を形成していると言っても過言ではない。その王都の中で、世界の境界が曖昧《あいまい》になる《祝宴》において精霊王——精霊界からの干渉があったことで、『王都』という一つの『世界』が根底から揺るがされたのだろう。だからこそ王都の子供達だけが世界を隔てるヒビから『落ちてしまった』。異世界は三千世界と謳《うた》われるほどに多岐《たき》に渡る。単純に世界を隔てる壁にヒビが入ったことだけがきっかけであったならば、本来は子供達は精霊界のみならず、ばらばらに分散し、あらゆる世界に『落ちて』しまっていたはずだ」

男が展開する持論に、姫様の表情がより厳しいものとなり、エストレージャの顔色が青くなる。私もまた、さっと顔から血の気が引いていくのを感じた。

改めて、子供達を無事に取り戻すことができたことが奇跡のように思えてならない。今頃寝室で健やかに眠っているであろうエリオットとエルフェシアの存在を確かめたくて仕方がなくなってくる。

そわそわと落ち着かなくなっている私を見遣り、一言「落ち着け」と言い置いてから、男は更に続けようと口を開く。

「だからこそ、子供達が同じ世界である精霊界に『落ちた』のは、精霊王によるナツ・シンドーの召喚が呼び水となった可能性が高い。《扉》が精霊界に対して開かれたがために、子供達はナツ・シンドーとともに精霊界に『落ちた』のだろう。精霊王が開く《扉》の大きさは、俺が創る《扉》の比ではないからな。ゆえに……」

「ああ、そこまでになさいな、エギエディルズ。その件については後程書面であたくしに報告なさい」

男の熱弁を、姫様がいかにも辟易したように片手で制する。む、と男が不満げにしながらも口を噤《つぐ》む。そんな男を横目に、姫様は一人、深く溜息を吐かれた。そこに込められた感情を、私が知ることは叶わない。きっと姫様は、それを望まない。それでも、いいや、だからこそ私は、どんなことがあったとしても姫様の味方でありたいと思うのだ。

「……ハルは、あんな顔をして、あんな声で怒鳴ることができたのね。見直したわ」

ぽつりと、そう姫様は呟かれた。いつだって軽薄な態度を取っていた千夜春少年について、姫様として思うところがない訳がなかったらしい。どこか安堵しているようなその声音に私もまた頷きを返すと、姫様は小さく微笑《ほほえ》んでから、凛々《りり》しくその花のかんばせを引き締められた。

「エギエディルズ、フィリミナ、エストレージャ。ハル・シンドーとともに、ナツ・シンドーのことも、クレメンティーネの名のもとに、貴方達に一任するわ。……どうか、できる限り、二人の思うように取り計らってあげて」

「――――御意」

「かしこまりました」

「必ず」

姫様に対し、男が一礼し、私とエストレージャもまた立ち上がってその後に続く。そうして魔法石の光が消え、通信が途絶えるまで、揃って頭を下げたままでいた。

他ならぬ姫様の――大切な友人の『お願い』だ。私はなんとしても、そのお願いを叶えてみせる所存である。

何も知らない私は、それがどれだけ傲慢な決意であったかなんて、やはり知る由《よし》もなかったのだ。

＊＊＊

本日のおやつは、とっておき。旬の林檎《りんご》をたっぷり詰め込んだ、冬にこそ食べたいホットアップルパイである。焼き立てのそれに硬めに泡立てた生クリームを添えて、私は覚悟を決めて口を開いた。

「あの、朝日夏さん。そろそろお茶のお時間ですので、今日こそぜひご一緒に……」

「………」

私が声をかけるなり、我がランセント家別邸の預かりとなっている新藤朝日夏嬢は、ソファーの片隅に小さくなって座っていた状態でびくりと身体を震わせた。かと思うと、すっくとすぐさま立ち上がり、そのまま無言でリビングルームから出ていってしまう。

何もかもを拒絶しているその後ろ姿にかける言葉が見つからず、彼女の姿が完全に視界から消えてしまうまで見送ってから、私は深々と溜息を吐いた。

千夜春少年に引き続き、朝日夏嬢を受け入れてから、今日で一週間。その間、私が彼女と交わした会話なんて数えるほどにもない。声をかけるたびにびくびくと怯えられ、そのまま無言で俯かれるか、あるいは先程のように無視してどこかへ行かれてしまうかのどちらかばかりだ。

この一週間、朝日夏嬢は基本的に食事の時間すら客室に閉じこもっており、千夜春少年に食事の橋渡しを頼むことでなんとか食事を食べてもらえている状態である。

今日は珍しくもリビングまで出てきてくれていたから、これはチャンス！　と、ここぞとばかりにとっておきのおやつを用意したのだけれど……結果はご覧の通りである。

ああ、情けなく溶けていく生クリームがもの悲しいことこの上ない。

「おかあしゃま、エリーのは？」

「エルも！　エルも食べたぁい」

「ええ、あなた達の分は、林檎をあまーく煮たコンポートよ。いくらたくさんあるからと言っても、ちゃんとお夕飯が食べられる量にしておきなさいね」

「はぁい！」

「はぁい！」

ひとまず持っていたアップルパイを横に置いてから、ちょこんとお行儀よく小さな椅子に腰かけて、今か今かと本日のおやつを待ち焦がれているエリオットとエルフェシアの前に、別に作った林檎のコンポートを出す。

わぁっと歓声を上げて、幼児用のフォークを突き刺して口に運ぶ二人のおかげで、折れそうになっていた心がかろうじて持ち堪《こた》えてくれるのを感じた。子供達が今日もかわいいおかげで、私も今日も元気でいられる。

「うわ〜〜、いい匂い！　フィリミナさん、今日のおやつはなーに？」

「あら、千夜春さん。ちょうどいいタイミングね」

「そりゃ毎日この時間においしいおやつを作ってくれたら、呼ばれなくても来るに決まってるでしょ。おっ！　やった、アップルパイじゃん」

ローテーブルの片隅でひっそりと悲しく湯気をくゆらせているアップルパイを見つけた千夜春少年の瞳がきらりと輝く。その笑顔にほっとしつつ、私は彼のために新たにアップルパイを切り分けた。いそいそとソファーに腰を下ろし、「いっただっきまーす！」と元気よく手を合わせるが早いかアップルパイを切り崩し始める千夜春少年のために、薬草茶を淹《い》れる。もちろんついでに自分のカップにも注ぎ、千夜春少年の正面のソファーに腰を下ろす。

　淹れたての薬草茶を一口飲み、気分を落ち着けてから、いざ、とアップルパイを頬張っている千夜春少年と向き直る。

「千夜春さん、朝日夏さんにも、後で持っていってさしあげてくれるかしら。今はそういう気分ではなかったらしくて、お部屋に戻ってしまわれて……」

『今は』どころか、『毎回』、そういう気分ではないらしいのだけれど、それは言わぬが花である。千夜春少年は、私が口にしなかったその部分について、私以上によくよく理解しているだろうに、突っ込んでくるような真似はせず、あっさりと頷いてくれた。

「ん、いいよ。あいつなら、部屋でエギさんから借りた絵本を読んでるし。すぐに甘いもの欲しくなるでしょ」

「ありがとう。気に入ってくださるといいのだけれど」

「大丈夫大丈夫、ひなは気に入らなかったら残すだけだって」

「……そう」

　それは大丈夫とは言わないのではないだろうか。まあ今日に至るまで今のところ彼女が私が作る食事やおやつを残したことはないから、それなりに気に入ってくれているのかもしれない。その割に、まったく、ちっとも、これっぽっちも、心の距離が縮まった気がしていないので、いっそ涙がちょちょ切れそうである。

　この世界で散々な目に遭ってきたのだという彼女の心を掴《つか》むのに、まずは胃袋から、なんてふらちなことを考えているからいけないのか。

「朝日夏さん、エディとは、絵本の貸し借りをするくらい仲良くなっているのね」

そう、私が勝手に独り相撲を繰り広げているのとは裏腹に、大して何かをしているようには見えないあの男は、気付けば朝日夏嬢と親交を深めている。正確には、朝日夏嬢の方から、あの男に近付いていっていると言うべきか。

私相手には何をするにも怯えた印象であるというのに、あの男に対してはどことなく、けれど確実に好意的な様子なのだ。あの男が大切にしている絵本まで貸すくらいなのだから、男の性格と、朝日夏嬢の今日までの経緯を踏まえると、二人の関係はかなり良好であると言えるだろう。

ちなみにエストレージャに対しても、多少は怯えている様子ではあるけれど、当初に比べたら随分と打ち解けている。それなのに……ああそれなのに。

私だけ、何故だ。何故怯えるのだ朝日夏嬢よ。

「わたくし、エディよりも怖いお顔をしているかしら……」

だとしたら結構ショックである。あの不愛想よりも怖い顔とはこれいかに。

溜息混じりに呟くと、ふいに千夜春少年がフォークを皿の上に置いた。ん？　とそちらを見遣れば、ばちりと青の混じる焦げ茶色の瞳と視線が噛《か》み合う。きらりときらめく青に、何か？　という気持ちを込めて首を傾げてみせると、儚げな美貌の少年は、その可憐《かれん》なかんばせに相応しい、とても美しい笑みを浮かべてくれた。

「俺はエギさんよりももちろんフィリミナさんのが好きだけど？」

「まあ、光栄だわ」

「……えっ。それだけ？」

「それだけ、と言われても……」

他に何かあるだろうか。んん？　と更に首を捻《ひね》れば、コンポートに夢中になっていたエリオットとエルフェシアもまた、私達の顔を見比べて、二人揃って小首を傾げてくれる。くっ！　かわいい。こんなにもかわいい子達をなでなでせずにいるなんて罪でしかない。

手を伸ばして、それぞれ色も質感も異なるけれど、まだまだ同じように柔らかい二人の髪を、梳《す》くように撫でる。くふくふと嬉《うれ》しそうに笑うエリオットとエルフェシアに、とてつもなく癒されていくのを感じていると、何やらもの言いたげな視線を感じた。

「千夜春さん？」

「……別に、なんでもないけどさぁ。それよりも、フィリミナさん、ひながエギさんに懐《なつ》いてるってことについて、なんか思うところはないの？」

「思うところ？」

「そりゃもちろん、嫉妬に決まってるでしょ」

にやりといかにも意地が悪そうに薄い唇の端をつり上げる千夜春少年の言葉に、「あら」と思わず呟いて目を瞬かせる。なるほど。嫉妬。嫉妬か。すなわちジェラシー。……うーん。

「嫉妬というよりも、普通に、どうして朝日夏さんがエディのことを好いてくれているのかが気になるわね。こう言っては何だけれど、エディはお世辞にも愛想がいいとは言い難いし、どちらかというと近寄り難いと言われるタイプだし……何がきっかけだったのかしら」

できれば私も、一度くらいはまともに朝日夏嬢と会話したいものである。同じ屋根の下で暮らしているのだ。どうせならば仲良くなりたい。姫様からも任せていただいているのだから、気兼ねなく心地よく過ごしてもらえるように尽力したい。そのためにはやはりまずは仲良くなるところからだと思うのだけれど、現状として、その望みが叶う日はとっても遠そうだ。

一体どうしたものかと思いつつ薬草茶を口に運ぶと、何やら思案していたらしい千夜春少年が、ふと「ひなにとっては、エギさんはヒーローなんだよ」とぽつりと呟いた。

どういう意味かと視線で先を促《うなが》すと、アップルパイを口に放り込んだ千夜春少年は、「フィリミナさんには解んないかもしれないけど」とワンクッション置いてから続けた。

「あいつ……ひなは、この王都に来るまでの道で、エギさんの噂《うわさ》を色々聞いたんだってさ。黒持ちなのに、みんなに認められてて……まあ怖がられてもいるみたいだけど、それにしても立派なもんでしょ。だからだよ」

「そう、なの」

——なるほど、そういうことか。

『ヒーロー』ならば、きっと自分のことを守ってくれる。同じ黒持ちであるなら、なおさら。そう朝日夏嬢が思っても確かに不思議ではないのかもしれない。あの男は、そんな朝日夏嬢の気持ちに気付いているのかもしれない。黒持ちとして迫害されてきた身の上に、かつての自分を重ねているのかもしれない。そう思うとずきりと胸が痛む。あの男と、朝日夏嬢は、同じ悲しみを抱えているのだろうか。その悲しみを少しでも払う手助けを、私はできないだろうか。

「だからさぁ、フィリミナさん。ひなのことは、エギさんに任せておけばいいと思うんだよね」

「……え？」

何かできたらいいのに。何ができるだろうか。そう考え始めた私の思考に、冷や水のような千夜春少年の声音が割り込んできて、思わず間抜けな声を上げてしまった。どういう意味かと彼の顔を見遣ると、千夜春少年はアップルパイをフォークの先でつつきながら「だからさぁ」と続けた。

「食事とかおやつは俺が持っていくし、普段の暇潰しはエギさんから借りた本でなんとかなるし。フィリミナさんはひなのことをそんなに気にしなくていいんじゃない？　それよりも、その分、俺のことを構ってくれると嬉しいんだけど？」

冗談混じりに言っているようで、その千夜春少年の言葉は、どこまでも真剣なもののように聞こえた。朝日夏嬢に近付くな、ということだろうか。確かに私に対するあの過度な怯えぶりを鑑《かんが》みるに、朝日夏嬢のことを本当に気遣うならば、私は手を出さない方がいいのかもしれない。

一体何故なのだろう。私が知らない内に何かしてしまったのか。やはりちっとも解らない。

「おかあしゃま？」

「だいじょぶ？　へーき？」

無言で考え込み始めた私のことが今度は気にかかったらしいエリオットとエルフェシアが、自分のフォークにそれぞれコンポートを突き刺して、ずいっと私の前に突き出してくる。こらこらお行儀悪いぞ、と思えども、その後に続いた二人の言葉に、私は注意することができなくなってしまった。

「はい！　エリーのりんごさんあげる！」

「エルのもどうぞ！　おいしいのよ！」

あらあらあらまあまあまあ！　あまりにもかわいすぎて変な声が出そうになってしまった。二人の前ではお上品なお母様でいたいので、必死にその変な声を飲み込んで、にっこりと二人に笑いかける。

危ない危ない、気を抜いたらどろどろに笑み崩れてしまいそうなのだから、下手に気を抜けない。恐ろしい子供達である。

「ありがとう、エリー、エル。じゃあ一口ずつ頂こうかしら」

「あい！」

「どうぞ！」

エリオットとエルフェシアから林檎のコンポートをそのままあーんしてもらう。ぐいぐいと押し付けてくるせいで口の周りがべたべたになってしまったが、それはそれ、ご愛嬌《あいきょう》という奴だ。

我ながら上出来の味だ。もちろんこの林檎を使ったアップルパイも自信作だった訳で、だからこそ朝日夏嬢にも温かい内に食べてもらいたかったのだけれど、現実とはままならない。

布巾で口元を拭って薬草茶を再び口に運ぼうとすると、ふいにその手を掴まれる。ぱちくりと瞳を瞬かせると、千夜春少年が私の手をしかと掴んでいた。思いの外強い力で掴まれて手が動かせない。どういうつもりなのだろう。千夜春少年が、身を乗り出して私の顔を間近で覗き込み、もう一方の手を伸ばしてくる。

「フィリミナさん、まだついてるよ」

「え？　あ」

千夜春少年の手が私の唇の端に触れ、そこについていたコンポートのシロップを拭い取る。唖然《あぜん》と固まる私の目の前で、彼はそのまま指先のシロップを、自らの口へと運んだ。

「ゴチソウサマ。普通に食べるよりずっと甘いね」

ちろりと赤い舌で指を舐《な》め、そうしてにやりと唇の端をつり上げる美少年のこの笑顔を見た者は、老若男女問わずくらりとしてしまうに違いない。儚げな印象の中に、ぞっとするほどの色を孕んでいる。お見事、と思わず拍手したくなってしまった。

「ありがとう、と言うべきかしら？　大人をからかうものではなくてよ」

「俺は本気なのに。フィリミナさん相手だからだよ」

なんだろう。これはもしや、まさかとは思うが、口説かれていると考えていいのだろうか。

最近になってやけに千夜春少年が距離を詰めてくるようになったことには、流石《さすが》の私も気付いていた。けれどそれは、より一層この屋敷に、私達に、心を許してくれるようになったからなのだろうと思っていた。朝日夏嬢があの男を慕ってくれる分、この少年は私の方を頼りにしてくれているのだとばかり思っていたのだけれど、なんだか違うような気がする。

この少年が私に親愛以上の想いを抱いてくれつつあるからなのか。いや、ない。普通に考えてないだろうそれは。

「めっ！　だよ！」

「ハルくん、めっ！　なの！」

どう答えたものかと思案する私と、そんな私の顔を至近距離で覗き込んでくる千夜春少年の間に、椅子から降りたエリオットとエルフェシアが、むうっと頰を思い切り膨らませて割り込んできた。

二人はよじよじとソファーに上り、私の膝を占領したかと思うと、それぞれ小さなおててでぐいぐいと千夜春少年を押し返し始める。

「エリー？　エル？」

「あいたたたっ！　えっ⁉　なに⁉　二人ともどうし……」

「めっ！　だよ！」

「めっ！　なの！」

慌てた様子の千夜春少年を、二対の大きな朝焼け色の瞳が睨み付ける。そして、エリオットとエルフェシアは口々に続けた。

「そーゆうの、おとうしゃまだけ！　ハルくんはめっ！」

「おとうしゃまだけだもん！　だからめっ！　なのよ！」

「——まったくだ」

「うわっ⁉」

突然割り込んできた聞き心地のいい美声に、大きく身体をびくつかせて、千夜春少年が私から離れていった。

これまでの経験上、いい加減慣れてきた登場の仕方に、私は扉の方を見遣る。予想通りというかなんというか、そこでは、転移魔法にて直接この屋敷の中にやってきたに違いない我が夫が、開かれた扉にもたれ、腕を組んでこちらを見つめ……いいや、睨み付けていた。

「まあ、エディ」

「おとうしゃま！」

「おかえりなしゃい！」

エリオットとエルフェシアが嬉しそうな声を上げて、我先にと男の元へとよちよちと駆け寄る。二人を両腕で軽々と抱き上げて、男は大股でこちらへと歩み寄ってきた。

「エリオット、エルフェシア。お前達の方がフィリミナよりもよっぽどよく道理を解っているな」

淡々としながらも根底に怒りが潜む声音に、千夜春少年が顔を引きつらせる。それを横目に、私もまた立ち上がり、ひとまずエルフェシアを男から受け取った。

「どうなさいまして？　まだお仕事のお時間でしょうに。こんな時間にお帰りなんて、何か忘れ物でもなさったのですか？」

「いや、休憩時間だからな。ナツでも読めそうな本をいくつか見繕《みつくろ》って届けに来ただけだ。すぐに黒蓮宮《こくれんきゅう》に戻る」

「あら、お優しいこと。それは素敵ですね」

この男も、他人に対してこんな気遣いができるようになったのかと思うと、しみじみと感動してしまう。私に言われたくはないだろうけれど、よくぞここまで成長してくれたものだ。ランセントのお義父《とう》様と、この男と共通の友人である勇者殿と一緒に、盛大にシャンパンで乾杯したくなってしまう。

「ほら、ハル。とっとと持っていってやれ」

エリオットを片腕に抱き直し、空いた方の手の指を男はパチンと鳴らした。その瞬間、ローテーブルの上に、美しい挿絵《さしえ》の絵本が何冊も積み上がる。見たことのある表紙ばかりなのは、幼かった私達が一緒になって読み合った絵本だからだろう。

今回男が用意してくれた本は、文字がほとんどない、挿絵こそが主役となっている絵本だ。この屋敷から一歩も出ようとしない朝日夏嬢のためにはきっとちょうどいいに違いない。

積み上がった絵本をしばし見つめていた千夜春少年は、男にちらりと……もとい、ぎろりと一睨みされると、いかにも恐ろしげに肩を竦めてみせてから、絵本を両腕に抱えた。

「ありがと、エギさん。それじゃあフィリミナさん、後でね」

そのままリビングルームから出ていく千夜春少年を見送っていると、あごに男の手が宛がわれる。

あら？　と首を傾げようとしたのだけれど、それは叶わなかった。

しっかり男の手によってあごから頭を固定され、そのまま上を向かされた私の唇の端を、男が直接舌でぺろりと舐める。え、今、何を。

予想外の感触に硬直する私の耳に、エリオットとエルフェシアが「エリーも！」「エルも！」と主張する声が飛び込んでくる。くつくつと笑いながら私と男の腕に抱えられている双子の頬にそれぞれ触れるだけの口付けを落とした男は、未だ呆然としている私に向かって、にやりと笑った。

「消毒だ」

「えっ、あ、な……っ!?」

消毒って。消毒って！

あれか、つい先程、千夜春少年の指先が拭ってくれた部分に対してか。そんなところから私達の様子を窺っていたのかこの男。もっと早くに登場してくれればよかったのに。

顔が赤くなってしまうのをどうしようもできないまま、男のことを恨めしげに睨み上げると、男は「仕方がないだろう」と悪びれる様子もなく淡々と言い返してくる。

「浮気現場にいきなり踏み込めるほど、俺は図太くはないんでな」

どの口がそれを言うのだろう。この男が図太くないなら、世の中の大半の人間が硝子《ガラス》細工のように繊細になってしまう気がする。

「浮気だなんて。千夜春さんは、わたくしをからかいたいだけだと思いますよ」

「どうだかな。たとえあちらがからかいたいだけだったとしても、お前はそうは思わなくなるかもしれないだろう」

「まあ、あなたったら」

むっすりと吐き捨てる男の顔を、ぺちぺちとエリオットが叩く。「おとうしゃま、にこってして！」とせがまれ、その通りに笑みを浮かべてエリオットを抱き締める男にどうしようもなく胸が高鳴る。

ふふ、とつい笑うと、エルフェシアが不思議そうに首を傾げる。その頬に自分の頬を擦り寄せてから、私はちょいと背伸びをして、男の鼻先に口付けた。

「わたくしのかわいいあなた。それこそまさかですとも」

千夜春少年ほど美しい異性に好意を向けられたら、確かに悪い気がする訳がないけれど、だからと言ってときめくかと言われたらそれはまったく別の話だ。

私があと数年若ければ、もしかしてもしかすると、本当にときめいていたかもしれな……いいや、うん。やはりない。ないな。

昔も今もこれからも、私の心をときめかせてくれるのは、きっとこの男だけだ。この男にときめかなくなった時こそ、私は生涯の恋の終焉《しゅうえん》を迎えるのだろう。そう思うとなんだかとても気恥ずかしく、けれど同じくらい嬉しくて、くすくすと声を上げて笑ってしまう。

そんな私を、双子はきょとんとした表情で見つめ、男は何も言わずとも何かを察知したらしく、珍しくもその白皙《はくせき》の美貌を赤らめてそのままふいっと顔を背けてしまう。

たったそれだけの変化にすらときめいてしまうのだから、この男といる限り、私の心の安寧《あんねい》は遠いのだろうなぁと思わずにはいられなかった。

＊
＊
＊

それから更に数日。相も変わらず、私と朝日夏嬢の距離が縮まることはなく、ただただ朝日夏嬢がいつも食事やおやつを綺麗《きれい》に平らげてくれることに安堵することしかできない毎日だ。

彼女はやはり基本的に客室に籠りきりであり、滅多に私の前に姿を現すことはない。一番家にいる時間が長いはずの私よりも、王宮筆頭魔法使いとして毎日を忙しく過ごしている男や、同じく王宮勤めのエストレージャの方が、彼女と接する機会が多いとはどういうことなのか。謎すぎる。

食事を客室に運ぶ役目を、千夜春少年から譲ってもらおうかとも考えたのだけれど、もしも拒絶されて彼女が何も食べなくなってしまったらと思うとそれもできない。詰んでいる。うーん、困った。

そんな毎日であるからこそ、今日になって、朝日夏嬢が中庭のベンチでひなたぼっこをしているところに鉢合《はちあ》わせたことには、驚かずにはいられなかった。これから一体どうしたものかと、彼女に気付かれないように息を潜めて彼女の様子を窺っているという訳である。

ベンチに腰かけている朝日夏嬢の膝の上には、男が用意した絵本が開かれている。小春日和《びより》のあたたかな日差しを浴びながら絵本のページをめくる朝日夏嬢は、とても気持ちがよさそうだ。ぼさぼさの髪でその表情は隠されているけれど、まとう空気の柔らかさが彼女のご機嫌ぶりを物語っている。

声をかけたいけれど、邪魔してしまうのも申し訳ない。薬草茶と焼き菓子を差し入れしたら、喜んでくれるだろうか。いや、余計なことをしたと思われて、また部屋に引っ込まれてしまうだろうか。

どちらかというと後者となる可能性の方が高い気がしてならなくて、思わず溜息を吐く。存外に大きく響くことになってしまった溜息は、静かなひだまりの中にいた朝日夏嬢の耳にしっかり届いてしまったらしい。ハッと息を呑み、こちらのことを見つめてくる彼女の前から、今更立ち去ることなんてできる訳がない。覚悟を決めて、彼女の元まで歩み寄り、問答無用でその隣に腰を下ろした。

びくりと肩を震わせて身体を縮こまらせてしまう朝日夏嬢の様子を窺いつつ、彼女の膝の上の絵本へと視線を落とす。

「その絵本、素敵でしょう？　わたくしもエディも、小さな頃からずっと気に入っている絵本なの」

「……」

「文章が読めなくても、絵柄だけで十分ストーリーが伝わってくるから、エージャがよくエリーとエルに読み聞かせをしてくれて。あなたにも楽しんでもらえたら嬉しいわ」

「……」

「とは言っても、わたくしが作者という訳でもないのだから、わたくしが喜ぶのはちょっと違うかもしれないわね。その絵本を選んだエディならともかく」

「…………」

つ、辛《つら》い。いくら話しかけても、返事どころか相槌《あいづち》すら返ってこない。絵本のページをめくる手は止まってしまった。完全に俯き、拒絶の空気で自身の周りに壁を作る朝日夏嬢に、これ以上どう声をかけていいものなのかさっぱり解らない。彼女のざんばらでぼさぼさの髪が、その表情を隠しているせいで、余計に今の朝日夏嬢の感情が汲み取れない。

限りなく黒に近い、その焦げ茶色の髪。初めて朝日夏嬢がこの屋敷に現れた時に見た、兄である千夜春少年の儚げな美貌とはまた異なる印象を抱かせる彼女の整った面立ちを思えば、今のその髪の状況は、あまりにももったいないもののように思えてならなかった。

もちろんお風呂は毎日提供しているのだけれど、朝日夏嬢が髪のお手入れをしている様子はまったく見受けられず、どんどん髪は傷んでいっているようだ。ちゃんと洗って軽くハサミを入れるだけで、きっと大変身するだろうに。

「ねぇ、朝日夏さん。一つ伺ってもいいかしら」

「………何よ」

私の言葉に対し、沈黙を挟みつつもなんとか返ってきた明確な答えにほっとする。よしよし、今までで一番掴みは上々だ。ごくりと息を呑み緊張をごまかしてから、いざ、と私は口を開いた。

「その……聞いていけないことだったら申し訳ないのだけれど。その髪は、どうなさったの？　お風呂でも洗っていらっしゃらないようだし、何かご事情が……」

「ッ！」

その瞬間だった。私が言葉を言い終わるよりも先に、勢いよく朝日夏嬢は立ち上がる。膝の上にあったはずの絵本が地面に叩き付けられ、ちょうど吹き込んできた冷たい風にそのページが乱暴に煽《あお》られる。

「――あんたに」

呆然とする私を見下ろす、朝日夏嬢の青の混じる焦げ茶色の瞳には、怒りと悲しみが入り混じる涙がにじんでいた。普段は隠れているはずの青が、感情の昂ぶりによってぎらりときらめく。

「あんたになんか、関係ないでしょ！」

悲鳴のような怒鳴り声だった。そのまま朝日夏嬢は、屋敷の中へと走っていってしまう。その後ろ姿は私のすべてを拒絶していて、声をかけることなんて、ましてや追いすがることなんてできなかった。

朝日夏嬢の瞳に宿る光が、怒声が、身体にまとわりついて離れない。とりあえずベンチから立ち上がって、地面に落ちている絵本を拾い上げ、汚れを払う。

朝日夏嬢の怒声が、悲鳴のように思えてならない。私は一体、何をしてしまったのだろう。ただの質問では済まされないことをしてしまったのではないか。酷いことをしてしまったのではないか。取り返しがつかないような、とても酷いことを。

絵本に額を押し付けてその場に立ち竦む私の耳に、「フィリミナさん」と呼ぶ声が届く。絵本を降ろしてそちらを見遣ると、エリオットとエルフェシアの相手をしていてくれたはずの千夜春少年が、いつの間にかそこにいた。

いつだって楽しそうな笑顔を浮かべている彼の表情は、今は険を帯びたそれだ。朝日夏嬢と同じ色を持つ印象的な瞳が、私のことを鋭く睨み付けてくる。

「フィリミナさん、ひなに何を言ったんだよ？」

硬く強張る声にぎくりとする。嘘《うそ》もごまかしも通用しないことは解り切っていたから、私は覚悟を決めて先程の質問を繰り返した。

「……その髪はどうなさったの、と」

「はぁ？」

低い声に思わずびくりとする私を見つめ、いつもとは打って変わったイライラとした様子で、千夜春少年は続けた。

「あんたさ、少しは考えろよ。年頃の女が、なんであんな髪型のままでいるかなんて、相当の理由があるに決まってるじゃん」

「そう、ね。その通りだわ」

返す言葉もなく同意するしかない。千夜春少年の言う通りだった。我ながら想像力がなさすぎる。年頃の少女が、わざわざ髪をあんな状態にしておくだけの、それだけの理由を、私は考えようともしていなかった。

「じゃあ、朝日夏さんのあの髪は……」

私の問いかけに、千夜春少年は盛大に舌打ちして吐き捨てる。

「俺達が元々いた田舎《いなか》の神殿で、神官に無理矢理切られたんだってさ。本当なら、腰まである綺麗なロングヘアだったのに」

「……ッ！」

そんな、そんなことが。

女にとって髪の毛はとても大切なものだ。十七歳という年頃の少女ならばなおさらだろう。まだ年若い少女に対し、なんて、なんて酷いことを、神殿はしたというのか。そして私は、その『酷いこと』を改めて彼女に突き付けてしまったのだ。

神殿から逃げ出してもなお、王都で精霊王に助けられるまで、彼女は迫害されたのだと聞いている。ただ、髪の色のせいだけで。そんな髪をお手入れしたいなんて思えるだろうか。少なくとも私は無理だ。自分のすべての不幸の原因となってしまった髪を慈しむなんて到底できるはずもない。

朝日夏嬢と同じく黒持ちであるあの男だって、出会ったばかりの頃は、自らの髪を厭《いと》っていた。いつの間にかそれを武器にすることを覚え、漆黒の髪もまた自分の一部であるのだと受け入れていたけれど、異世界からやってきたたった十七歳の少女に、同じことができる訳がない。

私は、なんて酷いことを言ってしまったのだろう。先程の私の無神経な質問は、一体どれだけ朝日夏嬢を傷付けてしまったのか。

後悔と罪悪感でいっぱいになりその場に立ち竦む私のことを、冷たい目で見つめた千夜春少年は、そのまま屋敷の中へと消えていった。その姿を、私はやはり何も言えないまま、見送ることしかできなかった。


——以来、私はますます、朝日夏嬢と接することができなくなった。


心の距離を縮めるどころか、まず物理的な距離からして悲しいことになっている。せめて一言謝らせてもらいたくても、今まで以上に彼女は客室に引きこもるようになり、私が用意する食事やおやつには一切手を付けてくれない。ならばせめてと、エストレージャに頼んで、市場でテイクアウトの食事を買ってきてもらったところ、なんとかそれは受け入れてもらえたけれど……だからと言って事態が好転することもなく、そのまま日々は無常に過ぎ去っていく。

食事の代金を出しているからと言って私が朝日夏嬢を傷付けたという事実に対する償いになるだろうか。はははははは。虚《むな》しい笑いがこぼれてしまう。そんなまさか。ありえない。

私が何をやらかしたかについては、我が夫にもエストレージャにも、きちんと話してある。

前者は、純黒の魔法使いとして神殿から散々因縁を付けられた挙句に一時は封印という憂き目にまで遭った男。そして後者は、今でこそ神族の末裔として尊ばれているものの、かつては魔族であるとされてこれまた散々神殿から迫害を受けた少年。

神殿のすべてがそうであるとは決して言わないけれど、それでも、いざという時の神殿という組織が、いくらでも残酷になれることを骨身に染みて知っている二人は、私の発言を責めることはなかったが、その代わりに神殿に対してもう怒りを通り越して呆《あき》れ果てているようだった。

それとなくあの男とエストレージャが気遣ってくれる中で、エリオットとエルフェシアもまた、落ち込んでいる私の変化に気付いて、やたらと引っ付いてくるようになった。四人分のぬくもりのおかげで、かろうじて私は前を向いて過ごすことができている。

千夜春少年が私に冷たい目を向けたのは、結局あの日限りのことだった。次の日にはもう普段と同じ軽いノリで、「だからひなのことならエギさんに任せとけばいいじゃん。それよりも、フィリミナさん、俺のことを構ってよ」なんてまた歯の浮くような台詞を放ってくれる。

冗談として流しているものの、本当は彼の言う通り、同じ黒持ちである男に、朝日夏嬢のことを任せた方がいいのかもしれない。私には知ることの叶わない理不尽と、それに伴う悲しみを、あの男と朝日夏嬢は共有することができるだろうから。

けれどそれはそれとして、私が朝日夏嬢に謝罪するかしないかは別問題だ。もちろん謝罪せねばならないに決まっている。

自己満足になってしまうかもしれなくても、それでも、どうしても、私は朝日夏嬢に謝りたい。赦《ゆる》してほしいなんて贅沢《ぜいたく》なことは言わないけれど、せめてこの謝罪の気持ちだけは伝わってほしかったの、だけれど。

「……ままならないわね……」

相変わらず朝日夏嬢との交流が断絶されて久しいとある夜、夫婦の寝室にて。

お風呂上がりの濡《ぬ》れた髪をタオルで拭いつつ吐き出した溜息は、我ながら大層重苦しいものだった。

最近溜息が癖になっているようでいけない。こんな時にするべきことはただ一つ。

「エリオット、エルフェシア？　もうおねんねしているかしら？」

ベビーベッドまで歩み寄り、その中を覗き込むと、すやすやと気持ちよさそうに、双子は寝息を立てていた。エリオットのふかふかのお腹をそっと撫で、エルフェシアのふくふくとした頬をちょんちょんとつつく。

ここにエストレージャがいてくれたら、その頭をこれでもかと撫でた上で、ついでに狼の姿になってもらって、その毛並みに顔を埋《うず》めさせてもらうのだけれど……生憎あの子ももう就寝している頃合いだろう。私のストレス解消に付き合わせるのはあまりにも申し訳ない。

だからその分、意識がないのをいいことに、存分に双子のかわいさを堪能《たんのう》することにする。

「ふふ、世界で一番かわいい子が我が家には三人もいるのね」

エストレージャもエリオットもエルフェシアも、三人とも世界で一番かわいらしい子供達だ。それがどれだけ倖せな奇跡であるのかを、決して忘れてはいけないだろう。

私は、恵まれている。あまりにも恵まれすぎていて、倖せすぎて、時々怖くなるくらいだ。

はあ、と、またしても溜息を吐き出すと、くんっと背後から髪が一房引っ張られる。あら、と思いつつ振り返ると、我が夫殿が呆れた顔で私のことを見つめていた。

「いつまで濡れた髪でいるつもりだ？　風邪を引いて俺に手厚く看病されたいのなら、それはそれで構わないが」

とりあえず座れ、とベッドサイドの椅子に座るよう示されて、大人しく腰を下ろすと、男は私の首にかかっているタオルを持ち上げて、そのまま私の髪を拭《ふ》き始めた。この男のいつもの自分の髪の拭き方を鑑みると、てっきり遠慮会釈のない力でごしごしと乱暴に拭かれるかと思ったのだが、意外や意外。その手付きは、とても丁寧で優しかった。

「……いつもとは逆ですね」

なんだか無性に恥ずかしくなって、俯き加減になってタオルで顔を隠して呟く。この男が自分の髪をあまりにも適当に扱うものだから、ついつい手を出したくなってしまって、気付けば私は、この男の濡れた髪をタオルで拭う役目を担うことになってしまっている。

よくよく考えてみたら、わざわざタオルで拭かなくても、魔法を使って一瞬で髪を乾かすことができるのでは？　と途中で気付いたし、男本人もそれが解っているのだろうけれど、結局お互いにその件には触れずに、私はいつも私のお役目をまっとうしている訳である。

そして今夜は、先程呟いた通り、いつもとは役目が逆だ。まさかこの男にこんな風に髪を拭いてもらえる日が来るなんて、思ってもみなかった。そんな私の意外な思いは、しっかり呟きの中ににじんでいたのだろう。くつくつと笑い声が頭上から降ってくる。

「たまにはいいだろう。なんなら毎回やってやろうか？」

「お気持ちだけ受け取っておきますわ」

こんなこと毎回してもらったら、今度こそ心臓がもたなくなってしまう。嬉しくないと言えばそれはまったくの嘘になる。けれど、いくら妻となり母親となれども、乙女心は複雑なのだ。

やがて髪が十分乾いてきたと思われる頃になって、ようやく男は私の頭からタオルを取り払った。自分で乾かすよりもよっぽど綺麗に整って乾いた髪に感動してしまう。そしてだからこそ余計に、胸の奥が痛んだ。

「どうした、と訊《き》くのは、愚問なのだろうな」

どうせナツのことだろう、と続けられ、苦く笑い返した。ご名答である。

「謝りたい、というのは、わたくしのわがままでしょうか」

「まあ謝るだけならば猿にでもできるからな」

ぴしゃりと言い切られて、がくりとこうべを垂れる。解っている。謝るだけでは意味がない。ならば何ができるだろう。

「赦してほしいと思うことすらわたくしのわがままなのは解っています。それでもわたくしは、朝日夏さんに謝らせてほしいのです」

彼女が、黒持ちであるというだけで、謂《いわ》れなき理不尽を押し付けられてきた男と似た境遇であるからこそ余計にそう思えてならない。誰よりもこの男の味方でありたいと思うならば、私は、その理不尽を決して許してはいけないと思うから。

それなのにこの男ときたら、心底訝しげに首を傾げてくれるのだ。

「それほど深く考えるようなことか？」

「当然ですとも。それともエディ、あなたは解決策をお持ちですの？」

あまりにも不思議そうなその声音に、こっちはこんなに悩んでいるのに！　と、つい腹が立ってしまう。ああもう、八つ当たりなんてそれこそ愚の骨頂なのに。嫌味になってしまった私の質問に対し、男はあっさりと頷いた。

「解決策、とまではいかないかもしれないが。お前にも……いいや、お前だからこそできることがあるだろう？」

「え？」

今度は私が首を傾げる番だった。私だからこそできることなんて、そんなことが本当にあるのだろうか。その意図が掴めない私を置き去りに、男は私の鏡台まで歩み寄り、何かを手に取ってまたこちらまで戻ってきた。

「ほら。いつも俺にやっていることをすればいいだけの話だ」

差し出された『それ』を受け取った私は、ぱちぱちと目を瞬かせる。そうして、ああそうか、と肩から力を抜いた。

何も難しく考える必要はない。私は私にできる精一杯のことをすればいい。それを教えてくれるのは、いつだって目の前にいるこの男なのだ。

「ありがとうございます、エディ。それではさっそく次のお休みに、ぜひご協力いただけますか？」

「ついでに子供達も巻き込んでしまえ。きっと喜ぶぞ」

「ふふ、そうですね」

顔を見合わせて、笑い合う。どうかうまくいきますようにと、輝く月に祈らずにはいられなかった。

そうして、その夜から数えて、ちょうど三日後。男とエストレージャの休暇が重なった貴重な祝日の空は、どこまでも高く美しく、青く澄み切っていた。本日のメインイベントにおあつらえ向きな空模様に、自然と笑みがこぼれる。どうやら天も私に味方してくれたようだ。

これは幸先《さいさき》がいいぞ、と思いながら、中庭のテラスに、普段はピクニックの時に使うレジャーシート代わりの布を敷いて、その中心に椅子を置く。ついでにその隣に小さなサイドテーブルを置き、大きめのスカーフ、目の細かい櫛《くし》、手鏡、太い化粧筆、それから最後にハサミを置く。

「エディ、よろしくお願いいたします」

「ああ」

私がてきぱきと準備を進めているのを見守っていてくれた男が、パチンと指を鳴らすと、周囲一帯が見えない壁……つまりは結界に囲まれて、身体があたたかな空気に包まれる。寒い外でも、これならば風邪を引くことはないだろう。これにて準備万端である。

エリオットとエルフェシアを連れてきてくれたエストレージャが、何事かと首を傾げている。男に有無を言わさずこの中庭まで連れてこられた千夜春少年と朝日夏嬢は、いかにも不機嫌そうな様子だ。下手な真似をすれば、二人はすぐに部屋に引っ込んでしまうことだろう。

それでも、千夜春少年の方は、私と男が何やらしでかそうとしていることを訝しみつつも興味があるらしく、ちらちらとこちらの様子を窺っている。私の顔を見るなり部屋に戻ろうとした朝日夏嬢は、そんな兄を横目で睨んではいるが、我が夫にここまで連れてこられた手前、すぐに部屋に帰るのは気が咎《とが》めるらしく、なんとかこの場に留まってくれていた。

そんな彼らに揃ってベンチに座ってもらい、私は置いておいたスカーフを大きく広げてみせた。

「さぁさ、皆さん！　今日はフィリミナさんの理容室の開店ですよ！」

にっこり笑顔で言い放つと、エストレージャの左右にそれぞれ陣取っているエリオットとエルフェシアが、ここぞとばかりにぱちぱちと拍手してくれる。うんうん、いい反応をありがとう。

「まずはエリオットからかしら。前髪が伸びてきたものね」

「はぁい！」

私のご指名に、元気よくびしっと小さなおててを挙げたエリオットが、ベンチから降りてとことこと私の元までやってくる。その身体を抱き締めついでに受け止めて、椅子に座らせる。きゃっきゃっととても楽しそうで何よりだ。その首に、苦しくならないように気を付けながらスカーフを巻く。ケープの代わりとしてこれならば十分だろう。

さてそれでは始めよう。エリオットに、あまり動かないように言い聞かせながら、長くなってきていた淡い亜麻色《あまいろ》の前髪を、櫛で丁寧に梳く。それから少しずつハサミを入れた。しゃきん、しゃきん、と間近で聞こえてくる音にエリオットは当初は緊張していたみたいだけれど、すぐに慣れてくれたらしく、ふんふんとご機嫌に歌まで歌い出してくれた。かわいすぎてうっかり思い切り笑ってしまいそうになる。いけないいけない、手元が狂ってしまう。

そうして前髪を切り揃えれば、まずはエリオットは完成だ。差し出された手鏡を覗き込むエリオットは、髪型が大きく変わった訳ではなくても、視界が広くなったことが嬉しいらしくにこにこと笑う。

「はい、お疲れ様、エリー。じゃあ次はエルフェシアと交代ね」

「おかあしゃま、ありがと！」

「どういたしまして。さあエル、いらっしゃい。……エル？　どうしたの？」

それまで朝焼け色の瞳をきらきらさせながら、私とエリオットのやりとりを見つめていたはずのエルフェシアが、むぅっと頬をふくらませ、ぴったりと隣のエストレージャにしがみついた。エストレージャがそんな妹の頭を撫でながら「どうしたんだ？」と問いかけると、エルフェシアはきっと眦を鋭くしてこちらを睨み付けてくる。

「エル、や！　きらない！　おかあしゃまやひぃしゃまみたいな、ながぁいのがいいの！」

「あらあら、そういうことなの」

なんともまあ微笑ましい理由である。私に似たのかはたまた姫様の生来の魅力ゆえか、姫様に並々ならぬ憧れを抱いているエルフェシアらしい発言である。いくらもうすぐ二歳に手が届くか、というくらいの年齢でしかないとはいえ、エルフェシアももう立派な女の子なのだなぁと感動してしまう。だが、いつまでも感動に浸っている訳にはいかない。姫様という最高の女性を目指すというならば、この母は心を鬼にするぞ。

「エル、姫様のようになりたいのなら、なおさら綺麗に整えなくちゃ。ね？」

「……ちょっとだけ？」

「ええ、ちょっとだけよ」

「…………」

笑顔で頷きを返せば、やっと私のことを信頼してくれたらしいエルフェシアは、長男坊から離れて、エリオットと入れ替わりに椅子に腰かけた。さてさて、本人もこう言っていることだし、うかつに気は抜けない。失敗したらとんでもないことになることが容易に想像できる。だからこその結界でもある、というのは子供達には言えない秘密だ。

エリオットと同じように前髪を眉毛のあたりで切り揃え、気付けば伸び放題になり長くなりつつあった後ろ髪を、ほんの少しばかり整える。たったそれだけでも、この娘ときたらとんでもなくかわいくなってしまうのだから恐ろしい。

「はい、完成。エル、とってもかわいくなったわよ」

「ほんと？」

「ええ、本当。あなた達もそう思うでしょう？」

手鏡を覗き込みながら難しい顔をしているエルフェシアの頭を撫でながら同意を求めると、我が家の男性陣は何度も頷きながら口々に「かわいいぞ」「ああ、すごくかわいい」「エル、かぁいいねぇ！」とエルフェシアを褒め称《たた》える。掛け値のない称賛の言葉の数々に、むふーっと頬を嬉《あずか》しそうに赤くしたエルフェシアは、「おかあしゃま、じょおず！」と言ってくれた。お褒めに与り光栄である。

「さ、エストレージャ。あなたの番よ」

「えっ？　俺も？」

「もちろんよ。ほら、いらっしゃい。これでもわたくし、結構上手なのよ？」

「それは見てたら解るけど……」

「だったら覚悟を決めてさっさと切ってもらってこい」

自分まで髪を切られることになるとは思っていなかったらしいエストレージャは、いかにも遠慮がちに私のことを見つめていたけれど、男に促されることでようやく立ち上がり、椅子に座ってくれた。

エリオットやエルフェシアよりも、当然のことながら随分と高い位置にある長男坊のつむじを見下ろす。その髪を一つにまとめているリボンを解き、櫛で丁寧に梳く。今や背の中ほどまで伸びたアッシュグレイの髪は、驚くほど滑らかだった。

「あなたも髪が伸びたわね。少し短くしてみる……のは、もったいないし……。せっかく綺麗な髪なのだもの。やっぱり毛先を揃えるくらいにして、後は伸びた分の前髪を切るくらいにしておかない？」

「ま、任せる」

「はい。お任せあれ」

冗談めかしてそう返すと、エストレージャは小さく笑った。彼が肩から力を抜くのを見届けてから、さっそく後ろ髪をちょいちょいと切り揃える。

いくら綺麗な髪だとは言っても、この長さだとその毛先は多少なりとも傷んでしまうものだ。枝毛に気を配りつつ手早く切り終わらせて、続けて前に回って前髪にハサミを入れる。左右対称になるように気を付けなくては。

あとは、エストレージャの性格上、あまり短すぎるのは好みではないだろうから、その点にも注意しつつ、ようやく最後の一房をしゃきん、と切り落とす。化粧筆で鼻先にくっついている髪を払った。これでハサミはお役御免となる。

よしよし、いい出来であると言いたいところだけれど、その前に。

「ついでに髪を結ってもいいかしら？　一つ結びばかりじゃなくて、たまには遊びましょう？」

エストレージャが押しに弱いのをいいことに、答えを待たずにまた彼の背後に回り、再び櫛を入れる。その左右の髪を一房ずつ拾い上げ、よじよじとねじり、そうしてできた二本の束を、後頭部でまとめてひもで結ぶ。その結び目の上の部分を二つに割り、その割れ目に、まとめた毛束を上から通す。いわゆる『くるりんぱ』という奴だ。簡単だけれど見栄えがするハーフアップの完成である。

手渡した鏡をエストレージャが覗き込むよりも先に、エリオットとエルフェシアがその足元に駆け寄って、にこにことといつもとは異なる髪型をしている大好きな兄の顔を見上げた。

「にいしゃま、かっこいいよ！」

「しゅてきね！」

双子の言葉に、エストレージャは照れたように笑った。シンプルな一つ結びもよく似合っているけれど、こんな風にハーフアップにすると、より上品な印象になり素敵だと思う。

我ながらいい仕事をしたと胸を張る私に、エストレージャは笑いかけてくれた。

「ありがとう、エリー、エル。それから、母さんも」

「どういたしまして。わたくしこそ、髪を触らせてくれてありがとう」

これにて子供達の分は終了だ。いよいよ本番と呼ぶべき後半戦である。

「エディ、さぁどうぞ」

「ああ」

私が手招くと、男は当たり前のようにこちらまでやってきて椅子に座る。その首にスカーフを巻いて、私は普段はつま先立ちになっても見ることが叶わない男のつむじを見下ろした。そのつむじを中心にして、日の光が漆黒の髪の上に綺麗な天使の輪を作っている。相変わらず、腹が立つくらいに羨ましいキューティクルだ。

まずは今年の誕生日プレゼントとして贈った月長石《げっちょうせき》の髪留めを外す。それから、ゆっくりとその髪を櫛で梳き始めたのだけれど……うーん、わざわざ櫛を入れるまでもなくさらさらのつるつるだ。

「いつものことながら、あなたの髪にハサミを入れるのはとても緊張してしまいますね」

「初めてお前に切ってもらった時は、酷かったな」

「それはもう言わないお約束です」

笑みを含んで言われたその言葉に、漆黒の髪の毛先をほんの少しずつ切りながら苦笑する。

純黒と呼ばれる漆黒のこの髪に、気安く触れることができる理容師を、この国から見つけるのは至難の業だ。だからこそこの男は昔から、自分の手で切るように努めていた。前髪は自らの手で、そして後ろ髪は魔力でハサミを操って、なんとも器用にしゃきしゃきと髪を切るその姿を見た時、そんなことができるのかと大いに驚かされたものである。

「切ってさしあげましょうか？」と初めて私が提案したのは、この男が魔法学院をようやく卒業し、私の元に帰ってきてくれた年だった。伸びてきた前髪で本が読みにくいらしく、煩《わずら》わしげに髪を何度もかき上げるその姿に、ほとんど冗談のつもりで提案したのだけれど――まさか採用されるとは思わなかった。「……なら、頼む」と言われた時、驚きと戸惑いと焦りと、それから喜びが入り混じって、私はそれはもう心を忙しくしたものだ。

そしていざ男の髪にハサミを入れた結果は、先程の男の台詞の通りである。男に言われるまでもなく、我ながらあれは大層酷かった。緊張のあまり手が滑り、じょきん！　と。それはもう、じょっきん！　と。思い切りやらかしてしまったのだ。

この男があんなにも硬直するのを見たのは、あれが初めてであったように思う。平謝りする私に「下手くそめ」と溜息を吐いてから、男は魔法で自らの髪を伸ばしてみせてくれた。そして自身が納得できるまで、私に髪を切らせ続けたのも、今となってはいい思い出と言えないこともない。

あれ以来だ。この男の髪を切るのが、私の役目になったのは。その役目を今もなおこうして果たせることが、こんなにも嬉しく、そして誇らしい。

男の髪には割と頻繁《ひんぱん》に手を加えていることもあって、あっさりと髪切りそのものは終了した。艶《つや》やかな髪から手を離すのが名残惜《なごりお》しくて、ついつい丹念に櫛で梳き、最後に再び髪留めで一房だけ長い髪をまとめる。ついでにその髪留めに唇を寄せてから、お返しをしてこようとする男の額を弾き、さっさと椅子から立たせて横へと押し遣《や》る。不満げな視線を感じたけれど、それどころではない。

――いよいよ、本日のメインイベントだ。

「朝日夏さん」

千夜春少年に寄り添い、じっとこちらの様子を窺うばかりだった朝日夏嬢の肩が震える。彼女は俯いてこちらを見ようとはせず、ぼさぼさの髪のせいでどんな表情を浮かべているのかも解らない。その代わりに、隣の千夜春少年が、笑っていない笑みを浮かべながら、冷ややかに私を睨み付けてくる。お世辞にも好意的とは言い難い視線を受け止めながら、私は腰から深々と頭を下げた。

「先日は、本当にごめんなさい。わたくしは、あまりにも浅慮《せんりょ》でした」

謝って済む問題ではないことくらい百も承知の上だ。謝罪だけで済むようならば、朝日夏嬢がこんなにも傷付いていているはずがないのだから。それでも謝らずにはいられないし、だからこそ償いたいと思うのだ。

「どうかしら。お詫《わ》びに、わたくしに、あなたの髪を整えさせていただけない?」

そう言った瞬間、下を向いていた朝日夏嬢の顔が勢いよく持ち上げられた。表情はやっぱり解らないけれど、きっと彼女は伸び放題になっている前髪の向こうで、信じられないものを見るような目で私のことを見つめているのだろう。隣の千夜春少年の表情がその証拠だ。エリオットとエルフェシアと同じく、双子の兄妹であるのだという二人の反応は、時々驚くほどシンクロするようだから。

どうか、この提案を、贖罪《しょくざい》を、受け入れてほしい。その髪に触れることを、許してほしい。そんな願いを込めて、朝日夏嬢の答えを待つ私の耳に、震える声が届く。

「わ、私は……」

「――ナツ」

やはり断られるか、と思わずにはいられないような、怯えた声音に落胆しようとしたその瞬間、朝日夏嬢の台詞に被さるように男が口を開いた。我が夫に優しく呼びかけられ、長い前髪の下で、ぽっと朝日夏嬢が顔を赤らめる。あらあら、とその反応をついつい微笑ましく思う私の顔をちらりと見てから、男は朝日夏嬢のことを手招いた。

「せっかくだ。やってもらえ。腕前は俺が保証しよう」

「わたくしだけではご不安なのはごもっともだわ。もちろんエディにも協力してもらうから、駄目かしら？　エディは、大抵のことはわたくしよりもよっぽど器用に、しかも腹立たしいことに大層お上手にこなしてくれる人よ。そのエディに信頼されているわたくしの腕前を、今だけは信じてほしいの」

どうか、お願いだから頷いて。そんな気持ちを込めてじっと朝日夏嬢を見つめていると、ごくりと息を呑んだらしい朝日夏嬢は、小さく、本当に小さく、かつぎこちなく、ようやく頷いてくれた。

「わ、かったわよ」

「決まりね！」

思わず万歳したくなる衝動をなんとか堪《こら》えた。男が朝日夏嬢の元まで歩み寄り、そっと手を差し伸べる。その手を取ってベンチから立ち上がり、びくびくとこちらまでエスコートされた末に椅子に腰を下ろした朝日夏嬢に、ふわりとスカーフを巻く。

フィリミナさんの理容室、一世一代の大勝負、といったところか。失敗は許されない。

まずは櫛で丁寧に、丹念に、限りなく黒に近い焦げ茶色の髪を梳く。思っていた以上にぼさぼさに絡《から》まり、べたべたと皮脂でべたつく髪だ。いくら自分で手を加えたくなかったからと言っても、さぞかし気持ち悪かったのではなかろうか。だがそんなことは極めて些細《ささい》な問題である。むしろこれでこそ腕の振るい甲斐《がい》があるといったところだ。

櫛だけでできる限り綺麗に整えてから、ちらりと事の次第を見守ってくれている男の方へと視線を向ける。男は頷き、パチンと指を鳴らした。

途端に、その指先に、下半身が魚の尾びれになっている女性と、蜻蛉《とんぼ》の翅《はね》を持つ少女が現れる。手のひらサイズの二人は、前者は水の精霊、後者は風の精霊だろう。二人は示し合わせたように頷き合うと、私の元へ……正確には、朝日夏嬢の頭の上へと飛んでくる。

「え、えっ⁉」

朝日夏嬢が慌てた声を上げる。千夜春少年もまた焦ったようにベンチから腰を上げるが、そこをエストレージャに押し留められる。

そんな彼らを置き去りに、水の精霊と風の精霊が、その小さな両手で協力し合い、朝日夏嬢の髪を洗い始めた。水の飛沫《しぶき》が風に乗って遊ぶ。けれど濡れているのは朝日夏嬢の髪だけで、水がその身体を濡らすことはなく、風によって寒さを感じるということもない。

思う存分、朝日夏嬢の髪を洗ってくれた水の精霊と風の精霊が、やがて朝日夏嬢の顔の前へと回り込むと、その額に二人揃ってそっと口付ける。途端に、ふわりと空気を孕んで、朝日夏嬢の濡れた髪が乾く。

驚きに目を瞠る朝日夏嬢にウインクを贈った風の精霊と水の精霊は、互いの健闘を称え合うかのようにパンッと手を叩き合う。そして男に向かって、それぞれとても丁寧なお辞儀をした。

二人をねぎらうように男は頷き、片手を挙げてみせると、くすくすと笑い声を上げて精霊達はその場からかき消える。

残されたのは、呆然としている朝日夏嬢と、その背後で拍手をしている私である。

「どう？　朝日夏さん。さっぱりしたかしら？」

「う、うん……」

未だ自分の身に起こったことが信じられないらしく、心ここにあらずの様子の朝日夏嬢だが、その髪はもうべたべたなんかではない。さらさらと指触りのいい、本来あるべき姿のそれだ。ただ切りっぱなしになっているからまだぼさぼさではある訳で、だからこそここからが私の腕の振るいどころだ。

もう一度櫛で梳きながら、ざんばらになっている髪に、思い切ってハサミを入れる。

元は腰まであったという髪は、場所によっては相当短く切られてしまっていたから、朝日夏嬢には申し訳ないけれど、完成したらかなり短くなってしまうだろう。それでもなんとかできる限り長いままでいられるように、細心の注意を払いながらハサミを振るい続ける。

シャキン、シャキンとハサミが鳴るたびに、朝日夏嬢はびくびくしていた。それでも動かずにいてくれることに感謝しながら、後ろ髪を終わらせて、今度は正面に回って前髪に取りかかる。

精霊によって綺麗に洗われた髪は、本当に綺麗だった。そして、眉よりも少し下で前髪を切り揃えると、とても綺麗に整った、千夜春少年と確かに似通う、凛《りん》とした美貌があらわになる。

「はい、完成です。どうかしら？」

手鏡を渡すと、いかにも恐る恐るといった具合にその手鏡の中を朝日夏嬢は覗き込んだ。青の混じる焦げ茶色の瞳が、まんまるになる。そのままじっと見入る彼女の髪は、襟首のあたりでまっすぐに切り揃えられたボブカットだ。芍薬を抱く日本人形のような美しさを目指して演出してみました。

自分で言うのも何だが、朝日夏嬢の凛とした顔立ちによく似合い、とてもかわいくできたと思うのだけれど、当の本人が何も言ってくれないことが不安を誘う。気に入らないと言われてしまったらどうしよう。もしそうなら、このヘアカットはお詫びではなく嫌がらせになってしまう。

私がそうひやひやとしていると、エストレージャと千夜春少年の足元で大人しくしていてくれたエリオットとエルフェシアが、とことことこちらに歩み寄ってくる。そして二人は、未だ鏡に見入っている朝日夏嬢の膝に左右から手をかけて、にこぉっとそれはそれはかわいらしく笑った。

「なっちゃん、とぉってもかぁいいねぇ」

「エルのつぎにびじんしゃんね！」

手放しで称賛してくるエリオットと、ちゃっかりしっかり自分のことをアピールしつつもお褒めのお言葉をプレゼントするエルフェシアのことを、きょとんとした様子で朝日夏嬢は見比べる。そんな彼女に対し、幼い子供達は何度も何度も「かわいい」「きれい」と繰り返す。私としても、まるで自分がシンデレラに出てくる魔法使いになったような気持ちだった。朝日夏嬢は、こんなにも可憐で美しかったのだ。

幼い称賛に、ぱちり、と、長く濃い睫毛《まつげ》で縁取られた朝日夏嬢の瞳が大きく瞬く。深い焦げ茶色の奥で、神秘的な青がきらきらと瞬いた。そして。

「………ふふっ！」

――――あ。

三人の様子を間近で見ていた私は、思わず硬直した。固まる私を置き去りに、もう耐えきれないと

ばかりに朝日夏嬢は声を上げて笑い出す。その眦から一筋の涙がこぼれ落ちたけれど、それよりもずっと笑いの方が勝っているらしく、お腹まで抱えて朝日夏嬢は大きく笑う。エリオットとエルフェシアもまたにこにこと笑う中で、「さて」という穏やかな声が私の鼓膜を震わせた。

「後は俺の出番だ」

その手に杖《つえ》を召喚して続ける男に、エストレージャが頷いて、妹の様子に呆然としていたはずの千夜春少年が「エギさん？」と訝しげに首を傾げる。千夜春少年が説明を求めて今度は私へと視線を向けてきた。私にとってはいつものことなので、乞われるままに説明しようとすると、それよりも先に男の方が淡々と続けてくれた。

「髪の毛は、一つの呪具になり得るからな。俺達の髪ともなれば、相応の意味がある厄介な魔法の媒介になる。後始末を忘れてはならない」

だからこうして、と言い置いて、男は杖を掲げた。杖の先にある朝焼け色の魔宝玉が輝く。そして、地面に散らばっている切り落とされた髪の毛が風に舞い上がる。

「精霊に捧《ささ》げ、世界に還元する。彼らがその礼として見せてくれる見世物は、なかなか見られるものではないぞ」

カッ！　と一際大きく魔宝玉が光ったかと思うと、宙を舞っていた髪の毛がすべて光の粒子へと変化する。パチパチと火花が弾けるように、様々な色の光が、宙を舞い、そして消えていく。何度見ても美しいその光景に目を細めていると、子供達の歓声が上がる。

「わぁっ！」

「きれぇ！」

「にいしゃま、だっこ！　もっとちかくにして！」

「エルも！」

我こそはと駆け寄ってくる双子を、エストレージャは軽々と片腕ずつで抱き上げる。嬉しそうに笑った二人は、その大きな朝焼け色の瞳を、呆然と空を見上げている朝日夏嬢へと向けた。

「ねぇなっちゃん！　きれぇでしょ!?」

稚《いとけな》い問いかけに、朝日夏嬢はやはり呆然としたまま、小さく呟いた。

「……そうね。綺麗だわ。とっても……本当に、とっても、綺麗」

その言葉に、自分でも驚くほど安堵する私がいた。初めて朝日夏嬢の笑みを見ることができたからかもしれない。

気付けば隣にやってきた男が、ちらりと私のことを横目で見下ろしてくる。さっさと褒めろ、ということらしい。お望みのままに背伸びをしてその頬に口付けると、さっと唇を奪われた。おいこらそこまで私はここで許したつもりは……！　と、男のことを睨み上げても、当の本人は涼しいお顔でいらっしゃる。

くそう、悔しい。その頬をつまみ上げてさしあげよう、と手を伸ばしたその時、「あのさ」と声をかけられる。

男とともにそちらへと視線を向けると、そこには、いつもの軽いノリからは程遠い、とても真剣な表情を浮かべた千夜春少年が立っていた。

「エギさん。それから、その、フィリミナさん。……本当に、ありがとう」

千夜春少年の頭が、深々と下げられる。その姿に、私もまた頭を下げ返し、心からの安堵を今度こそ手に入れたのである。

＊　＊　＊

自称『フィリミナさんの理容室』を開店してから、私と朝日夏嬢の距離はようやく縮まろうとしてい……る、と言っていいのかは正直解りかねる距離感である。だがしかし、とりあえず一緒に食事やアフタヌーンティーを楽しんでくれるようになっただけまだマシだと思うべき今日この頃だ。テイクアウトの食事にしか手を付けてもらえなかった数日前と比べたら、私が作った食事やお菓子を再び食べてもらえるようになっただけありがたいと思うべきだろう。

相変わらず基本的に私には話しかけてこようとしないし、避けられるし、無視されることはたびたびあれど、それでも進歩したことには変わりがない。ゆっくりやっていけばいいのだと思うことにしている。

しているのだ、けれど。

「朝日夏さん、お茶のおかわりはいかが？」

「……」

返事はない。けれど拒絶された訳でもなかったから、それをいいことに、気付けば空になっていた彼女のティーカップに薬草茶を注ぐ。ふわりと香る甘い匂いに、朝日夏嬢の眦が少しばかり和らいだ。よしよし、いい傾向である。うんうんと内心で頷きつつ、私は私で自分のティーカップを口に運ぶ。

なんと本日は二人っきりである。誰と、なんて言うまでもなく、目の前の朝日夏嬢と、である。いつも朝日夏嬢を守るためにその側にいる千夜春少年は、王宮からの呼び出しにより、我が夫とともに王宮へと赴いている。最後の最後まで朝日夏嬢のことを気にしていたけれど、その朝日夏嬢自身に、「お兄ちゃん、うっとおしい」と切って捨てられ、「ひっでぇ！」と嘆いているところを、男に首根っこを引っ掴まれて引き摺《ず》られていってしまった。

私とともにいつもお留守番をしてくれているエリオットとエルフェシアは、大好きなお兄様、もといエストレージャとともに、近くの公園に遊びに行っている。こんなにも寒い真冬に自ら外に出たがる子供達には拍手を贈りたい。子供は風の子、とはよく言ったものである。

そんな訳で、私と朝日夏嬢以外の面々は、皆、このランセント家別邸から出払っている。せっかくなのだからとアフタヌーンティーのお誘いをして、それを受け入れてもらえたことに喜んでいたのだけれど……そんな浮かれた気持ちでいられたのは最初だけだ。

何せ、薬草茶やお茶菓子には手を出してくれるものの、私と会話する気にはなれないらしいのである。ヘアカットだけでその心の警戒心を解けるとは思っていなかったが、もう少しだけ、と思ってしまうのは私のわがままなのだろう。

うーん、どうしようかな、と、焼き立てのフィナンシェを一口かじってから、そういえば、と朝日夏嬢を改めて見つめた。

「朝日夏さんのお名前は、『朝』と、『日』と、『夏』と書いて、『あさひな』なのよね？　それから千夜春さんは、『千』と、『夜』と、『春』だったかしら」

私の唐突な発言に、訝しそうに朝日夏嬢は柳眉《りゅうび》をひそめる。そんな表情すらかわいらしいのだから、やはり髪を整えさせてもらって正解だった――と思いつつ、にこりと笑い返す。

「いいお名前ね。夏の朝の輝ける光を切り取った瞬間のお名前と、春の心地よい長い夜をすくい上げたお名前なんて、とっても詩的で素敵じゃない。命名のきっかけはあるのかしら？」

答えてくれるとは思わないけれど、訊くだけならばタダだ。長期戦になるのは覚悟の上なのだから、もうここぞとばかりにあらゆる話題で声をかけてみせる。

そう心に決める私の顔を、朝日夏嬢の瞳がじっと見つめてくる。その瞳に浮かぶ光は、お世辞にも好意的なものとは言い難いけれど、だからと言って諦める気は毛頭ないのだ。

駄目押しのようににっこりと更に笑い返すと、ふいっと顔を背けられてしまった。しまった、押しすぎたか。そう早くも後悔する私へと再び視線を戻した朝日夏嬢の瞳には、今度は諦めたような……心底呆れたと言わんばかりの光が宿っていた。

はぁ、といかにも面倒くさそうに溜息を吐いた彼女は、「私達が産まれた日が」と口火を切る。

「ちょうど夏至の夜だったの。夏至の夜の、ちょうど深夜零時をまたいで産まれたから、お兄ちゃんが『春』で、私が『夏』になっただけよ。深い意味なんてないわ」

「まあ、夏至に？　エリーとエルも、ちょうどその頃の生まれなのよ」

「……ふぅん。そう」

「だから『朝日夏』さんと、『千夜春』さんなのね。こちらの世界の人間にとっては難しい発音だけれど……せっかくの大切なお名前なのだもの。エディやエージャには練習してもらおうかしら？」

最初から一貫して『ナツ』と『ハル』と呼んでいる二人だけれど、なんだかんだ言いつつ、彼らは練習してくれると思う。名前の大切さを、二人ともとてもよく知っているから。

そう冗談混じりに続けると、何故かきっと睨み付けられた。今までで一番鋭い視線に、思わずびくりとする私をなおも睨み付け、朝日夏嬢は口を開く。

「あんたは、なんで私達の名前が発音できるの？」

「……え？」

「あんただけよ。私達のことを、ちゃんと名前で呼べるのは。それはどうしてって訊いてるの」

険を帯びた声音が容赦なく私の胸に突き刺さる。

どうしても何もない。だって私、『私』だって――……。

思い切り口ごもる私を、じっと睨み付ける朝日夏嬢はしばらくは私の答えを待ってくれていたようだった。けれどその期待に応えることはできず、黙ったままでいる私に、彼女はとうとう見切りを付けたらしい。フン、と馬鹿にするように鼻で笑った少女は、そのまま立ち上がった。

「もういい」

「え、あ、朝日夏さんっ」

「ついてこないで」

速足でリビングルームから出ていこうとする朝日夏嬢に追いすがろうにも、明確な拒絶が叩き付けられて私は動けなくなる。

伸ばそうとした手の行き場はなくなり、力なくその手を膝へと導いてから、はあと溜息を吐いた。

「……盲点だったわ」

今日まで誰にも突っ込まれなかったから、ごく自然に新藤兄妹のことをそれぞれ『千夜春さん』、『朝日夏さん』と呼んでいた。けれどそれは間違いだったのかもしれないと今更気付かされる。

昔、私があの男の『エギエディルズ』という名前を発音するのに苦慮したように、この世界の誰もが、『新藤千夜春』、『新藤朝日夏』という名前を発音するのに難儀している。あらゆる魔法言語に通じてきたあの男ですらだ。それなのに私だけが二人の名前を正しく発音できるなんて、確かに不審がられても仕方がないだろう。

――どうしてって訊いてるの。

朝日夏嬢の問いかけが耳朶に蘇《よみがえ》る。なんとも言えない気持ちになって、天井を仰ぎ見た。


そう、〝どうしても何もない〟のだ。

理由なんて簡単だ。私――正確には、『前』の『私』もまた、かつては朝日夏嬢や千夜春少年と同じ世界にいたからで、だからなのだとしか言いようがない。けれどそれを言って信じてもらえるだろうか。信じてもらえたとしても、それで何になるというのだろう。

「……………わたくしって、何なのかしら」

ふいにこぼれ落ちた自分の台詞は、あまりにも今更すぎるものだった。そんな自分に苦笑して、私は気を紛《まぎ》らわすように薬草茶を口に運んだのだった。

4

どれだけ寒い真冬であろうとも、男が創った最高の結界に包まれた王宮は変わらずあたたかく、華やかな様相を呈している。王族の皆様が住まう紅薔薇宮《べにばらきゅう》にも、当然ながら同じことが言えるのだけれど、現在王宮に流れている噂《うわさ》が、その華やかな雰囲気により一層の花を添えていた。

――我らが姫君の結婚相手が、とうとう決まったそうだ。

――異世界からの来訪者らしい。

――女神の託宣により定められた、姫と同じく女神の加護を宿す美しい少年だとか。

――その少年には、黒持ちでありながら魔力を持たない妹もいるのだそうだ。

そんな風におおむね正しく、噂は王宮に広まりつつあるのだという。私はてっきり、姫様のご結婚相手とその妹君にまつわる話は、姫様を筆頭にした王宮側のごく一部と、神殿の上層部だけの間でとどめておくべき話であるとばかり思っていたのだけれど、どうやら現在流れている噂は、姫様側がわざと王宮に流した噂であるらしい。

「いずれ解《わか》ることだもの。頃合いだったのよ。そろそろ何らかの形で話は露見していたに違いない事実だわ。余計な尾びれのついた話が流れる可能性もあるのだから、それなら最初から、自分達の方からある程度の情報は流しておくべきと判断したの」

それだけのことよ、と短く続けて、姫様は紅茶で満たされたティーカップを口へと運ばれた。

ここは王宮の紅薔薇宮の中庭における、姫様のために造られた東屋《あずまや》だ。周囲には姫様付きの侍女達と、姫様の護衛である青菖蒲宮《あおしょうぶきゅう》勤めの騎士達が、静かに控えている。

彼らに囲まれ、姫様を中心として、私達——姫様の友人という立場にある私と、王宮筆頭魔法使いたる男、姫様の守護者たるエストレージャ、それから最近王宮に流れている噂の中心人物たる千夜春《ちよはる》少年と、その妹である朝日夏嬢《あさひな》が、雁首《がんくび》を揃《そろ》えてお茶会へとしゃれこんでいた。

今回のお茶会は、いつも私と姫様が二人きりで楽しむような私的なものではなく、王宮の記録にもきちんと残される公的なものであるという。

姫様からの招待状が、ランセント家別邸に届けられたのは、つい三日ほど前の話だ。姫様の公的な印璽《いんじ》が押された封蝋《ふうろう》で封印されたその手紙には、千夜春少年と朝日夏嬢への正式な招待と、ついでに私達一家もまたともに付き添いとして参じるようにという旨の内容が記されていた。

ちなみに幼い双子は、本日もアディナ家の乳母《うば》に預ける運びとなった。自分達も行きたいと涙ながらに訴えかけてくるエリオットとエルフェシアに、家族総出で「おみやげを買ってくるから」となんとか説き伏せたのだけれど、思い返すだにあれは大変だった。

脳裏に焼き付く、涙をいっぱいに湛《たた》えた二対の大きな朝焼け色の瞳に胸が痛む。今頃どうしているかしら、と内心で呟《つぶや》く私をどう思ったのか、姫様は柳眉《りゅうび》を下げながら続けて口を開かれる。

「突然の招待だったことについては謝罪するわ。全員、よく来てくれたわね」

「慣れているからな」

「もったいないお言葉ですわ。姫様からのお招きですもの。馳《は》せ参じるのは当然のことですとも」

淡々としていながらも嫌味の響きをしっかりばっちり宿した声音でそう言って、わざとらしく肩を竦《すく》めてみせる男の足をテーブルの下で踏みつけつつ、私は姫様に微笑《ほほえ》みを返す。思いの外痛かったらしく、男が非難の眼差《まなざ》しを向けてくるけれど、この際無視だ無視。自分の発言の無礼ぶりを今一度よーく考え直していただきたい。

今回のお茶会は、平たく言えば、姫様と千夜春少年の親交を深める、ただそれだけのために催されているものである。未《いま》だに真偽が定かではない噂が真実であるのだと、まずは行動で示そうという訳だ。先日千夜春少年が王宮に呼び出されたのも、その一環の命令であったらしい。いつもならば席を外していらっしゃるはずの侍女の皆さんや騎士の皆さんがいるのも、このお茶会の後で彼らの口からその事実を世間に知らしめてもらおうという意図があるからだ。

侍女として、騎士として、彼らは誰もがプロ中のプロであり、私達のやりとりを沈黙とともに見守ってくれているけれど、その視線はさりげなくちらちらと、姫様のお隣に座っている千夜春少年へと向けられている。

姫様と同じ白銀の髪を持ち、かつ儚《はかな》げな雰囲気をまとう美貌の千夜春少年の姿は、さぞかし印象的に彼らの目に映っていることだろう。驚きと感嘆の宿る視線がいくら向けられても、千夜春少年は明るい笑みを口元に湛えながら、上機嫌にお茶菓子をほおばっている。いっそ可憐とすら言っても過言ではない少年の、どこか幼さを帯びたその仕草は、周囲の皆さん……特に、侍女の皆さんの心を既《すで》にがっちりと掴《つか》みつつあるようである。

そして、そんな彼に対して、姫様とは反対側の千夜春少年の隣に座っている朝日夏嬢に向けられる視線は、お世辞にも好意的とは言えないものだ。兄に勧められるままにお茶菓子を少しずつ食べる朝日夏嬢は、姫様とはまた異なる魅力ある美貌の持ち主であるけれど、周囲の面々にとっては、彼女が黒髪であるというだけで忌避《きひ》の対象になるのだということを改めて思い知らされる。

それは私の夫である男にも言えることで、だからこそ普段のお茶会はつつましやかに、最低限の面々だけで開かれているのだが、今回はそういう訳にはいかないのがなんとも悩ましい。

朝日夏嬢は懸命に無表情を取り繕《つくろ》っているし、男はいつも通りの不愛想だけれど、どちらも思うところがない訳がない。二人の盾になってあげられたらいいのに、と思わずにはいられない。そしてそう思っているのは私ばかりではなく、エストレージャも同様であるらしく、普段からそれほど口数が多い訳でもないというのに、わざわざ率先して朝日夏嬢や男に話しかけてくれている。私と男の長男坊は、今日もこんなにも素晴らしくいい子である。

とはいえ、そんなエストレージャのけなげな尽力とは裏腹に、朝日夏嬢の返答は素っ気ないものばかりだ。こんなにも衆目を集めている場で、姫様を前にしているのだから、緊張するのも当然か。

朝日夏嬢のティーカップはとうの昔に空になっている。それなのに、控えている侍女は紅茶を注ぎ足そうとはしない。あからさまな態度に思わず私が眉をひそめる隣で、男が無言でポットを持ち上げて、その空のカップに紅茶を注いだ。

朝日夏嬢がぽっと嬉《うれ》しそうに白い頬を薔薇色に染め、反対に侍女の顔色が蒼褪《あおざ》めるが、わざわざ指摘するような真似は誰もしない。芳《かぐわ》しい香りを放つ紅茶に、ほんの少し朝日夏嬢が表情を緩めるのを、ほっとしたように見つめてから、エストレージャが口を開いた。

「姫様には、エリーもエルもとてもお会いしたがっていました」

「あらそう？　それは嬉しいわ。フィリミナ、エストレージャ。次はぜひとも二人を連れてきてちょうだいな」

「おい、俺は無視か」

「あら、文句があるとでも？　エリオットとエルフェシアにとってても懐《なつ》かれているこのあたくしに？　毎回あたくし達の逢瀬《おうせ》を邪魔しようとしてくれる貴方《あなた》に頼もうと思うほど、あたくしは耄碌《もうろく》していなくてよ」

にっこりとお美しく笑みを深めて姫様がそう仰《おっしゃ》ると、男はチッと誰の耳にも届くような盛大な舌打ちをした。我が夫ながら本当に大人げない。

まあ、かわいい子供達が下手すると父親である自分よりも姫様のことを慕うようになるのでは、と常々危機感を抱いているらしいから、褒められた態度ではなくとも納得のいく態度ではある。まったく、本当に仕方のない、どこまでもかわいい男である。

珍しくも反論できないらしく、男は整った眉をひそめて紅茶を口に運ぶ。そんな男を鼻で笑い飛ばしてから、姫様はふふと微笑まれる。

「エリオットもエルフェシアも、会うたびに大きくなっているのだもの。子供の成長とは早いものね」

「はい、本当に。毎日驚かされることばかりですの」

エリオットもエルフェシアも、毎日毎日、前日よりももっと大きくなっているように見えてしまう。おかげ様でちっとも目が離せない。目を離している間に、二人の成長を見逃してしまうのではないかと思うと気が気でなくなってしまうくらいだ。

ほぼずっと一緒にいる母親である私ですらそう思うのだから、日中は仕事のために屋敷を空けている父親である男や兄であるエストレージャの葛藤は計り知れない。だからこそ二人は、夜や休日は、ここぞとばかりに幼い双子を構い倒しているのだろう。そんな光景を見るのも、私の楽しみの一つである。

私の返答に対し、姫様は鷹揚《おうよう》な仕草で「それは素敵ね」と頷《うなず》かれ、そしてその視線を隣の千夜春少年へと向けた。

「成長と言えば、ハル。貴方こそ、少しは成長したかしら？」

「え、俺？」

「ええ、貴方よ。貴族としてのマナーが、そろそろそれなりに身に付く頃ではなくて？」

「ああ、そういう意味？　まああって感じかなぁ。フィリミナさんが、すっごく丁寧に教えてくれてるおかげだよ。大事にされてるって毎日実感してるよ。フィリミナさんに愛されてるって感じ？」

ふふふ、と得意げに笑って千夜春少年は胸を張る。本人の言う通り、千夜春少年を我が家であるランセント家別邸に預かってからというもの、暇を見つけては彼に私は様々なマナーを教えてきた。基本的なテーブルマナーや、レディのエスコートの仕方など、最低限必要なものについてはなんとかほぼ教え切ることができているように思う。千夜春少年は飲み込みが早く、そのおかげで私のつたない教え方でも、一から十を学ぶかのごとく知識を吸収してくれる。

それはいい。それはいいのだけれど、そこでどうして『愛されてるって感じ』という台詞《せりふ》に繋《つな》がるのか。私による千夜春少年への丁寧な指南と、私が彼を愛しているだとかいう戯言《ざれごと》は、イコールでは繋がらないと思うのだけれど。

周囲に控えている皆さんの意識が、私の方へと向けられるのを感じた。「姫様のご婚約者（仮）に媚《こ》びを売るとは、貴様、一体どういう了見だ？」という敵意を感じる。気持ちは解る。それこそ痛いほどに。私だって、姫様のお相手に秋波を送るなどという、姫様に喧嘩《けんか》を売るような真似をする女性に対して、いい感情は抱けそうにないから。

だから彼らの反応は仕方のないものだとは理解できるのだけれど――それはそれとして、普通に怖い。勘弁してほしい。千夜春少年よ、頼むから余計なことを言わないでくれ。

だらだらと背中を冷や汗が流れていく中で、ふいに膝の上に置いておいた左手が、私の意思とは無関係に浮いた。そちらを見遣《みや》ると、男が私の左手を持ち上げている。どういうつもりかと首を傾《かし》げてみせると、男はその唇に、いたずらげな、かつ意地の悪い笑みを刻む。なんだか嫌な予感がしてぎくりと硬直する私の左手が、男の方へと引き寄せられ、その薬指の指輪に男の唇が触れる。

ひえっ！　と私が身体《からだ》を竦ませてしまったのも、まったくもって無理はないことであるはずだ。

「ハル。悪いが、この手が慈しみ、守り、そして導く相手はもう、とうの昔に決まっているぞ」

『悪いが』と言いつつ、実際はこれっぽっちもそんな風には思っていない口ぶりで、私の左手を握ったまま、男は微笑む。情愛の熱を孕《はら》んだその声音に、ぞくりと背筋が粟立《あわだ》ったのは、きっと私だけではなかった。てぃ、ＴＰＯ……!!　とつい内心で叫んでしまう。

ド迫力の笑みに、ヒュウッと千夜春少年は口笛を吹き「熱烈だねぇ」と笑い返す。一歩も退《ひ》かないその笑みはいっそ称賛に価するとでも言うべきだろう。その隣の朝日夏嬢は無表情ながらもどこか不機嫌そうに私のことを睨《にら》み付けていたけれど、私の視線に気付くとすぐに俯《うつむ》いてしまう。

エストレージャが、両親の恥ずかしい行動に、自分の方が気恥ずかしくなったらしく顔を赤くしている。息子よ、本当にごめんなさい。

そして最後に姫様が、つくづく呆《あき》れ果てた視線で男のことを見遣り、一つ溜息《ためいき》を吐き出された。

「茶番はここまでにして、そろそろ本題に入りましょうか」

「本題？　俺達、ただ単にお茶しにきただけじゃないの？」

不思議そうに千夜春少年が首を傾げる。男の手から無理矢理左手を奪い返した私もまた目を瞬かせた。お気楽な様子の千夜春少年と同じ思考回路でいた自分がなんだか非常に複雑になる。朝日夏嬢は何を考えているのかは解らないけれど、男やエストレージャにとっては姫様のお言葉は予想の範疇《はんちゅう》内のものであったらしく、二人揃って真面目な表情になり姿勢を正す。

そっくりな仕草にそんな場合でもないのに笑ってしまいそうになったところをなんとか耐えて、私もまた姿勢を正して姫様を見つめた。

円卓を囲む全員の視線が自らの元に集まったことを確認されてから、姫様はそのたおやかな両手を、円卓の上で組み合わせて口を開かれた。

「ハル・シンドーを、正式なあたくしの婚約者として公表する式典が催されることが決まったわ」

その言葉に目を見開いたのは、私と、意外にも朝日夏嬢だけだった。さして驚いた様子もなく男とエストレージャは頷き、千夜春少年は「ああ、やっとかぁ」とのんびりと呟くばかりだ。もしかしたら男性陣は、事前にこういう流れになることを聞かされていたのかもしれないと今更気付く。

「式典って、俺は何すんの？」

気負う様子もなく問いかける千夜春少年に対し、姫様はほっそりとした人差し指をぴっと立てる。

「一つは、あたくしの結婚相手としての力を示すために、あたくしの守護者たるエストレージャとの御前試合ね。エストレージャと普段からいい勝負を繰り広げていると、本人とエギエディルズから聞いているわ。それと似たようなものだと考えなさい」

「ふぅん。あとは？」

「社交界へのお披露目としての夜会に参加し、そこであたくしとワルツを踊ってもらうことになるわ」

人差し指に続いて中指を立てた姫様は、そうして「他に質問があるならばこの場で言いなさい」と私達の顔を見回した。

千夜春少年の質問のおかげで、私が気になるところはこれ以上は特にはない。ただ、いよいよなのかと思うと、なんだかこう……うん、寂しい、気がする。姫様のご結婚がとうとう現実になりつつあるのだと思うと、解っていたことであるとはいえ、やはり寂しい。

ご結婚なさったからと言って、友人である私のことをないがしろになさるような姫様ではないことくらい百も承知の上だ。だからこれは私の勝手なわがままでしかない。

「フィリミナ」

「は、はい」

「あたくしがハルと結婚した後も、今までと同じくお友達でいてくれる？」

「もちろんです！」

ことりと愛らしく小首を傾げて問いかけられたその質問に対して即答する。そんなの当たり前だ。迷うまでもない。むしろ私の方から全力でお願いしたい所存である。

いっそ土下座せんばかりの私の勢いに、くすくすと嬉しそうに、そして安堵《あんど》したように声を上げて笑われる姫様に胸がいっぱいになる。やはり私は、この方のことが大好きだ。

先程までの寂しさなんてすっかり忘れて笑顔になる私のことを、半目になって男が見つめてくるけれどちっとも気にならない。ふふふ、私と姫様の仲睦《むつ》まじさの前にせいぜいひれ伏すがいい。

そう上機嫌にティーカップを口に運んだ瞬間、「うーん」と千夜春少年が唸《うな》り、そしてその視線を私へと向けてきた。何か？　と視線で促《うなが》すと、彼はその儚げな美貌に満面の笑みを浮かべる。

「ワルツだっけ？　俺、どうせならフィリミナさんのパートナーになりたいんだけど」

「ッ⁉」

「か、母さんっ⁉」

危うく口に含んだ紅茶を噴きそうになってしまった。姫様の手前、かろうじてそれだけは避けることができたけれど、うっかり気管の方へと入ってしまった紅茶のせいで思い切りむせ返る。げほごほと苦しげに咳《せ》き込む私に、エストレージャが慌《あわ》てながらハンカチを差し出してくれる。それを受け取り、口を押さえてぜえぜえと呼吸を繰り返す私の背を撫でながら、男はフンと鼻を鳴らした。

「それはお生憎《あいにく》だな。その座も既に永遠に売約済みだ」

「エギさんばっかりずるくない？」

「羨《うらや》ましがる前に、まずはワルツのステップの上達を目指すんだな」

「そうしてくれるとあたくしも助かるわね」

涼しい顔で言い放つ男と、とうとう苦笑を浮かべられた姫様に、千夜春少年はちぇっと唇を尖《とが》らせる。もう絶対にわざとやっているとしか思えない子供じみた仕草に姫様は苦笑を深めてから、その表情を凛《りん》と引き締めたものへと変えた。

「式典は、二週間後。急な話になってしまって悪いのだけれど、全員、心しておきなさい」

その命令に、なんとか通常の呼吸を取り戻した私を含めた全員が、ごく自然と頷きを返したのであった。

＊＊＊

式典まで、残すところあと一週間となった。我がランセント家別邸は、久々に大忙しの毎日を送っている。

まず、改めて千夜春少年のマナーをチェックして、もちろんワルツの練習にも今まで以上に熱を入れて臨んだ。何せ千夜春少年は、姫様をエスコートしなくてはならないのである。他の誰が許そうとも、私だけは絶対に妥協を許さない。

びしびしといきなり厳しくなった練習の数々に、千夜春少年には「勘弁してよ！」と悲鳴を上げられたが、ここで甘い顔なんて誰ができようか。最後の最後まで容赦なく鍛えさせていただく所存だ。

更にそれらの練習に加えて、エストレージャもまた、千夜春少年との剣の練習に、より一層熱心になった。姫様からのご許可を頂いて、式典当日まで屋敷で過ごすことになった彼は、何かと千夜春少年を誘っては模擬試合に挑んでいる。拳と拳の殴り合い……ではないけれど、お互いの実力をぶつけ合うことで、エストレージャと千夜春少年は、ここ数日でぐっと仲良くなったように思う。うんうん、息子に新たなる友人ができて母は嬉しい。

そして、式典を迎えるにあたって忘れてはならない重要なポイントは、当日の衣装である。

主役である千夜春少年と、主賓《しゅひん》の一人であるエストレージャの分は、ありがたいことに王宮側が手配してくれることになっている。だが、一招待客でしかない私達は、自前で用意しなくてはならない。ここ数日の私の悩みは、正《まさ》にそれなのだ。

「早く決めないと間に合わなくなってしまうし……ううん、悩ましいわね」

リビングルームにて、馴染《なじ》みの仕立て屋から急遽《きゅうきょ》取り寄せたカタログを前にして頭を抱える。私の左右に座っているエリオットとエルフェシアが、私の真似をして小さな両手をそれぞれ頭に回して首を傾げ合っている。愛らしい仕草に心が和《なご》み、その頭を撫《な》で回す。

ちなみに式典においては、流石《さすが》にこの二人は不参加が既に決定済みである。いくらなんでもこんなにも幼い子供達を、重大な式典の席においておけるはずがない。当日は、いつもと同じくアディナ家に預けることになっている。母や乳母ばかりか、父や弟も大喜びで、エリオットとエルフェシアを預かることを快く了承してくれた。つくづく頭が下がるばかりである。

それもこれも、エリオットとエルフェシアがこんなにもかわいいからなのだろう。かわいいとは素晴らしい。そう一人で頷いていると、カチャリと扉が開かれる音が聞こえてきた。

「あら、朝日夏さん、ちょうどいいところに」

後で呼びにいこうと思っていた朝日夏嬢が、水差しとグラスを手に持ってそこに立っていた。

私の姿を見て顔をしかめた彼女だったけれど、エリオットとエルフェシアが「なっちゃん！」と嬉しそうにしている手前、すぐに立ち去るような真似はしなかった。やはりかわいいとは素晴らしいともう一度思う。

「……何？」

低い問いかけに怯《ひる》みそうになるけれど、それを堪《こら》えて、ごくりと息を呑《の》んでから口を開く。

「千夜春さんのお披露目の式典についてなのだけれど、その、朝日夏さんは……」

「その話なら聞きたくない」

そう、口を開いたのだけれど。皆まで言い切る前に、容赦なく台詞を断ち切られてしまった。

反射的に口を噤《つぐ》む私を、朝日夏嬢の瞳が鋭く睨み付けてくる。焦《こ》げ茶色の中の青が、研ぎ澄まされた刃《やいば》のように鋭く光る。

「どうせ、私は出席できないんでしょ？　この髪じゃ、式典とやらに水を差すって煙たがれるに決まってるもん。別にいいわよ。嫌ってくらい解ってる」

そう言い終わるが早いか、くるりと踵《きびす》を返して朝日夏嬢はリビングルームから出ていってしまった。手を伸ばすこともできずにその後ろ姿を見送ってしまった私は、がっくりとこうべを垂れる。

「なっちゃん、どうしたの？」

「おかあしゃま？　かなしいの？　なっちゃん、いじめっこ？」

「いいえ。朝日夏さんは何も悪くないのよ。悪いのは、お母様なの」

またしてもやらかしてしまった。ああもう、自分の馬鹿さ加減に涙がちょちょ切れる。

朝日夏嬢に声をかけたのは、彼女に式典の欠席を促すためなんかではない。むしろ逆のつもりで、だからこそ声をかけたのだけれど……その言い方がまずかった。

彼女のことをちゃんと思うのならば、もっと別の言い方をすべきだった。今までの朝日夏嬢の経験を踏まえると、彼女が、「自分が式典に参加できるはずがない」と思うのは当然の話なのだから。

すぐに彼女の発言を否定できなかったこともまずい。ちゃんと今この場で、そんなことはないのだと、あなたにも出席してもらう気満々なのだと、伝えなくてはならなかった。

それができなかった私は、責められて然《しか》るべきである。困ったものだ、本当に。

「……埋め合わせにもならないけれど、頑張らなくちゃ」

「がんばるの？」

「おかあしゃま、がんばえ！」

「がんばえー！」

「ええ、頑張ってみせますとも」

エリオットとエルフェシアの力強い声援に頷きを返し、私は再びカタログをめくり始める。そしていくつか目星をつけてから、仕立て屋のマダムにお願いするドレスのためのメモをしたためた。

それから、ちょうど六日後。いよいよお披露目の式典を明日に控えて、またしてもリビングルームにて、私は来たるべきその瞬間を待ち構えていた。

ああ、緊張する。大丈夫だろうか。また傷付けてしまわないだろうか。考えれば考えるほどネガティブな方向へ転がり落ちていきそうな思考をかろうじてフラットな位置に繋ぎ止めつつ、今か今かとその瞬間を待つ。

「なっちゃん！　こっちだよ！」

「はやくはやく！」

「待って、二人とも。一体なに……ッ⁉」

来た。来てしまった。両手をそれぞれエリオットとエルフェシアに引っ張られながら、朝日夏嬢がこのリビングルームへとやってきた。この部屋で待ち構えていたのは、私ばかりではない。夫である男と、エストレージャ。そして、私が何をするつもりなのかと怪しみ、笑顔を浮かべているくせにちっとも笑っているようには見えない千夜春少年である。

一同の顔を見渡した朝日夏嬢は、その柳眉をひそめて低く呟いた。

「……揃いも揃って、何なの？」

事と次第によっては、双子の手を振りほどいて踵を返すことも厭《いと》わないと言わんばかりの表情に、やっぱり怯んでしまいそうになるけれど、隣の男に、さりげなく背を叩《たた》かれて、ほっと息を吐く。そうだとも。ここからが、勝負どころだ。

「だから、何なのよ？　お兄ちゃんまで何してるわけ？」

「いや俺もフィリミナさんに呼ばれただけだっての。なんかこのでっかい箱を運ばされたんだけどさ」

「ご協力ありがとう、千夜春さん。わたくし一人では運びきれなかったから、本当に助かったわ」

千夜春少年の視線の先には、ローテーブルを完全に占領している大きな箱が三つある。昼過ぎになってようやく届けられたそれらをここまで運ぶのに、たまたま側《そば》にいた彼の手を借りたのだ。

「どうぞ、朝日夏さん。この箱はすべてあなたのものよ」

大きな衣装箱が一つ。円柱状の箱が一つ。靴箱が一つ。すべて深緑で統一された上等な三つの箱を、朝日夏嬢の前へと押し遣る。

常にその身の周りにまとっていた警戒心や敵意がほどけ、その代わりに戸惑いを思い切りあらわにしている朝日夏嬢に、私は笑いかけた。

「私の、って……どういうこと？」

「それはあなたがご自分の手で箱を開けてのお楽しみね」

さあどうぞ、と笑顔で促すと、朝日夏嬢は、私のことをいかにも胡散臭《うさんくさ》そうに見つめてくる。だがしかし、今更怯んでなんていられない。

にっこりと笑みを深めて真正面から見つめ返せば、朝日夏嬢の方が息を呑み、そしてとうとうその手を震わせながら、手前の衣装箱の蓋《ふた》を開ける。


「……！」


青混じりの焦げ茶色の瞳が、大きく見開かれる。震える手が伸びる。そのまま箱から取り出された一着のドレスに、わぁっとエリオットとエルフェシアが歓声を上げた。

「きれーえ！」

「おひめしゃまのドレスね！」

双子がぱちぱちと拍手喝采《かっさい》する。呆然《ぼうぜん》と立ち竦む朝日夏嬢の手にあるのは、薄い青のドレスである。シンデレラブルー、とでも呼ぶのが相応《ふさわ》しい、透明感のある青の生地が幾重にも重ねられたスカート部分は、前が膝丈、後ろが足首丈と、前後で大きく長さの違いがある、いわゆるフィッシュテールと呼ばれる作りになっている。何枚もの薄青のチュールを重ねてボリュームを出している中に、時折華やかな金糸が織り込まれたチュールが混ざり、それが揺れるたびにちかちかと輝くのが、これまた心憎い演出をしてくれている。

そのドレスに、朝日夏嬢はやはり相変わらず、ただただ呆然と見入るばかりだ。先日私がカタログを見ていた理由は、元々、自分のためではない。朝日夏嬢の分を用意するためだったのである。

サプライズが成功したらしいことを悟るけれど、これだけで終わりと思われては困る。

「ドレスだけじゃないわ。こちらの丸い箱も開けてもらえるかしら」

今度は円柱状の箱を示してみせると、朝日夏嬢はもう何も言わずに、無言のまますんなりと箱の蓋を開けてくれる。

「これ……」

「ドレスに合わせて作ってもらったものよ。これを被《かぶ》れば、要《い》らぬ人目を避けられるし、何より、とってもおしゃれだと思ったの」

ドレスを一旦ローテーブルに置いた朝日夏嬢が次に箱から取り出したのは、ボリュームのあるトップから、まるで風船のようなシルエットを描いて裾がすぼまっているベールだ。頭に被ると、ちょうど背の中ほどまでの高さに裾がくる形となるショート丈の、そのシルエットが示す通り『バルーンベール』と名付けられたそれである。

ふんわりとした柔らかな、ごくごく淡い黄色のチュールの生地の上には、細かい金色のビーズが丁寧に縫い付けてあり、きらきらと光を弾《はじ》いている。まるでそのベールだけに、とっておきの朝日が降り注いでいるかのようだ。理想以上に理想通りの出来栄えに仕上げてくれた仕立て屋のマダムに心から感謝せずにはいられない。

季節外れの色合わせだと言われるかもしれない。無防備に足をさらす丈について、物申してくる人もいるかもしれない。けれど、青も黄色も、希望を感じさせる色だ。どうせどんな格好をしていても目立つに決まっているのだから、どうせならそれを逆手にとって、思い切り朝日夏嬢の魅力を見せつけてやればいい。

フィッシュテールスカートにしたのは、ドレスに慣れていない朝日夏嬢でも動きやすいようにという配慮もあっての選択だったのだけれど、うんうん。思っていた以上にとてもおしゃれで素敵だった。ちなみに未だに箱に収まっている靴は、ベールに合わせて、金色のビーズが縫い付けられた淡い黄色をベースに、同色のリボンを足首で結ぶタイプの、ローヒールで歩きやすいものをご用意させてもらっている。

「ひな、ドレス、身体にあてて見たらどうだ？」

「う、うん」

どこか嬉しげな、そしてそれ以上にほっとしている様子の千夜春少年に促され、朝日夏嬢は再びドレスを持ち上げ、その前身ごろを自身の身体へと宛がった。袖を通さなくても、朝日夏嬢によく似合っていることがすぐに解った。仕立て屋のマダムは、本当に素晴らしいお仕事をなさってくださったものである。

「似合うな」

短くも確かな実感のこもる、珍しい男の褒め言葉に、ぽっと朝日夏嬢は顔を赤らめて俯いてしまう。

前から思っていたけれど、やはり朝日夏嬢は、男に対しては素直に好意的である。思い返してみれば、最初からそうだった。同じ黒持ちだからこそそうさせるのか、とは以前にも思ったことだ。

朝日夏嬢にとって男は、『ヒーロー』なのだと、千夜春少年は言っていた。きっとそればかりではなく、『王子様』でもあるのだろう。だってきっと朝日夏嬢が抱いている感情は、ただの憧憬《しょうけい》ばかりではなく、もっと色を持ったものであるような気がするから。

そう思うと少しばかり複雑になるけれど、それでも敵意に近い感情ばかりを向けられている私からしてみれば、男の立場は羨ましい限りのものである……なんていうのは、私が勝手に朝日夏嬢に親近感を抱き、彼女と仲良くなりたいと思わずにはいられないからだろう。姫様に任されている手前もあるし、少しでも朝日夏嬢には快適に過ごしてもらいたいし、そのためにも親しくなりたいとやっぱり思ってしまうのだ。

ああやっぱり羨ましい。そう男のことをじっとりと見上げていると、不意に、小さな……本当に小さな声が耳朶《じだ》を打つ。

「………とう」

「え？」

今、何か聞こえた。けれどあまりにもささやかな声だったものだから、はっきりとは聞こえなかった。首を傾げると、ばっと勢いよく朝日夏嬢が顔を上げる。

「つだから！　ありがとうって言ってんの！」

きっと睨み付けられた挙句に怒鳴りつけられてしまった。

あらあらまあ、と目を瞬く私の隣で、堪え切れなくなったのか、くつくつと男が喉を鳴らして笑う。その男の反応に、ますます朝日夏嬢は顔を赤くする。もう茹《ゆ》でたタコのように真っ赤だ。年頃の少女のかわいらしい様子に、私もまた笑う。

こんな風に言うのはおこがましいけれど、シンデレラブルーの名の通り、まるで自分が魔法使いになったような気分にまたしてもなってしまう。

双子に口々に褒め称《たた》えられている朝日夏嬢を見つめながら、なんだか明日が楽しみになってきたな、と、思っていると、それまで誇らしげに朝日夏嬢のことを見ていた千夜春少年が、そっと私の元までやってきた。

「あの、さ」

「あら、千夜春さん。どうなさって？」

「その……俺からもお礼を言わせてほしい。フィリミナさん、本当に、ありがとう」

いつぞやと同じように、深々と頭を下げられてしまった。普段はいっそ軽薄とすら呼んでも差し支えなさそうな態度ばかりのくせに、こういう時に限って大真面目で真摯《しんし》な態度を取ってくれるのだから、まったくずるいものだ。

「お礼を言ってくれるなら、明日の式典をぜひとも成功させてほしいわね」

姫様の友人として、千夜春少年のことを姫様のご結婚相手と認めるには、まだ私は彼のことを知らなさすぎる。けれど、こういう態度を明日も見せてくれるのならば、少しくらいは認めてもいいかな、と思わなくもない。

上から目線と言うなかれ。こちとら生涯の友人と互いに誓い合った相手の結婚相手を見定めなくてはならないのだ。これくらい言ってもばちは当たらないだろう。

＊　＊　＊

明くる朝。いよいよ、姫様のご結婚相手としての千夜春少年のお披露目の式典当日である。どこまでも高く遠く青く晴れ渡る空の下、空気は澄み渡り、身を切るような冷たさで世界がなみなみと満たされている。

姫様の守護者たるエストレージャ・フォン・ランセントと、女神からの託宣により姫様のご結婚相手と定められた新藤《しんどう》千夜春少年の御前試合は、午前十時から催されることとなった。場所は、王宮において王宮騎士団が駐屯する青菖蒲宮の鍛錬場である。

既に招待されている、試合の見届け人ともなる見物客が集まりつつあるかたわら、私、男、エストレージャ、そして朝日夏嬢は、控え室にて、来たるべきその時間が訪れるのを待っていた。

ちなみに千夜春少年は、王宮にやってくるなり、別室へと案内されている。試合において公平を期すためだとかなんとかいう理由らしい。

女神の守護者としての正装として作られた、真白い生地に銀糸で刺繍《ししゅう》が施されている騎士のような衣装に身を包んだエストレージャは、無言のまま、剣の師である騎士団長殿から頂いた愛剣の手入れをしている。普段のルーティンをこなすことで緊張を解きほぐそうとしているのだろうけれど、その表情は硬いものだ。

くすみを帯びたローズピンクのドレスコートにあわせて夜会用のものとは別に用意した、薄いピンクのベールを被っている朝日夏嬢のことは、王宮筆頭魔法使いとしての正装に身を包んでいる男に任せて、私はひたすら無言を貫いているエストレージャの元へと歩み寄る。

隣に腰を下ろすと、ようやく彼の綺麗《きれい》な黄色の瞳が、こちらへと向けられた。どこまでも透明なその瞳を覗《のぞ》き込み、私はにっこりと笑いかける。

「エージャ、構うことはないわ。千夜春さんのことは、全力で叩き潰してさしあげなさいな」

「で、でも」

「あなたが千夜春さんのことを友人であると思っているのなら、なおさら遠慮はだめよ。本当は解っているのでしょう？」

どこまでも優しい、優しすぎるきらいがあるのがこの長男坊だ。エストレージャは、初めてできた歳《とし》の近い友人に、いくら御前試合と定められた試合であるとはいえ、真剣を向けることに対してためらいを覚えているに違いない。今日という日がどれだけ重要なのかももちろん理解しているのだけれど、それでもこの子は迷わずにはいられないのだろう。

けれど、私からしてみれば、そんなためらいや心配は、不要の一言に尽きるものであるような気がしてならない。何せ相手は、なんだかんだで負けず嫌いの気がある様子のあの千夜春少年である。わざと負けたりなんかしたら、むしろそちらの方が絶交のきっかけになってしまうのではないだろうか。

「大丈夫よ、エストレージャ。あなたは自分の剣を信じなさい」

「……母さんには敵《かな》わない」

「ふふ、息子とはそういうものであると、お母様も仰っていたわ」

母親冥利《みょうり》に尽きる言葉をくれる息子の頭を撫でていると、控え室の扉がノックされる。そして聞こえてきた台詞に、私達はとうとう来たるべき時間がやってきたことを知る。

「頑張ってね、わたくし達の自慢のお星様」

「全力で叩き潰してやれ」

「父さんまで、母さんと同じことを言うんだな」

案内人に導かれていざ控え室を後にしようとするエストレージャの背中に、私と男がそれぞれ声をかけると、エストレージャは肩越しに振り返り、堪え切れない苦笑をこぼしてくれた。そうして去っていく後ろ姿を見送ると、ふと視線を感じた。そちらを見ると、透けるベールの向こうで、朝日夏嬢が、むっすりとした表情を浮かべていた。

「ちょっと、相手は私のお兄ちゃんなんだけど」

「もちろん朝日夏さんは千夜春さんの応援をしてさしあげて？　わたくし達はその分、エージャのことを応援してあげたいの」

「ハルも、俺達が束になって取り繕った応援をするよりも、他の誰でもないお前一人に応援された方が喜ぶだろう」

「……エギエディルズさんがそう言ってくれるなら、そうする」

うーん、それってつまり、私の発言は聞かなかったことにされていると受け取っていいだろうか。

やはり朝日夏嬢の、私と男に対する態度は、それこそ天と地ほどの、と言っても過言ではないくらいに差があるようだ。昨日の「ありがとう」を踏まえると、少しは距離が縮まったのでは、と考えていただけに、なんとも悲しいものがある。

どうしてこうも朝日夏嬢は私のことを……と、考えていたその時、再び扉がノックされ、今度は私達が鍛錬場へと案内される運びとなった。そのせいで、結局朝日夏嬢の態度について、それ以上考えることは叶《かな》わなかった。

連れ出された先の鍛錬場には、多くの人々が集まっていた。既に王宮どころか国中で噂になりつつある、我らが生ける宝石姫のご結婚相手なる存在が気になって仕方がないらしく、どこかそわついた雰囲気で満ちている。

最も位が高く、かつ安全とされる場所には、三つの椅子が並べられ、そこには国王陛下と妃殿下、そして姫様が腰かけていらっしゃった。

妃殿下のお隣で、姫様は優美な笑みを浮かべていらっしゃるけれど、普段見せてくださるような生き生きとした輝ける笑顔とは程遠い、本当に精巧な人形のような笑顔に、ほんの少し胸が痛んだ。

そして私達はそのまま、エストレージャの親族として特等席――試合会場を一目で見渡せる、最前列に陣取ることが許された。

しばらくして、いよいよ午前十時の鐘が鳴る。荘厳《そうごん》な鐘の音が響き渡る中で、国王陛下が立ち上がられ、その右手を掲げられた。一斉に私達が一礼すると、鍛錬場の東西に位置する出入り口から、それぞれエストレージャと千夜春少年が登場してくる。

エストレージャは前述の通り、真白い騎士のごとき姿で、その腰には、先程本人が丹念にお手入れしていた、装飾性よりも実用性を重視した両刃の剣を携えている。そして千夜春少年もまた、真っ白な生地で作られた衣装を身にまとい、その腰には美しい銀の細剣がある。

エストレージャのことを凛々《りり》しい騎士であると表するならば、白銀の髪を日の光にきらめかせて佇《たたず》む千夜春少年は、儚くも強き王子様、とでもいったところか。

誰からともなく感嘆の息がもれる中で、二人は距離を取って相対する。国王陛下が椅子に腰を下ろされ、代わりに審判のお役目を仰《おお》せつかったのだという騎士団長殿が、エストレージャと千夜春少年から少し離れた場所に立つ。

いよいよ……本当に、いよいよだ。

ぴりりと鍛錬場に緊張が走る。ごくりと固唾を飲んで見つめていると、騎士団長殿がご自分の剣を高く掲げる。それは、この試合が、女神の存在を前にした神聖な試合であるということを、天に――他ならぬ女神ご自身に誓う証《あかし》。

「――始め！」

ひゅん、と騎士団長殿の剣が振り下ろされる。そして次の瞬間には、エストレージャと千夜春少年の剣と剣がぶつかり合う、硬質な音が高らかに響き渡っていた。

次々と繰り出される千夜春少年の鋭い突きに対し、エストレージャがその突きを一つとして取りこぼすことなく、時に受け止め、時に弾きながら応戦する。重なる剣戟《けんげき》は、見ている私達の目を奪うどころか、呼吸すら忘れさせてしまう。

いつも屋敷で見ていた模擬試合よりも、もっとずっと緊迫感があふれるものだ。どちらも一歩も退かずに剣を振るう様子を食い入るように見つめていた私は、気付けば祈るように両手を胸の前で組み合わせていた。

どちらが優勢なのかは素人《しろうと》である私にはさっぱりだ。ぶっちゃけてしまえば、どっちが勝つかなんて、本当はどうでもいい。ただ、怪我《けが》がなく、つつがなく、この試合が終わってほしい。それだけだ。だってこの御前試合は、あくまでも千夜春少年の存在のお披露目が目的なのだ。それならもうそろそろ十分ではないかと思わずにはいられない。

キンッ！　とひときわ高い金属音が響き渡る。千夜春少年の細剣の切っ先が、エストレージャの顔へと向かい、それをかろうじてエストレージャが受け止めた音だ。ひゅっと息を呑む私の耳に、隣の男の聞き心地のよい声が届く。

「フィリミナ。目を逸《そ》らすなよ」

「……はい。もちろんです」

解っている。目を逸らすものか。大切な息子が、確かな覚悟を持って臨んでいる試合から目を逸らすなんて、そんな真似、仮にこの男に許されたって、私自身が許せない。だって私は、エストレージャ・フォン・ランセントの母親なのだから。

そもそもあの子を焚《た》きつけたのは私であるのだし。そう内心で冗談めかして自分に言い聞かせることで、なんとか目を背けずにいると、それまで途切れることなく続いていた剣戟が、ようやく絶えた。体勢を整えるためなのか、エストレージャがいったん後方へと飛び退《の》いたからだ。

誰もが口を噤み、しん、と静まり返った鍛錬場で、エストレージャと千夜春少年の荒い呼吸音ばかりがやけに大きく聞こえてくる。睨み合う二人。

そして、先に動いたのは、千夜春少年の方だった。

ダンッと彼は地を蹴って、その手の細剣をエストレージャへと向ける。速い。そして。


――――かぁんっ！


その音は、まるで高らかなファンファーレのようだった。エストレージャの剣が、千夜春少年の細剣を力強く弾き飛ばす。千夜春少年の手から細剣が弾き飛ばされ、銀のきらめきが高く宙を舞う。エストレージャの、勝ちだ。そう喜んでいられたのは、ほんの一瞬だった。弾き飛ばされた細剣がそのまま宙を旋回してこちらへとやってくる。

まずい。あちこちから悲鳴が上がる。慌てて周囲の人々とともに避難しようとして、息を呑む。

朝日夏嬢は、もうエストレージャと千夜春少年の試合が、見ていられなくなっていたらしい。俯き震えていた彼女は、そのせいで、宙を舞った銀の細剣に気付くのが遅れた。

「朝日夏さん！」

「えっ？」

私が悲鳴のように叫んだその声に、朝日夏嬢はようやく顔を上げる。だが、遅い。だから私は、気付けば彼女のその華奢《きやしや》な肢体《したい》を、思い切り突き飛ばしていた。

倒れ込む朝日夏嬢が周囲の人々に受け止められる中で、私の元へと細剣が降ってくる。けれど、もう私にはこれ以上どうすることもできなくて。

そうして、それから。


「お前という奴は、本当に、仕方がないな」


耳朶を震わせる呆れ果てた美声。視界が美しい黒で覆われて、身体があたたかなぬくもりに包まれる。覚悟した衝撃も痛みも、いつまで経《た》ってもやってこずに、代わりにただただ優しい感覚ばかりが私を守ってくれる。

「――エディ？」

「他の誰だと言うんだ。この馬鹿が」

そっと呼びかけると、私のことをその華やかな黒いローブで包み込んでくれていた男が、間近から、実に不機嫌そうに吐き捨ててくれた。

ようやくその顔を、力強い腕の中から見上げると、どれだけ言葉を尽くしても表現できない中性的な美貌が、私のことを見下ろしている。男の肩越しに見える地面には、銀の細剣が突き刺さっていた。どうやらこの男が、私のことを守ってくれたらしい。

そうと自覚した途端に、ぶわりと申し訳なさが、そして、同じくらい……いいや、もしかしたらもっと大きな喜びが、どうしようもないことに込み上げてきてしまう。

「母さん！　父さん！」

「こっちは問題ない。気にするな。よくやったな、エストレージャ」

顔を真っ青にしてこちらに駆け寄ってこようとするエストレージャを留めるために、短く彼のことを褒めてから、男はぎろりと私のことを睨み付けた。ひぇっと反射的に身を竦ませる私をしばしじっと見下ろして、そうして男は深々と溜息を吐く。

「反省しろ。エストレージャのことを想うのならな」

「……はい。申し訳ありません」

「謝る相手が違うだろう。それに、こういう場合は謝るよりももっと別のものが俺は欲しいんだが？」

うん？　と小首を傾げて促され、思わず顔を赤くする。こ、この男、ここぞとばかりに……！　けれど明らかに自分に非があることは解り切っていたので、今更逆らうこともできずに、私は大人しく男の望みを叶えるべく口を開いた。

「本当に、ありがとうございます」

そう言ってから、「これにて御前試合を終了する！」という騎士団長殿の指揮と、未だざわめく周囲を背景にして、男のローブを引っ張り上げて、その陰でそっと男の唇に口付ける。私の精一杯を、眦《まなじり》を甘くとろけさせながら男は受け入れてくれた。

そんな私達のやりとりを、周囲の助けのもとになんとか立ち上がった朝日夏嬢が、どんな目で見つめていたかに、私は気付けなかった。

＊　＊　＊

美しい管弦楽の調べが、周囲を満たしている。ここは、王宮における中心たる紫牡丹宮《しぼたんきゅう》の大広間だ。既に外は夜のとばりが落ち、ささやかな星の光が瞬くばかりとなっているというのに、ここはきらびやかな光であふれている。

玉座には国王陛下がいらっしゃり、その隣の妃殿下と仲睦まじげに語り合うのを視界の端に入れながら、思い思いのとびっきりの装いを身にまとった華やかな人々もまた、談笑に耽《ふけ》っていた。

午前中の御前試合は、ちょっとしたアクシデントが起こったものの、なんとか無事に終了した。そうしてお次は、ある意味では試合よりも重要であると言うべき夜会のお時間である。

御前試合を終えた後、いったんエストレージャと合流することを許されたのだけれど、エストレージャは、見ているこちらがかわいそうになるくらい顔を真っ青にして、今にも泣き出しそうになりながら何度も何度も繰り返し謝ってくれた。

エストレージャの責任ではなく偶然であったのだし、男が守ってくれたおかげで誰も傷付かなかったのだから気にすることはないと、謝罪されるたびに私達もまた何度も伝えた。

それでも納得がいっていない様子のエストレージャに、「じゃあ今夜の夜会で、わたくしと踊ってくれたら許してあげるわ」などという約束を取り付けることでなんとかその場は収まった。いや、エストレージャは「そんなことで……」とやはり納得しきっていなかったけれど、私にとってはとんでもなく役得であるとこれでもかと熱弁させてもらった。するとあの子は、青かった顔色をほんのり赤く染めて「解った」と頷いてくれた。うんうん、私達の長男坊は今日もこんなにも素直でかわいい。

そうしていよいよ迎えた夜会だ。私は会場の片隅にて、一人で佇んでいた。

エストレージャは千夜春少年とともに未だにご登場されない姫様をエスコートするお役目を仰せつかっているからもちろん不在だし、一緒にいる予定になっていた朝日夏嬢は慣れないドレスの準備に手間取って、まだ控え室だ。ベール越しでも不安そうなのが見て取れる彼女を、彼女がどうやら慕っているらしい我が夫に任せた結果、私はこうして壁の花となっている訳である。

談笑に耽っている人々の話題は、もっぱら千夜春少年についてだ。御前試合においてエストレージャに敗北したものの、その剣の腕前は確かなものであると評価され、何より、姫様と同じ白銀の髪を頂く儚げな美貌は、皆々様の心をがっちりと掴んだらしかった。

誰もが好意的に千夜春少年について語り合っている中で、管弦楽団の一人が、トランペットを口に寄せて高く掲げる。鳴り響くファンファーレに、誰もが一斉に口を噤み、管弦楽団の調べが変わる。

姫様がお生まれになった時に作られたのだという優美な曲だ。

ありとあらゆる視線が、大広間の大きな扉へと向かう。左右から開かれる扉から入場されたのは、言わずもがな姫様だ。真白の地に四季の花々が咲き誇る、大層華やかなドレスは、本当にとても姫様にお似合いだ。その姫様の左右の手を、それぞれエストレージャと千夜春少年が取り、姫様のことをスムーズにエスコートしている。彼らもまた、白を基調とした盛装に身を包んでいた。

やがて姫様の手を、先にエストレージャが離し、姫様のことを千夜春少年に託すように一礼してみせる。姫様は鷹揚に微笑んで頷かれ、千夜春少年はやや緊張の面持ちで一礼を返す。

国王陛下の号令により、管弦楽団がまた異なる曲を奏で始め、人々が寄り添い合う姫様と千夜春少年の元へと次々に挨拶に向かう。どんな相手が来ようとも、にこやかな表情で息ぴったりに対応している姫様と千夜春少年の相性は、実はとてもいいのではないのかと思わされる光景だ。

うーん、複雑。そう内心で呟きつつ大広間を見回した私は、ふと、私と同じように会場の片隅に佇んでいる人物を見つけた。

私とはお世辞にも仲がいいとは言えない、お互いにいけ好かないと思っているに違いない相手である。けれど今日というこの日ばかりは彼のことが気にかかり、そっと彼のもとへと歩を進めた。

「ハインリヒ様、ごきげんよう。お久しぶりでございます」

「おや、フィリミナ殿」

私が声をかけた相手――姫様の腹心であり、姫様に対して『腹心』であること以上の想いを抱いているらしい彼、ハインリヒ・ヤド・ルーベルツ青年は、私が声をかけるまで、こちらのことに一切気が付いていなかったらしい。若草色とオパール色という、異なる二色がそれぞれ宿る双眸《そうぼう》をわずかに瞠《みは》って、彼はこちらのことを見下ろしてくる。

にこりと愛想笑いを浮かべてみせると、ハインリヒ青年は小さく笑って、やけにもったいぶった仕草で一礼を返してくれた。

「フィリミナ殿におかれては、ご機嫌麗しく。久々にお会いできて光栄です」

「ええ、わたくしも」

お互いにちっっっっっっともそんな風には思っていないことは百も承知の上だったが、これも様式美というやつだ。私達の周囲から、何故かそそくさと人々が立ち去っていくけれど、そんなことには構わずに微笑み合い続ける。

先に目を逸らしたのは、意外なことに、ハインリヒ青年の方だった。おや、と瞳を瞬かせる私のことなどもう彼は見ておらず、その異なる色彩を宿す双眸が見つめる、その先にいるのは。

「…………よろしいのですか？」

気付けば、そう問いかけていた。言ってから、しまったと気付く。失言だった。

ハインリヒ青年がちらりとこちらを見下ろしてくる。その瞳の奥に、意地の悪い光が宿る。

「おや、何がですか？」

「何がって、あの、その……」

『何が』も何もないだろう。ハインリヒ青年の視線の先には、姫様がいらした。彼女は、ハインリヒ青年にとっての、きっと唯一無二の特別な存在。そんな方が、目の前で、いずれご結婚なさる相手と笑顔で語らい合うお姿に、何も思わずにいられるだろうか。心中穏やかであるはずがないだろう。

それなのにハインリヒ青年は、驚くほど穏やかに微笑んでみせた。不意打ちをくらって息を呑む私に対し、目の前に佇んでいる青年は、ただただどこまでも穏やかに続ける。

「王宮側がお膳立てした相手ならば、どんな手を使ってでも潰したでしょうね」

表情はどこまでも穏やかだけれど、言い出した内容はちっとも穏やかではなかった。むしろ不穏だった。そうだった、彼はこういう奴だった。姫様に関することにおいては、いざとなったら手段を選ばない相手であることを、私は知っていたはずではないか。うっかりそのことを忘れてしまっていた。

『潰す』という言葉に引きつり笑いを浮かべる私に、ハインリヒ青年は肩を竦めた。「ですが」と続けるその声音は、やはり穏やかなものであったけれど、なんだかそればかりではないような気がした。

「女神からの託宣で定められた相手ならば、私は何も言いません。託宣による相手ならば、その存在こそが姫を守ることに繋がるでしょう。ならばあとの私の役目は、神殿が出張ってこようとするところを止めることだけです」

それこそが、姫様に恋をする、一人の男としてできることなのだと。そう言外に告げてくるハインリヒ青年に、何も言えなくなる。

姫様について、この青年のことを応援する気はまったくないが、それでもこうして本人に断じられてしまうと「それでいいのか」と問いかけたくなる。あなたの姫様への想いはその程度のものだったのかと、胸倉を掴みたくなる。けれど、駄目だ。そんなのは私の自己満足だ。

応援したい訳ではないのに、それでもなんとも言えないほろ苦さが口の中に広がっていくのを感じていると、ふふ、と小さな笑い声が耳朶を打つ。気付けば下を向いていた顔を上げると、ハインリヒ青年がいたずらげに笑っていた。

「それに」

「……それに?」

「人妻とも、恋はできますからね」

……この野郎。人がせっかく心配していたのに、言うに事欠いてそれか。なんだそのしたり顔は。つくづくどこまでも気が合わない相手であることを思い知らされる。そんな私からの同情なんて、ハインリヒ青年だって心の底からごめんだと思っているに違いない。半目になって睨み付ける私のことを、くつくつと喉を鳴らして笑うハインリヒ青年はひとたび見下ろしてから、再び大広間の中心にいらっしゃる姫様へと視線を向ける。

——ああ、そうか。

ハインリヒ青年の整った横顔を見上げながら、私は内心で溜息を吐いた。見なければよかった。気付かなければよかった。その確かな熱が宿る、どうしようもなく切なげな瞳など、知らないままでいたかった。今までの冗談めかした台詞が、すべてこの青年なりの強がりであったたなんて。

ここまで大々的にお披露目されたならば、千夜春少年は、いずれ間違いなく姫様の王配となるに違いない。それについて、もうハインリヒ青年は、何もできないのだ。想いを伝えることすら許されない。ただ、見ていることしかできないのだ。

「ハインリヒ様」

「何でしょう」

「お酒を飲みたくなったら、一度だけでしたら、お付き合いしてさしあげますわ」

「それは一対一で、ということでしょうか？」

「はい。エディからは何としても許可を勝ち取ってみせますとも」

「――――それは、楽しみですね」

ほんとうに、と、小さく続けたハインリヒ青年は、そうして、部下らしき執務官に呼ばれて、私の前から去っていった。その後ろ姿を見送って、私は今度こそ口から溜息を吐く。ああ、ままならないものだ。

そしてまた、曲調が変わった。ワルツだ。姫様と千夜春少年が、手と手を取り合って踊り始める。二人の邪魔をしないように誰もが大広間の隅へと移動し、踊っているのは姫様達だけになる。

花々の咲き誇るたっぷりとした裾を翻《ひるがえ》しながら、当然のごとく優美にステップを踏む姫様。そして、そんな姫様を、危なげなくリードする千夜春少年。二人だけの世界のようだった。絵物語で語られるような、あまりにも美しい光景だ。誰もがうっとりと二人のワルツに見惚《みと》れている。私ももちろんその一人だ。目が離せない。

そうして、ワルツが終わる。姫様と千夜春少年が、互いに一礼し合うと、一拍置いてから、わっと周囲が湧いた。拍手喝采である。手を取り合って周囲に向けても改めて礼を取る二人に、数えきれないほどの拍手が送られている。

私もまた同じく拍手していたら、ふと「フィリミナ」と名前を呼ばれた。おや、とそちらを見遣ると、我が夫である男と、青のドレスを身にまとい淡い黄色のベールを被った朝日夏嬢が、並んでそこに立っていた。

「遅くなってすまなかった」

「いいえ、お気になさらず。それよりも朝日夏さん、やっぱりとってもよくお似合いね」

ベールを被っていても、朝日夏嬢の魅力は隠しきれていない。白い肌にシンデレラブルーのドレスがよく映えている。フィッシュテールスカートだからこそ、すんなりと伸びた足をある程度衆目にさらすことになっているけれど、ほっそりとした足は、健康的な色気があり、これまた魅力的だ。

色気は毒であると言う古臭いことを言い出す人もいるかもしれないが、幾重にも重ねられたチュールの愛らしさが、その『毒』を『良薬』へと変え、周囲の人々が男女問わずにちらちらと朝日夏嬢のことを窺《うかが》っているのが見て取れる。

昨日も思ったことだけれど、どうやら私がお願いしたデザインに間違いはなかったらしい。無茶な注文を受け入れてくれた仕立て屋のマダムには改めてお礼をさせてもらわなくてはならない。

うんうんと私が満足げに頷いても、朝日夏嬢はツンと顔を背けるだけで何も言ってはくれなかった。うーん、まだまだ先は長い。

やがて、先程とは異なる調べのワルツがまた始まった。今度は姫様達ではなく、参加者達が踊り始める。ざわめきが戻ってきた大広間で、私は「エディ」と夫のことを呼んだ。

「せっかくだもの。朝日夏さんと踊っていらしたら？」

朝日夏嬢にとっては正に社交界デビューであるのだから、ここは一つ、王宮筆頭魔法使い様に、彼女の門出を祝ってもらいたい。

私の言葉に驚いたように、朝日夏嬢がきょろきょろと首を動かして私と男の顔を見比べる。応援の意味を込めてにっこりと笑い返すと、彼女は俯いてしまった。あらあら、と私が眉尻を下げると、男がどこか不満そうに私のことを見下ろしてくる。

「……いいのか？」

「え？」

何がだ。男の問いかけの意味が解らず首を傾げると、男は何故か器用に片眉を持ち上げた。何故そんな不満そうな顔をするのだろう。

んんん？　と更に首を捻《ひね》る私のことを、しばしじぃっと見下ろしていた男は、やがて溜息を吐いて、朝日夏嬢の手を取った。

「デビュタントの相手に俺では不満かもしれないが。踊ってもらえるか？」

「は、はいっ！」

男の言葉に、ベール越しにでもそうと解るほど顔を赤くした朝日夏嬢は、そのまま男に手を引かれて、嬉しそうにワルツの輪の中へと飛び込んでいった。

これで少しは楽しい思い出が増えてくれたらいいのだけれど、と一人思う私の前に、すっと手が差し伸べられる。あら、と目を瞬かせると、いつの間にか目の前にやってきていたエストレージャが、緊張の面持ちで口を開いた。

「踊って、いただけますか？」

「ふふ。ええ、喜んで」

エストレージャの手に自らの手を重ね、私もまたダンスの輪に加わる。エストレージャもまたよっぽど練習を重ねたらしく、ステップを踏む足取りには余裕があり、安心して身を任せることができる。

「こんなにも立派な息子とワルツが踊れるなんて、わたくしは果報者ね」

「俺だって、こんなにも綺麗な母さんと踊れるのは、その、嬉しい」

「あらあら、お上手だこと」

「だって本当に綺麗だ。そのドレス、きっと、父さんからなんだろう？」

「まあ、お見通しなのね」

流石我が息子、と言うには、あまりにも解りやすい装いである自覚はあるので、小さく笑うだけに留めておいた。

本日の私のドレスは、以前姫様が催された夜会にて、私のために男が用意してくれた、朝焼け色のドレスである。私の、一番のとっておきだ。

珍しい色合いとデザインであることもあって、流行に流されないこのドレスを、今日という晴れの日に、どうしても着たかったのだ。久々に袖を通したのだけれど、産後太りなどに気を付けて摂生し、当時と同じ体型を維持してきたおかげで、無事ぴったりサイズである。我ながらよく頑張ったものだと自分を褒めてあげたい。

「いつかあなたの結婚式でも、このドレスが着れたらいいのだけれど、なんて言うのはわがままかしら？」

「え、あ、お、俺？」

「ええ、そうよ。夜会用のドレスだし、年齢によってはある程度仕立て直してもらわなくちゃいけなくなるでしょうけれど……エージャ、いつかあなたも、素敵なお相手を見つけて、わたくしに紹介してちょうだいね」

どんな相手であろうとも、この子が選んだ相手ならば、きっととびっきり素敵なお嬢さんだろう。その日がとても楽しみだ。顔を赤くして口籠ってしまいながらもしっかり私のことをリードしてくれる息子に笑いかけ、「でも」と続ける。

「きっと、エリーとエルは……特にエルは、やきもちを焼いてしまうでしょうけれど。ふふ、どうなるかしら」

お兄様のことが大大大好きな弟妹《ていまい》だから、ひと悶着《もんちゃく》あるかもしれない。でもエストレージャが選ぶようなお嬢さんなのだから、むしろめちゃくちゃ懐いて、そちらの方で問題が起こる可能性もある。想像するだけで楽しい未来だ。ついつい笑みがこぼれるのが抑えられない。

「母さん……」

「ごめんなさいね。からかっている訳ではないのよ？」

「それは、解ってるんだけど」

「けど？」

「今の俺の両腕は、エリーとエルを抱えるので精一杯なんだ」

本気と書いてマジと読む、大真面目な表情で、私に反論させない口ぶりで言い切る長男坊に、今度こそ噴き出してしまい、危うくその足を踏みそうになってしまった。

「ふふ、ふ、ふふっ！　ええ、そうね。そうだったわね」

「ああ、そうなんだ」

「っ！」

もう勘弁してほしい。エストレージャが大真面目であればあるほど、笑いが止まらなくて、もうステップを踏んでいられない。そんなちょうどいいタイミングで、曲がまた終わりを迎える。

エストレージャと向かい合い、一礼し合うと、気付けば近くまで来ていた男に手を引っ張られ、問答無用で引き寄せられた。

「もう、エディ！」

私の抗議の声をさらりとスルーし、さっさと私の片手を取り、もう一方の手を私の腰に回した男は、男と踊ったことで未だに夢見心地でいるらしい朝日夏嬢のことをくいっとあごでしゃくった。

「フィリミナの相手は、次は俺だ。エージャ、ナツを……」

「っちょっと待った！」

「お兄ちゃん？」

朝日夏嬢の次なるお相手としてエストレージャを指名しようとした男の台詞に被さるようにして、気付けばすぐ側まで駆け寄ってきていた千夜春少年が、慌てた様子で割り込んでくる。その一歩背後には姫様がいらっしゃり、苦笑を浮かべながら千夜春少年の様子を見守っている。

「ひな、次は俺と踊ろう。これでも練習したんだから、ちゃんとお前のことリードできるからさ」

「……うん」

――先程まで王宮筆頭魔法使いと踊っていた娘が、今度は姫様の婚約者と踊るなんて、彼女はさぞかし高貴なるご身分のお方であるに違いない。

そんな囁《ささや》きで周囲をざわつかせる中、新藤兄妹は息ぴったりな様子でステップを踏み始める。そしてその側で、エストレージャが姫様に手を差し伸べ、姫様がその手を取ってともに踊り始めた。

同時に、男もまた問答無用でステップを踏み始め、私もまたそれに合わせて足を動かすしかなくなってしまう。

心地よいワルツの名曲が奏でられる中で、私達は互いの顔を見つめ合いながらステップを踏む。相変わらず、悔しいほどに男のリードは完璧だ。けれど私だって、以前とは違うのである。

「……うまくなったな」

「でしょう？」

この男にしては珍しい素直な褒め言葉に、自分の鼻が高くなるような気がした。謙遜なんて投げ打って、にっこりと笑顔で頷いてみせる。

「わたくしだって、千夜春さんと一緒になって散々練習を重ねたのですもの」

そうだとも。今日に至るまで、当然ながらワルツなんて初めてなのだという千夜春少年に、私なりに一生懸命ワルツの手ほどきをした。その結果、私もまたあまり得意ではなかったワルツが上達した訳だ。何事もやはり練習とは大切であると思い知らされるばかりである。

視界の端では、緊張の面持ちで、千夜春少年が朝日夏嬢をリードしている。完璧とは言えなくても危なげない足取りだ。朝日夏嬢も見事にステップを踏んでおり、二人が踊る姿は、先程の姫様と千夜春少年が踊る姿とはまた違った雰囲気で誂《あつら》えたかのようだった。ほう、と周囲で感嘆の吐息がいくつもこぼれている。

以前もこのドレスで、この男とこんな風に、この場所で踊った。とある事件のせいで大怪我を負った私が、姫様に夜会に招いていただいて、この男にこのとびっきりのドレスを贈ってもらったことが、まるで昨日のことのように思い出される。

この男と初めて踊ったワルツ。戸惑いも驚きも大いにあったけれど、本当に、本当に、自分でも信じられないくらい嬉しくて倖《しあわ》せだった。

あの時の私のステップは、今と比べるととんでもなくお粗末なものだった。けれど、それでも、あの時間はあの時間で、今とは違った意味で、何にも代えがたい時間だったのだ。

当時のことを思い出して、ついついふふふと笑みをこぼすと、ステップを踏みながら、少しばかり身を屈《かが》めて男が耳打ちしてくる。

「エストレージャだからこそ許すが。そのドレスで、他の男とは踊るなよ」

どこか不機嫌そうなその声音。そんなことをわざわざ言われなくても、私のことを誘ってくれる物好きな殿方なんて、この男と、エストレージャと、それからあとはシスコンが少々どころでなくすぎた弟くらいなものだと思う。

だから心配なんていらないのに、それでもどことなく不機嫌そうと言うか不満そうと言うか……いいやこれはむしろ、不安そう、とでも言いたくなるような光を朝焼け色の瞳に宿して見つめてくる男に、性格の悪い私は、少しばかり意地悪な気持ちになる。

「でしたら、他のドレスならばよろしいの？」

笑みを含んだ問いかけに、男はぱちりと瞳を瞬かせた。それから、私のことをひとたび大きくターンさせて、そうして再びその腕で抱き寄せ、また耳元で囁いてくれる。

「それこそ、まさかだ」

その言葉が、やはりどうしようもなく嬉しかった。ふふふ、と笑って、一歩踏み込んで男の胸に寄り添う。男がそのまま抱き締めてこようとするのを察知して、さっとまた一歩退いてステップを踏むと、むっとしたように男は眉をひそめた。その薄い唇がいかにも面白くないと言いたげにへの字になり、それからはぁと物憂げな溜息がこぼれ落ちる。

「それにしても、ここまでワルツがうまくなられると、俺としては少し面白くない」

「まあ、どうしてですか？」

どうせならもっと褒めてほしいのに。そうだとも、もっともっと、存分に褒めてくれてかまわないぞ。そんな気持ちを込めて見上げると、男はむっすりとした様子で口を開いた。

「ワルツは、せっかくお前が遠慮なく俺に頼ってくれる、数少ない機会だったからな。いくらでもすがってくれて構わないのだから、もう一度下手くそなお前に戻ってくれないか？」

…………ほほう、そういうことを言ってくれてしまうのか、この男は。

にっこりと笑いかけると、その私の笑顔から何かを察知したらしい男が、眉をひそめて再び私をターンさせようとするけれど、遅い。

私は、大きく一歩踏み出して、思い切り、力の限り、高いヒールの靴で、男の足を踏みつけた。

「あら、ごめんあそばせ」

「っ本当に、お前という奴は……」

お望み通りに下手くそになってさしあげたというのに、男は抗議の視線を向けてくる。相当痛かっただろうけれど、それでもぶれることなくステップを踏んで私をリードし続ける男に内心で拍手を送りつつ、私はまた笑いかけた。

「まだまだ未熟なわたくしのお相手なんて、あなた以外に考えられませんわ」

だから心配なんてご無用なのである。そう言外に含んで男の顔を見つめると、痛みを乗り越えた男は、「当然だ」と続けて、小さく笑った。

かくして、夜会は盛況のままに、終了を迎える運びとなったのである。

＊＊＊

結果として、千夜春少年のお披露目の式典は、大成功と呼んで差し支えないものとなった。御前試合、そして夜会における千夜春少年の晴れ姿は、我らが姫君のお相手として何ら不足のないものであるとされ、女神様の御采配は素晴らしいものであると誰もが口々に噂している。その噂は、もちろん王宮ばかりに留まらず、王都、はては国全体に広がる慶事として受け入れられた。

おかげで我が家には、ひっきりなしに、千夜春少年に対するお茶会や夜会の招待状が毎日届くようになってしまった。式典が催された一日を、アディナ家にていい子に過ごしてくれていたエリオットとエルフェシアは、「ハルくん、だいにんきねぇ」「ねー」と、山となっている招待状を前にしてのんびりと呟いてくれた。

そんな二人を本日が休日であるエストレージャに任せて公園に連れ出してもらい、私は一人で誰に邪魔されることもなく、リビングルームのソファーに腰かけて招待状の仕分けをしていると、千夜春少年がやってきた。休日であるのをいいことに、朝食後に二度寝をしていたらしい彼は、寝ぼけ眼《まなこ》を擦《こす》りながら、「おはよぉ」と挨拶してくれる。

そのまま私の隣に腰かける彼の前に、眠気覚ましの効能もあるさっぱりとした味わいの薬草茶を出すと、千夜春少年はそれを口に運び、ぱちぱちと朝日夏嬢と同じ青の混じる焦げ茶色の瞳を何度も瞬かせている。そんな彼に、そういえば、と私は口を開いた。

「朝日夏さんは？」

一緒に客室にいたはずの彼女のことは置いてきてしまったのかという意味合いを込めて問いかけると、ああ、と千夜春少年は軽く頷く。

「ひなならエギさんと一緒に書斎だよ。ひなの奴、魔導書を読んでみたいって言い出して、エギさんに頼み込んでさ。エギさんがわざわざ教えてくれてる」

「あら、そうなの？　仲がよろしいこと」

「それだけ？」

「え？」

「嫉妬しないわけ？」

「またそのお話？　本当に、皆、同じことを言うのねぇ……」

いっそ笑ってしまう。まあ彼を含めた面々が、そう言いたくなるのも無理はないのが、今の朝日夏嬢の態度な訳なのだけれど。

お披露目の式典以来、朝日夏嬢は、ますますあの男に、なんというか、こう、ご執心とでも呼ぶべき様子である。事あるごとにあの男についてまわり、話しかけている様子はいじらしくもあり、かわいらしくもある。

ちょっとだけ、親鳥に懐く雛鳥《ひなどり》の様子が頭を過《よ》ぎったけれど、朝日夏嬢が抱いている思いは、おそらく、そういう親愛の類《たぐい》ではなく、もっと熱を孕んだ情愛なのだろう。

彼女がそういう気持ちを抱くに至った理由は、あの男が純黒と呼ばれる黒髪を持っていたことがきっかけになったのかもしれない。それともまた別の理由か。何であるにしろ、自分の夫に年若い美少女が想いを寄せている様子を見て、妻である私が心穏やかでいられるはずがないというのが、私の周囲の面々の考えであるらしい。

エストレージャにも「母さん、大丈夫？」と心底心配そうに問いかけられてしまった。

だがしかし、私としては「何が？」という気持ちだ。

いや本当に、強がりとかそういう訳でもなんでもなく、「何が？」なのである。

だって、あの男の妻は私なのだ。いついかなる時も、あの男が選ぶのは私であるという、確信とすら呼べる自信がある。朝日夏嬢には申し訳ないけれど、ぶっちゃけて言ってしまえば、浮気される理由を見つける方がよっぽど難しい。

こういうのを、妻としての余裕と言えばいいのだろうか。上から目線のようになっているような気がしてしまうから、なんとなく座りの悪さを覚えるのも事実だけれど、それでもやっぱりあの男が私以外を選ぶ姿なんてちっとも想像できない。

むしろあの男の方が、そんな私の反応がご不満なようで、ついに先日「妬《や》かないのか？」と訊《き》いてきたくらいだ。いや、妬きませんけど。今更だし。

だがそれはそれとして、私に妬かせたいがために朝日夏嬢に心を砕く素振りを見せていた、と言うのならば、私はやきもちを焼く代わりに普通に怒るぞ。かわいらしい少女の繊細な乙女心を弄《もてあそ》ぶような真似なんて、絶対に許さない所存だ。

まああの男にそんな器用な恋の駆け引きができるとはまったく思えないので、普通に朝日夏嬢に対して親近感のようなものを覚えて、だからこそ放っておけないというのがファイナルアンサーだろう。

そんな男の態度が、この世界においてあまりにも酷《ひど》い境遇にあった朝日夏嬢の心を少しでも癒してくれるならば、それは否定すべきではなく、むしろ喜んで受け入れるべきことだ。

「わたくしのことより、千夜春さんこそ、どうなのかしら」

「へ？　俺？　どうって？」

「姫様とのご結婚についてよ。あなたにとっては降って湧いたような突拍子もないお話でしょう？　わたくしの目から見て、あなたはこの事態を受け入れているように見えるけれど……いくら朝日夏さんのためとはいえ、本当は、思うところがあるのではなくて？」

意地悪な質問であるという自覚はあった。けれど、訊かずにはいられなかった。

以前、千夜春少年は叫んでいた。自分さえ頑張れば朝日夏嬢の身は保証されるのだからと。それだけのことで、と言うのは残酷だ。千夜春少年にとっては朝日夏嬢はたった一人の妹なのだから、そこまで彼が彼女に心を砕くのも当然なのだろう。

けれど、同時に脳裏に思い出されるのは、かつて蒼穹《そうきゅう》砂漠と呼ばれる地にて出会った、私が〝スノウ〟と名付けさせてもらう運びとなった少年の笑顔だ。周囲の思惑により、姫様のお見合い相手として選出されたあの少年は、本当は王都になど行きたくないのだと言っていた。

「朝日夏さんのことがなくても、あなたは、姫様とのご結婚を受け入れていたのかしら？」

スノウ少年と同じことが、千夜春少年の身に降りかかっているように思えてならない。もしかしたら……いいや、確実に、スノウ少年よりも千夜春少年にとっての方が、今の事態は、あまりにも想定外の事態だろう。そもそも異世界にやってくる事態そのものがまずありえない事態なのだし。

一体、千夜春少年は、今の自分の境遇を、どう思っているのだろう。本当に今更のことだけれど、そのことをきちんと聞いておかなくてはならない気がした。

私の問いかけに、しばらく千夜春少年は何も言わなかった。無言のまま薬草茶をすすり、そうしてようやく、小さく笑う。その笑顔は、何の気負いもない、あまりにもあっさりとした、気軽い……気軽すぎるものだった。

「この世界の女神サマってのは、『人間一人一人に、それぞれ異なる荷物を抱えさせ、人生という旅路に送り出す』んでしょ？」

「え、ええ。そう言われているわね」

突然持ち出された、かつて一世を風靡《ふうび》したのだという過去の詩人が残した詩歌の一節に、戸惑いつつも頷く。私が教えた話ではないから、男かエストレージャが教えたか、もしくはかつて過ごしていたのだという神殿で聞かされたのかもしれない。

それがどうかしたのかと視線で先を促すと、千夜春少年はにこりと笑みを深める。儚げな美貌に浮かぶその笑みはとても美しく、それでいてどこか毒を感じさせる。

「だったら、俺がこの世界に来てから女神サマが背負わせた荷物が、ティーネちゃんの旦那さんって立場なんだと思う。キザな言い方すれば、使命、かな。だったら別にいいよ。かっこいいじゃん」

「……それだけの理由で受け入れてしまって、あなたは構わないの？」

「『それだけ』じゃないって。何せこんな髪にされたくらいだよ？　相応の理由だって俺は思ってる」

見事な白銀の髪をかき上げて笑う千夜春少年に、いよいよ言葉に詰まる。

本当に、それで構わないと、この少年は思っているのだろうか。女神ではなく、私達が、この世界の住人こそが、このたった十七歳の少年に、とんでもない重荷を背負わせようとしているのではないか。そんな気がしてならなくて、思わず膝の上で拳を握り締めると、ふいにその手に、千夜春少年の手が重ねられる。

え、と驚きに瞳を瞬かせる私の顔を覗き込み、美しい少年は続ける。

「そういうフィリミナさんこそ、随分重たい荷物を背負わされてるみたいだけど……もしかして、前世で、よっぽど悪いことした？」

『前世』という言葉に、思わずぎくりとする。

けれど気付かれないように笑顔を取り繕って、首を傾げ返す。

「あら、ご挨拶だこと。どうしてそう思うの？」

「そりゃあんなおっかなくて面倒臭そうな旦那さんと結婚してたら誰だってそう思うでしょ。とんでもない美人さんだけどさぁ、それだけじゃあのエギさんのことを選べないって。なんか色々噂で聞いたけど、結婚する前もした後も、随分苦労してるみたいじゃん」

酷い言われ様である。取り繕った笑顔が自然と苦笑になってしまった。

以前にも同じようなことを、あの男の部下だとかいう黒蓮宮《こくれんきゅう》の魔法使いの男性に言われたことがある。あの男のことをいけ好かなく思っていたらしいその男性は、散々私に絡《から》んでくれたものだ。

千夜春少年の言うことは、たぶん、ごもっともなことだ。確かにあの男は面倒臭い。それはもう、一晩では語りつくせないくらいに面倒臭くて厄介な男だ。けれど。

「仕方ないわ。だってわたくしにとってはエディは荷物であると同時に、何よりも大切な宝物だもの」

かつて絡んできた魔法使いの男性に対して返したのと同じ内容の台詞を繰り返す。あの時も、今も、この気持ちに変わりはない。つまりはそういうことなのだ。つくづく女神様とやらは、私に、厄介な荷物を押し付けてくださったものだと思う。あの男は、どれだけ重くたって手放せない、生涯で最高の私の宝物なのだから。

そして、自分がそう思っているからこそ、大切な友人である姫様についても思うことがある。

「あなたが姫様と結婚なさるのなら、あなたにとっての姫様もそういう存在であってほしいと願うのは、わたくしのわがままかしら？」

私の言葉に、千夜春少年はぱちりと瞳を瞬かせてから、グッと親指を立ててくれた。

「その点なら大丈夫だって！　ティーネちゃんってばとんでもない美人さんだし、俺、超役得！」

「……一応、その言葉を信用することにしておくわ」

「ありがと。……ああでも、俺はさ、どうせならティーネちゃんより」

ふいに、千夜春少年の言葉が途切れる。どうかしたのかと彼の方をよく見ようとすると、突然、視界がぐるりと反転した。

「きゃっ⁉」

ぼすりと後頭部が、クッションに押し付けられる。押し倒されたのだと気付いた時には、もう遅かった。抵抗しようにも、両手をそれぞれソファーの上に押し付けられてどうすることもできない。

私の上に馬乗りになり、千夜春少年は、信じられないほど蠱惑《こわく》的に笑う。

「フィリミナさんのが、俺はいいなぁ」

ぞっとせずにはいられなかった。十七歳という年若い年齢にも関わらず――いいや、十七歳だからこそのどこか危うくも扇情的な色を唇に刷《は》いて、彼の瞳がこちらを見下ろしてくる。

焦げ茶色の瞳の奥で、ささやかながらも鮮烈な青が、ちらちらと炎のように揺れている。

そのままそのかんばせが近付いてくる。

三日月のような弧を描く唇が、私に触れる寸前、私は敢《あ》えてにっこりと笑ってみせた。

「それは嘘《うそ》ね」

ぴたり、と。千夜春少年の動きが止まる。まだ押し倒されたままだし、両手も拘束されたままだけれど、構わずに続けた。

「あなた、別にわたくしが好きな訳では……ううん、むしろ、どちらかと言うとお嫌いでしょう」

問いかけでも確認でもない。はっきりと断言を口にすると、千夜春少年の顔からふっと笑顔が抜け落ちる。

恐ろしいほどの無表情で私を見下ろしてくる彼の様子に、やっぱり、と私はまた笑い返した。

「なんでそう思うわけ？」

「だって、目がちっとも笑っていないもの。エディがわたくしを見つめてくださる時の瞳は、わたくしが恥ずかしくなるくらいとっても情熱的よ？」

低い問いかけに対する答えは、ごくごく簡単なものだ。そう、あの男の瞳と比べれば、千夜春少年の本心なんて火を見るよりも明らかだ。

あの男が私のことを見つめてくれる時の瞳には、いつだって優しく、甘く、それでいて心ごと身体を燃やし尽くされてしまうのではないかと思えるような確かな熱が宿っている。

それに比べて、千夜春少年の瞳の光はどうだ。表情こそ好意的に取り繕われているけれど、瞳の光はいつだってどこまでも冷ややかだった。

最初は何故なのかと思っていたけれど、お披露目の式典を終えた今ならばなんとなく解る。

「あなたは、本当に朝日夏さんが大切なのね」

「……は？」

「姫様とのご婚姻を受け入れようとするのは、姫様のご婚約者という立場を得ることで、朝日夏さんの立場もまた向上させるため。そして、その上でわざわざわたくしに気がある素振りを見せるのは、姫様を信奉する方々の敵意を自分やわたくしに分散させて、朝日夏さんへの害意をより逸らすため。すべて、朝日夏さんのためなのでしょう？」

違うかしら？　と問いかけつつも、私はこの考えが正しいことを、やはり確信していた。

朝日夏嬢がこの屋敷に来たばかりの頃に、「ひなのことは放っておけばいい」と言ったのは、私に怯《おび》える朝日夏嬢を守るため。お披露目の式典でわざわざ朝日夏嬢と踊ったのは、彼女が自分の庇護《ひご》下にあるのだと知らしめるため。数え上げればキリがないほど、いつだって千夜春少年は朝日夏嬢のために動いていた。

正直なところ、この少年が本当に考えていることなんて、ちっとも解らない。けれど、確かにその心は、彼の大切な妹のもとにあるように思えてならなかったのだ。

その証拠に、千夜春少年の瞳が大きく揺れ、惑い、そうして私を拘束する両手の力が緩む。

「エージャと一緒だわ。あなたは、本当に優しい、素敵なお兄様ね」

浮ついた笑顔の下で、きっとこの少年はずっと、妹のために頑張っていたのだ。

思い返してみれば、千夜春少年の弱音なんて聞いたことがない。マナーやダンスのレッスンを厳しくすると泣き言をもらしていたけれど、自分が置かれている現状に対しては、この少年は一度だって弱音も泣き言も不満も口にしなかった。きっとすべて、妹である朝日夏嬢のために。

その努力の、なんて優しく尊いことか。

「わたくしには何もしてあげられないけれど。『疲れた』くらい、言ってもいいのよ？」

笑いかけた瞬間、ぽたり、と。私の頬に、あたたかなものが落ちてきた。あら、と瞳を瞬かせた次の瞬間、続けてぽたりぽたりとそれは降ってくる。

「な、んだよ。勝手な、こと、言って」

千夜春少年が、泣いていた。泣きながら私のことを見下ろして、その声音を震わせる。千夜春さん、と呼びかけると、彼は私の上からやっと無言でどいてくれた。

そのままソファーの上に座り込み、顔を覆って泣き出す彼の背を、起き上がった私はそっと撫でる。

「お疲れ様、『お兄様』」

「うる、さい……っ！　あんたが……よりにもよって、あんたが、言うんじゃねえよっ！」

私によっぽど泣き顔を見られたくないのか、両手で顔を覆ったまま、涙混じりに千夜春少年は怒鳴りつけてくる。けれどちっとも怖くない。

その背中をさすり続けていると、賑《にぎ》やかな足音がぱたぱたと近付いてくる。千夜春少年が、びくりと肩を震わせた。私は扉の方へと視線を向ける。薄く開いていた扉が、思い切り開け放たれた。

「おかあしゃま！　ただいま！」

「ただいまぁ！」

「はい、おかえりなさい、エリー、エル」

「母さん、ただいま」

「おかえりなさい、エージャ。……どうかしたの？」

外気の冷たさのせいか、ふくふくとした頰を真っ赤にしながら飛びついてくるエリオットとエルフェシアを受け止めてから、遅れてリビングルームに入ってきたエストレージャを見つめる。

何やら彼は、ちらちらと後ろを気にしている様子だ。どうかしたのかと問いかけると、長男坊は戸惑ったように首を傾げる。

「扉の前にナツがいたんだけど。俺達が来たら走っていってしまって……どうかしたのかと思って」

「まあ、朝日夏さんが？」

「ひながそこにいたって⁉」

「え、あ、ああ」

そうだけど、と続けるエストレージャに、千夜春少年が、それまでの涙をすべて投げ打たんばかりの勢いで立ち上がる。一目でそうと解るほど顔を蒼褪めさせた彼は、私達に構わず慌てたようにリビングルームを飛び出していった。

「はるくん、どうしたの？」

「なっちゃんもへんだったの」

なんでぇ？　と揃って首を傾げ合う双子の頭を撫でつつ、私もまた首を傾げずにはいられなかった。

もしかして、もしかしなくとも、余計なことをしでかしてしまったかもしれない。子供達が三人揃って不思議そうにしていたけれど、私にはどう説明したらいいものなのか、ちっとも解らなかった。

＊＊＊

千夜春少年が涙を見せてくれた日から、数日ばかりが経過した、とある夜である。何故か私は、夫である男と二人きりで、夜のお散歩としゃれこんでいた。

怖いくらいに澄み切った空気で満ちた、凍《い》てつく冬の夜だ。空を見上げると、青い月が輝き、色とりどりの星々が瞬いている。夕食を終えるなり、男に「出かけるぞ」とコートを手渡され、あれよあれよという間に夜道へと連れ出されてしまい、今に至るという訳である。

男はゆっくりと、私から二、三歩離れた先を歩いている。かろうじて繋いだ手のぬくもりに導かれながら、私はなんとも重い足取りで、その後に続いていた。

「エリーとエルをエージャに任せてきてしまいましたけれど、大丈夫でしょうか」

「いつものことだろう。それに今はハルもナツもいる。いい遊び相手になってくれるさ」

今回の散歩には、どうやらエストレージャも一枚噛《か》んでいるらしい。男に手を引かれて慌てる私の背を押して、自分達も！　と声を上げるエリオットとエルフェシアを抱き上げ、「お前達は俺とお風呂に入ろうな」と優しく言い聞かせていた。

訳も分からず出かける運びになった私と、何やら思うところがあるらしい男のことを、千夜春少年と朝日夏嬢がもの言いたげに見送っていたのも気にかかる。

この男の言う通り、確かに新藤兄妹は、エストレージャとともにエリオットとエルフェシアと楽しく遊んでくれることだろう。あの二人は、私達と同様に、幼い双子にとても甘い。

「男女の双子なんて珍しいでしょうに、千夜春さんと朝日夏さんも、エリーとエルと同じなんですものね。不思議な縁もあること」

「類は友を呼ぶ、という言葉がある。そういうことだ、という訳ではないが、近しい関係性のもとに、縁が結ばれたのかもしれないな。似たような境遇にある者は、自然と自身と似たようなものを引き寄せるものだ」

「そう、ですか」

男の淡々とした言葉に、自然と目を伏せる。『男女の双子』という繋がりによって、エリオットとエルフェシア、ひいては私達の元に、新藤兄妹と繋がるための糸が手繰《たぐ》り寄せられたのか。そう思うと、やはり縁とは不思議なものだと思わずにはいられない。そして、ふいに怖くなる。

「……朝日夏さんの身に起きたような不幸が、エルに降りかかることになったら……」

同じく『男女の双子の妹』であり、『黒持ち』である、エルフェシアと朝日夏嬢。ただ黒髪であるというだけで、謂《いわ》れなき迫害を受けた朝日夏嬢と同じような目に、エルフェシアが襲われることになったらと思うと、怖くて怖くて仕方がなくなってしまう。

エストレージャとエリオットと同じくらいに、エルフェシアは私にとって、誰よりもかわいくて愛《いと》おしい娘だ。そんな娘が、もしも。もしも、と思うと、ぶるりと身体が震えて、そのままその震えが止まらなくなる。

寒さのせいばかりではない震えに、はらりと男と繋いでいた手がほどけた。そうして立ち止まり、自由になった両腕で、自分で自分を抱き締める。カツン、カツンと、石畳を蹴りながら歩いていた男が、私に遅れて立ち止まる。ほんの二メートルかそこらかと思われる距離感なのに、どうしてだろう。この距離が、どうしようもなくはてしなく遠いものであるように思えてならなかった。

男が肩越しに振り返る。朝焼け色の瞳が、気を抜くと俯きそうになってしまう私のことを見つめてくる。知らず知らずの内にぎくりと身体を強張《こわば》らせる私を、瞳を眇《すが》めて見遣って、男は続けた。

「それこそ杞憂《きゆう》だな」

「え？」

すっぱりと言い切られて、思わず目を瞬かせた。月明かりに浮かび上がる男の顔に浮かべられた表情は、その声音通りに、大層呆れ切ったものだった。

「杞憂、なのでしょうか」

そんな一言で片付けてしまっていい問題ではないと思うのだけれど。

私以上に、自分の方がそのことを解っているはずの男は、それでもなお呆れ顔で続けた。

「杞憂に決まっているだろう。お前は馬鹿だな」

「ひ、ひど……」

馬鹿って。馬鹿って言ったなこの野郎。腹が立つよりも悲しくなって、なんとか抗議しようにも、うまく言葉にできない。

結局睨み付けることしかできない私に対し、男はフンと鼻を鳴らしてみせる。腹立たしくも美しいその姿に、ぐっと言葉に詰まる私に、男はとうとう身体ごと向き直った。

「馬鹿に馬鹿だと言って何が悪い、この馬鹿が」

さ、更に三回も言ったなこの男……！　計四回も『馬鹿』と罵《のの》られる羽目になり、流石に言い返そうとした瞬間、男はことりと首を傾げ、芝居がかった仕草で、その右手で自らの胸を示してみせた。

たったそれだけのことで、この誰もいない道が、男のためだけの最高の舞台のように見えた。

「何のために俺達がいると思っている？」

そして続けられた言葉に、息を呑む。驚きはほんの一瞬で、すぐに納得が追い付いてくる。男の言葉が、心地よく心身に染み渡っていく。

ああ、そうだ。そうだった。

「――ふふ。ええ、ええ。そうでしたね」

そうだとも。男は父で、私は母だ。もしもエルフェシアに不幸が降りかかろうというならば、どんな手を使ってでも、身を挺《てい》することになったとしても、必ずやあの子を守ってみせる。どうしてこんなにも当たり前のことを忘れていたのだろう。男の『馬鹿』を否定できなくなってしまった。

つい苦笑を浮かべる私に、いかにももっともらしく大仰《おおぎょう》に男は頷いてくる。

「エルばかりではないぞ。エリーのことも、そしてエージャのことも。あいつらを守るのは、俺達のとっておきの特権だ」

「はい。仰る通りですわ」

エストレージャも、エリオットも、エルフェシアも。この男と同様に、私にとっては何よりも得難《がた》い宝物達だ。この男と一緒ならば、どんな存在が相手だろうとも怖くない。必ずやあの子達を守ってみせると思える。この男はついでに私のことも守ろうとしてくれるのだろうけれど、だったら私だってこの男のことも守ってみせる。そう自然と思えることが、こんなにも嬉しい。

笑みをこぼす私に、ようやく男もまた笑ってくれる。その優しく穏やかな笑みに、ぎゅうっと胸がいっぱいになる。

人目もないことだし、今から抱き着きにいったら駄目かしら、なんて思っていると、ふいにその笑顔がかき消えた。あら？　と首を傾げると、「フィリミナ」と、驚くほど真剣な声音が私を呼んだ。

「はい？」

どうかしたのだろうか。そう視線で促すと、男はじっとこちらを見つめ返してきながら、その薄い唇を開く。

「ナツや、ついでにハルと、何かあったのか？」

「……え？」

何か、とは、どういう意味だろう……と、言うのは、あまりにも察しが悪すぎる疑問であるに違いない。『何かあったのか』と問われたら、『ありました』と答えるに十分に足る事件が確かにあった。

先日の、私が千夜春少年を泣かせてしまった一件。あれ以来、私に対する朝日夏嬢の態度は最初の頃よりも一層かたくなで冷たいものとなった。今まではどちらかというと怯えられていたばかりだったように思うけれど、今は違う。確かな敵意を感じている。

そして、千夜春少年は、以前から私に何かと絡んでいたし、それは今でも変わらないのだけれど、二人きりになるのを妙に避けるようになった。もの言いたげにこちらを見つめている時もある。何か訴えたいことがあるのかもしれないが、そのたびに朝日夏嬢に「お兄ちゃん」と呼ばれ、彼女に、兄妹ではなく主従のように付き従っている。

なんだかいびつになってしまったように思えてならない二人の関係。そうさせてしまったのは、私なのかもしれない。そう思うのは、あまりにも自意識過剰がすぎるだろうか。

どう答えていいものか解らず口籠る私のことを、男はただじっと見つめてくる。それでも私が答えようとしなかったせいか、一つ溜息を吐いてから、男は更に続けた。

「元々、あの二人に妙に入れ込んでいることには気付いていた。名前の発音だって、俺を含めた他の奴らとは違う。何かあると見て当然だろうが。どうせお前のことだから、エージャが気にしていたことにも気付いていなかったんじゃないか？」

「ッ！」

図星である。そうか、だからエストレージャは、こんな夜中に、私と男のことを外へと送り出してくれたのだろう。優しい長男坊に気を遣わせてしまったことが申し訳ない。

そして、その前の男の言葉もまた、心に重くのしかかってくる。

流石ですこと、なんて冗談めかして拍手でもし……たら、たぶん普通に怒られてしまうに違いない。

私が新藤兄妹に対してやけに気を配っていることも、名前の呼び方についても、この男はお見通しだったのだ。それでも今日まで何も言わずにいてくれた優しさがありがたい。

その上で今問いかけてきたのは、いい加減私達の様子が見過ごせる範疇に収まらなくなったから。

「そもそもお前は、俺に隠していることがあるだろう」

今度こそ硬直する私の、一言一句を聞きもらさず、また、一挙一動を見逃さないようにするかのように、私の前に立つ男は言った。

「一体、何を隠している？」

「わた、くしは……」

答えなくてはいけないのに、言葉が出てこない。

先程この男は、『似たような境遇にある者は、自然と自身と似たようなものを引き寄せる』と言った。それが事実であるというならば、千夜春少年と朝日夏嬢を引き寄せたのは、エリオットやエルフェシアではなく、本当は私なのではないだろうか。フィリミナ・フォン・ランセントの魂がかつて生きた世界が、新藤兄妹の故郷であったからこそ、そこに縁《えにし》の糸が結ばれて、二人は私達の元にやってきたのではないか。不思議とそう思えてならなかった。

けれどそれを、この男にどう説明したものだろう。「わたくしには前世の記憶があるのです」？それこそ、馬鹿にしているのかと怒られてしまいそうな気がする。いいや、この男ならばきっと信じてくれるだろう。けれどどうしても言えない。言いたくない。だって、私は。

男の視線から逃れるように言葉を探して、空を見上げる。月を中心とした、満天の星空だ。じっと見上げていると、そのままあの夜空へと落ちていってしまいそうな、そんな不思議な錯覚に襲われる。

——…………わたくしって、何なのかしら。

以前、ふと口にした自分の呟きが、何故だか耳元で蘇《よみがえ》る。男に言えない理由は、それだ。「ならばお前は誰なんだ」と問いかけられてしまったらと思うと怖くてならない。

私は『フィリミナ』だ。けれど『前』の『私』もまた確かに私なのだ。ならば、ならば。私は、私という存在は、一体何なのだろう？

そう自問した瞬間、急に身体を引き寄せられる。気付けば間近まで近寄ってきていた男が、私のことをきつくかき抱く。痛いほど強く抱き締められて、私はそれまでの疑問も忘れて、その胸にぎゅうぎゅうと押し付けられている顔をなんとか持ち上げ、男の顔を窺った。

「エディ？　どうなさいまして？」

「お前が」

その声は、何故だか震えていた。

「お前が、月にさらわれて、そのまま夜にとけてしまうかと思った」

あら、と思わず目を瞬かせた。まるで子供のようなことを言うものである。

笑ってしまうには、あまりにも男の声が真剣で、切実で、そして確かな怯えに震えていたものだから、私は笑う代わりに、男の背に両腕を回した。

「たとえわたくしが世界のどこかに消えてしまったとしても、あなたはきっとわたくしを見つけてくださるのでしょう？」

「……何だ」

「ねぇ、エディ」


何せ私達は、『精霊すらも認めた運命の恋人』なのだから。いいや、たとえ精霊に認められていなくたって、この男は必ず、私のことを見つけてくれるだろう。先達《せんだつ》ての《プリマ・マテリアの祝宴》において旅立った精霊界にて、若木の姿になった私のことを、確かに見つけてくれたように。


ねえそうでしょうと白皙《はくせき》の美貌を見上げると、男は私の額に唇を寄せて呟いた。

「たとえお前が月にさらわれ夜にとけてしまっても。必ず俺は、そのしずくすべてを、この手ですくいあげてみせる」


そうして、と男は小さく笑う。

「そのまま、飲み干してしまうのもいいかもしれないな」


そうすればずっと一緒だとうそぶく男に、ぷっとつい噴き出してしまう。男が「本気なんだが」と不服を訴えてきたけれど、こらこら、それは頂けない。

「あなたと一つになれるのならば、それはそれで素敵かもしれませんけれど、お断りします」


男の整った眉がぴくりと動く。不満を感じたというより、普通に私に断られたことにショックを受けているらしい男に、にっこりと笑いかける。

「だって、一つになってしまったら、こうして抱き合うことも触れ合うこともできなくなってしまい

ますもの。わたくしは、あなたと『二人』のままでいたいです」

「……それもそうだな」

「でしょう？」

ふふふ、と私が笑えば、男も笑う。笑ってくれる。

たったそれだけのことがこんなにも嬉しくて、だからこそ。

「──先程のご質問の答えなのですけれど」

「ああ」

「いつか、必ず、お話ししますから。だからそれまで、どうか待っていてくれますか？」

男は、何も言ってはくれなった。その代わりに、朝焼け色の双眸をほんのわずかに細めて、私に口付け、そうしてぎゅうと抱き締めてくれる。それが何よりの答えだった。そのぬくもりに、私はどうしようもなく安堵せずにはいられなかった。

月の綺麗な寒い夜、私達はそうしてそのまま、しばらく互いのぬくもりを分け合ったのだった。

5

馬車が揺れる。王宮側が用意してくださった、上流階級のための豪華な大型の馬車なだけに、私と男と子供達、そして千夜春《ちよはる》少年と朝日《あさひ》夏嬢《な》が乗り込んでもなお、その内部には余裕があった。

ふかふかのクッションでぴょんぴょんと飛び跳ね、男やエストレージャに軽く叱《しか》られて拗《す》ねていたエリオットとエルフェシアは、長い道程《みちのり》にそろそろ疲れてきたらしく、叱られたことも忘れて男とエストレージャの膝の上で、それぞれこくりこくりと舟をこいでいる。先程まであれだけ窓にかじり付いていたのに、と思うと、微笑《ほほえ》ましい限りだ。

だがしかし、幼い双子の兄妹の様子がそれだけ微笑ましくかわいらしいからこそ、余計に、大きい方の双子の兄妹――もとい、新藤《しんどう》兄妹の態度が、馬車の中の空気を張り詰めたものにしていた。

「あの、お二人とも、よかったら焼き菓子はどう？　到着までまだ時間がありそうだし……」

「いらない」

「俺もだいじょーぶ。気にしないでくれていいからさ」

と、言われても。気にしなくていいと言われても、無理な話なのだが。

朝日夏嬢はツンと顔を背けてこちらを一瞥《いちべつ》もせずに窓の外を眺めているし、千夜春少年はそのまま目を閉じて仮眠の体勢に入ってしまった。道中のおともにと思って持ってきた焼き菓子の香ばしくも甘い香りばかりが虚《むな》しさを演出してくれる。

くそう、手強《てごわ》い。そう肩を落とす私の様子があまりにも情けなかったせいか、エストレージャが気を遣ってフロランタンを一つつまんでくれた。

「おいしいよ、母さん」

「……ありがとう。温かいお茶はいかがかしら?」

「じゃあ、せっかくだから」

「はい、どうぞ」

火属性の魔法石を沈めることでそのあたたかさをずっと保つことができる水筒で持ってきた薬草茶を勧めると、エストレージャはそれを口に運んで、ほう、と息を吐いてくれた。エルフェシアを膝の上に乗せたまま、私にまで気を遣ってくれる長男坊にはつくづく頭が下がる。私の隣の男ときたら、膝にエリオットを乗せたまま、終始無言で魔導書を読みふけっているばかりだというのに。

人の気も知らないで、と思わなくもないけれど、元々周囲の空気を気にすることなんて滅多にないのがこの男だ。いかにも興味がなさそうなこの様子も仕方がないと言うべきに違いない。その分、エストレージャがおろおろとしてしまっているのが、とても、本当にとても、申し訳なくてならない。なんとかしてあげたい気持ちは山々なのに、どうやらこの空気の原因は私であるらしいから、これ以上は下手な真似もできずに、私も薬草茶を口に運んだ。


さて、現状についてそろそろ触れさせていただこう。

私達は現在、姫様のご厚意により、王宮が保有する、とある田舎《いなか》の別荘へ向かっているところだ。

名目としては、未来の王配殿下に王都ばかりではなく、この国の他の地方を訪れて見聞を広めていただくため、である。だがしかし、実際は、王都にて様々な好奇の視線にさらされている千夜春少年と、その双子の妹である朝日夏嬢の慰安旅行というべきだろう。本格的に王配教育が始まったら、気安く王都どころか王宮からすら出ることは叶《かな》わなくなるだろうから今の内に、ということらしい。

姫様が「ゆっくりしていらっしゃい」と仰《おっしゃ》ってくださったのをいいことに、揃《そろ》って王都を発《た》ったのはいいのだけれど……うーん、早くも先が思いやられる状況である。

込み上げてくる溜息《ためいき》を噛《か》み殺して、私もまた窓の外を見遣《みや》った。王都から離れるにつれて、地上を覆う真白い雪の面積が、少しずつ、けれど確実に広がっていっている。

馬車の中はあたたかいけれど、外はさぞかし寒いことだろう。寒いのがあまり得意ではない私としては若干憂鬱《じゃっかんゆううつ》なものも感じるが、それ以上に楽しみでもある。何せ、子供達とともに出かける初めての旅行なのだから。

無事に楽しく別荘で過ごせたら、と思わずにはいられない。だからこそ千夜春少年、朝日夏嬢の二人と、今の内に少しでも仲良くなりたいのだが、しかし、現実はそうはうまくいかない。旅行を『楽しむ』というよりも、『無事に終わらせる』ことの方を目標にすべきなのではないかとすら思えてきた。

どうして新藤兄妹が……特に朝日夏嬢が私に対してこんなにも敵意を向けてくるのかは未《いま》だに解《わか》らない。スルーしてしまえばいいではないかと思わなくもない。

けれど、放っておけないのだ。それは彼女が男やエルフェシアと同じ『黒持ち』だからなのか、姫様に託されたからなのか、それとも、彼女の故郷が日本であるからか。それともまた別の理由があるのだろうか。我ながら実に悩ましいところである。

そうしてそのまま沈黙で満たされた馬車は、やがてようやくその走りを止めた。停車とともにガタンッと少しばかり揺れる車体に、それまですっかりおねんねだったエリオットとエルフェシアがもぞもぞと動き、ぐしぐしと目を擦《こす》りながら目を覚ます。

「んん、ん？」

「なぁにぃ？」

未だに夢と現《うつつ》の間をさまよっているらしいエリオットとエルフェシアに、その頭を魔導書を閉じた男が撫《な》で、エストレージャが優しく「着いたみたいだ」と言い聞かせる。

ぱちりぱちりと大きく瞳を瞬かせる幼い双子の愛らしさに笑みをこぼしていると、馬車の扉が、御者の手によって開かれた。

「んきゃっ!?」

「ちべたい！」

吹き込んでくる冷たい風に幼い双子は悲鳴を上げて、それぞれが自らを抱いてくれている父と兄に擦《す》り寄る。けれど、そのまま一緒に馬車から降りると、二人の悲鳴は歓声へと取って代わられた。

「しゅごいね！」

「しゅごいね！」

「まっちろだぁ！」

「まっちろねぇ！」

馬車から降りた私達を待っていたのは、一面の銀世界だった。決して大きくはないながらもその豪華さが窺《うかが》い知れる別荘を前にして、背後を振り返ると、世界は雪によって真っ白に染め抜かれ、日の光を受けてきらきらと輝いている。

多少積もっても、すぐに処理がなされてしまう王都では決して見られない光景の中に、エリオットとエルフェシアは我先にと飛び込んでいく。

「にいしゃま、あそぼ！」

「はるくんもおいで！」

「なっちゃん！　きてぇ！」

「にいしゃまぁ！　おおかみしゃんやって！」

口々に自分達の遊び相手を呼び立てるエリオットとエルフェシアに、エストレージャを筆頭とした若者三人が、ちらちらとこちらの様子を窺ってくる。はやくはやく、と急《せ》かす幼い兄妹の様子に噴き出しそうになりながら、私はひらひらと手を振った。

「荷物はわたくしとエディに任せて、あなた達はエリーとエルと遊んであげてくれるかしら。ほらほら、いってらっしゃい」

「ああ、構わないから行ってやってくれ」

男の言葉に背を押され、エストレージャ達もさっそく雪の中へと飛び込んでいく。幼子達の愛らしい歓声と一緒に、エストレージャや千夜春少年、そして朝日夏嬢の楽しげな笑い声が聞こえてくる。

その声を聞いていると、それだけでここまで来た甲斐《かい》があったと思えた。私相手だけなら、千夜春少年はともかく朝日夏嬢は絶対に、あんな笑い声は聞かせてくれないだろうけれども。

そう思うとなんとも切なくなる今日この頃。そんな私の腰に腕を回して自身の方へと引き寄せてきた男は、荷物を魔法でさっさと王家保有の別荘である屋敷の中に運び込み、小さく笑ってみせた。

「さて、俺達はゆっくり茶でも飲むか」

「そうしましょう。ああでも、子供達が帰ってきたらすぐにお風呂に入れるようにしておかないと」

「それもそうか。お前もすっかり母親だな」

「ええ、母親ですとも。そしてあなたは父親ですよ、『お父様』?」

「解っているさ。だが同時に、お前の『夫』であることも忘れるなよ」

しっかりばっちり念を押してくる男に対し、私は答える代わりに、そっとその頬に口付けた。ぱちりと瞳を瞬かせた男が、お返しとばかりに唇を寄せようとしてくるけれど、その唇に、私は揃えて立てた人差し指と中指をむにっと押し付ける。

むっとしたように整った眉をひそめる男に、私はくすくすと笑った。

「それなりに長旅だったのですもの。今はゆっくりいたしましょう？」

「俺としてはまずこのまま続きがしたいんだが？」

「そ、それは夜です！」

「言ったな？　覚悟しておけよ」

にやりと笑う男に、自分で自分の首を絞めてしまったことに気付かされるけれど、まあ仕方ない。たまにはこういう日が……いや『たまには』どころではない頻度《ひんど》である気がするけれど、うん。せっかくここまでやってきたのだから、この男にも「来てよかった」と思ってもらえる旅行になるように、私もできる限りのことはしてあげよう。

そう心に決めつつ、それでも赤くなってしまった顔を隠すようにして、私は男の手を引っ張って、急ぎ足で屋敷の中へと向かった。

それから、私達の別荘での生活が始まった。

侍女や乳母を日雇いで雇おうか、という話が出なかった訳でもないのだけれど、純黒の王宮筆頭魔法使い、我らが姫君の守護者、女神の加護を持つ未来の王配殿下、そして黒持ちでありながら魔力を持たない少女、なんていう、ロイヤルストレートフラッシュ、国士無双、五光の揃い踏みのような面々を恐れずに家事に勤しんでくれるような豪胆な侍女や乳母がそうそう見つかるはずもなく、結局別荘においても私は家事を担当することとなった。

今となっては家事は趣味のようなものなので辛《つら》くはない。エリオットとエルフェシアの相手を、エストレージャや新藤兄妹が自ら担ってくれているおかげで、王都にいる時よりもずっと楽であると言えるだろう。

この別荘に来てから、もう一週間だ。今日も今日とてエリオットとエルフェシアは、飽きもせずに雪遊びをするために、三人の若者の手を引っ張っていった。

最近の二人の流行《はや》りは、大きな狼《おおかみ》の姿に変身したエストレージャの背に乗って、千夜春少年や朝日夏嬢と雪の中を追いかけっこすることらしい。

当初は狼姿のエストレージャに心底驚き、若干怯《おび》えていた様子の新藤兄妹だったけれど、エリオットとエルフェシアに乗り回されている様子を見て、「アッこの狼、ただの兄馬鹿だ」と気付いたらしく、以来楽しく一緒になって遊んでいる。

外から聞こえてくる子供達の楽しげな笑い声をＢＧＭに、私はとりあえず一通りの家事を終わらせて、大きく外側へと張り出したガラス張りのテラスにて、のんびりと編み物に勤しんでいた。

王都から持ち込んだ編み針と、落ち着いたさまざまなピンク系のパステルカラーが入り混じる毛糸と、深いバーガンディーの毛糸でストライプを作りながら編んでいると、この旅行中は存分に羽を伸ばすと決めているのだという男が、着崩したシャツ姿で、両手にマグカップを持ってやってきた。

「フィリミナ、いったん休憩したらどうだ」

「まあ、ありがとうございます」

促《うなが》されるままに編み物セットを膝に置き、男からマグカップを受け取る。王都から持ち込んだ、身体をあたためる効果がある薬草茶に、蜂蜜を溶かしてくれたらしい。

ほんのりとした甘さに、ほう、と眦《めじり》を緩めると、そんな私の隣に男が腰を下ろした。

お互いに何を言うでもなく、ただ薬草茶を飲む。それだけだ。それだけなのに、こんなにも落ち着き、リラックスしてしまうのだから不思議なものだ。それとも私は、それだけ今日まで、緊張を強《し》いられてきたとでもいうのだろうか？

「……大丈夫か？」

そんな私の内心の疑問に対してなのか。あまりにもタイミングよく問いかけられ、危うくむせ返りそうになってしまった。かろうじてそれを耐え切って、素知らぬ顔を装って首を傾《かし》げてみせる。

「何がです？」

「言わなくては解らないか？」

「質問に質問で返すのはずるいですよ」

「お互い様だろう」

さっくりと言い切られてしまい、ぐうの音もでない。なるほどごもっともである。

どれだけとぼけてみせたって、この男の前では何の意味もないに違いない。鈍感だし、朴念仁《ぼくねんじん》だし、ついでに不愛想で鉄面皮だけれど、こういう時にこの男はやたらと鋭い。以前は肝心なことに気付いてくれなくて……いや私が自分で隠していたことも大いにあった訳だけれど、とにかく、気付いてくれないことについてなかなか私は気を揉《も》まされたものだ。

それなのに、最近のこの男ときたら、とにかくやたらと鋭い。それだけ男自身に余裕ができたのだと思うと嬉《うれ》しいことであるはずなのに、今だけはそれがちっともありがたくない。

無言で俯《うつむ》く私の耳に、男の静かな声が届く。その声はとても聞き心地がいいのだけれど、同時にとても耳が痛くなるものでもあった。

「お前が何も言わないから俺は黙っている訳だが。それなり以上に俺も耐えているのだということを忘れるなよ」

声を荒げる訳でもなく、かと言って優しく言い聞かせてくれる訳でもなく、ただ淡々としているばかりのその言葉に、私は俯いたまま、かろうじて言葉を紡いだ。

「……朝日夏さんのことを、責めないでくださいまし」

私のことを誰よりも大切に思ってくれているこの男が、私に対して明らかな敵意を向けてくる朝日夏嬢に対して、それなりに思うところがあるらしいことには、私だってとうの昔に気付いていた。

　私に対する態度とは正反対に、自分に対しては熱を帯びた様子で慕ってくる朝日夏嬢のことを、男は拒絶しない。それはこの男が、美少女に慕われていることを喜び浮かれているから、なんてことはない。ありえない。

　彼女が黒持ちであり、その境遇がかつての自身の境遇を思い起こさせるからという理由もあるに違いないが、それよりも明確な理由は、私が朝日夏嬢となんとか交流を図ろうとしているから。男が朝日夏嬢のことを拒絶すれば、朝日夏嬢はきっとますます私に対してかたくなになるだろう。だからだ。

　我ながら傲慢な考えであるとは百も承知の上だ。けれど、この男は、そういう男なのである。私のために、そういうことができる……そういうことを、してしまえる男なのだ。

　だからこそいつか、この男が私のために朝日夏嬢に苦言を呈することになるかもしれないと思うと恐ろしくなる。この男にだけは、彼女のことを拒絶してほしくない。否定してほしくない。この男にまで拒絶され否定されてしまったら、彼女の心は今度こそ本当に壊れてしまうかもしれないから。

　そんな私の内心の声が伝わったのだろうか。男はマグカップをテーブルの上に置いて、軽く肩を竦《すく》めてみせた。

「責めないさ。言っただろう。俺は黙っていると」

「でしたら、いいのですけれど」

「だが」

「はい？」

ほっと安堵《あんど》できたと思ったら、すぐに逆接の言葉を口にされ、思わず顔を上げる。朝焼け色の瞳が、まっすぐに私のことを見つめている。視線が逸《そ》らせずに、ただただその瞳を見つめ返す私の頬に、男の手が伸びた。

するりと私の頬を撫でた手は、垂らしてある私の髪をすくい上げ、そうして優しく弄《もてあそ》ぶ。

「このままでは何も解決しないということは理解しておけよ」

「……？」

それは、どういう意味だろう。さらりと告げられた台詞《せりふ》に一瞬思考が停止する。だって朝日夏嬢を責めても何もならない。私の知らないところで私が何かしてしまったのなら、彼女に許してもらえるように誠意を尽くしたい。そうしていつか和解できたら、なんて思っていた私の見通しは甘すぎるものであるということか？

思ってもみなかった言葉に目を瞬かせ、そうして動けなくなり固まる私の頬に、男はまた手を寄せて、その言葉を続ける。

「俺が責めようが責めなかろうが、ナツにとってはさほど重要ではないさ」

「そ、んなことは」

そうだ、そんなことはないだろう。朝日夏嬢にとってこの男はきっと、兄である千夜春少年とは別の意味で大きな意味を持つ存在であるはずだ。だからこそ私は、この男に彼女のことを責めてほしくない訳で……と、口を開こうとしたその瞬間、私の頬を撫でていた男の手が、私の唇をそっと押さえた。

「お前に対するナツの態度は褒められたものではない。これは俺がお前に甘いからそう見えるのではなく、純然たる事実だ。それでも誰も何も言わないのは、フィリミナ。お前が何も言わないからにすぎない。それを歯痒《はがゆ》く思っているのは、俺やエージャばかりではなく、きっとナツ本人もだろう」

「……？」

「お前はナツのためを思うからこそ何も言わないのだろうが、ナツからしてみれば『相手にされていない』と腹立たしく思わずにはいられないことかもしれないな。どういう経緯でナツがお前を遠ざけるのかは知ったことではないが、何にせよ、好ましからざる相手に対等に扱われないなど腹立たしい以外の何物でもないだろう。結果としてお前の言動は、火に油を注ぎ続けているばかりかもしれない。そういう考え方もあるということだ」

「…………………」

そういう考えはなかった。言われてみると確かに、『相手にされていない』、『対等に扱われない』、なんて、下手に反論されたり糾弾《きゅうだん》されたりするよりも、よっぽど腹が立つことである気がしてきた。え、待ってほしい。私は、やはりまた間違えていたのか？　朝日夏嬢への今までの態度を思い返し、私はさぁっと顔を蒼褪《あおざ》めさせた。どうしよう。男の言うことはものすごく正しいのではなかろうか。

そのまま硬直する私の唇からようやく指先を離した男は、そしてその朝焼け色の瞳を細めて続ける。

「だからだ。責めないことばかりが相手にとって救いになる訳ではない。時には責められた方がよほど楽になれることを、お前は知っていたはずではないか？」

「ッ！」

息を呑《の》む。脳裏に、真っ白になってしまった髪と、紺碧《こんぺき》の瞳を持つ青年の、胸が痛くなるばかりの笑顔が蘇《よみがえ》る。

私が巻き込まれることになった事件の犯人の一人であった彼は、すべての元凶《げんきょう》とも言えるような嘘《うそ》を吐《つ》いた私のことを、一度だって責めなかった。あの時のどうしようもない痛みが、またこの胸を締め付ける。

ほう、と男が溜息を吐いた。その吐息に混じる感情の意味するものが理解できないままに凍り付く私の髪を、再び指先でくるくると遊びながら、更に男は続けた。

「俺だってそうだった。俺はお前が俺を庇《かば》ってくれた時、誰にも責められなかったことが苦しかった」

だって、だってそれは、他ならぬこの男自身が誰よりも何よりも自分のことを責めていたからだ。どうして責めることができたと言うのだろう。

「……あなたを苦しませることになったとしても、それでもわたくしは、あなたを責められませんでした」

あなたは悪くないのだと、私が勝手にしたことなのだと、むしろそう言いたかった。けれどそんな風に言うこともまた男の柔《やわ》い心を傷付けるに違いなくて、だから私は笑ってみせた。そうすることしかできなかった。

私の言葉に、男は苦く笑った。その笑顔に、未だに過去の事件についてこの男が思うところはあるらしいことを知るけれど、それでもやはり責めようとは思わない。思えない。

そんな私の髪からようやく手を離した男は、ふと笑った。いつもと同じ、意地の悪い笑みだ。

「まあ、あくまでも個人としての意見だ。そう深刻に受け取るな」

「無理です……」

男のフォローになっていないフォローに、がっくりとこうべを垂れる。ああ、あああ、どうすれば。いっそ今からでも、拳と拳の殴り合いでもすればいいのだろうか。夕暮れの河川敷で殴り合った末に「なかなかやるな」「お前もな」なんてやればいいのだろうか。そんな馬鹿なという話である。

考えれば考えるほどどんどん落ち込んでいく自分を感じていると、ふいに男に、あごを掴《つか》まれて男の方を無理矢理向かされる。く、首が、今ぐきっ！ って言ったんだが。

予想外の痛みに涙目になりつつ「何をなさいますの」と抗議の声を上げようとした次の瞬間、鼻先にがぶりと噛み付かれる。

「いたぁっ⁉」

え、あ、え？ い、いいいいま、鼻に噛み付かれた？ この男、妻の鼻に噛み付いたのか？ 絶対に歯型がついて赤くなっているぞこれ。淑女の花のかんばせに何をしてくれるのだ。

『はな』だけに、なんてまったく笑えない冗談を内心でうそぶきつつ、男のことを睨《にら》み付けると、男は悪びれる様子もないどころか、むしろこちらの方が悪いと言いたげにじろりと睨み付けてきた。

「お前の心は最近、ナツとハル、それから子供達のことばかりだ。仕方がないのだろうが、それでも俺は面白くない」

「そんなエディ、子供のようなこと……。あなたはもうご立派な大人でしょうに」

「ああ。もちろん大人だとも」

だから、と言い置いて、男は今度は赤くなり歯型がついているはずの私の鼻先を、ぺろっと軽く舐《な》める。生あたたかい感覚に、ぞくりと身を震わせる私を見つめて、その赤い舌で自らの唇を舐めてから、それこそ獲物を前にした肉食獣のごとく瞳を眇《すが》めて男は笑う。

「大人だからこそ、譲れないものはあるのだということだ」

「……本当に、仕方のない人ですこと」

他に言葉が見つからずに、なんとか絞り出した私の言葉に、男の蠱惑《こわく》的な笑みが更に深められる。

「俺にあまり我慢をさせてくれるなよ。自分の身がかわいかったらな。まあその分俺がかわいがるから、それはそれでいいのかもしれないが」

「…………肝に銘じておきますわ」

恥ずかしげもなく恐ろしいことを言ってくれる男に対し、私はそう答えることしかできなかった。

そうしてそれからしばらくして、散々遊び回った末に帰ってきたエリオットからは小さな雪だるまを。そしてエルフェシアからは雪うさぎを受け取った男は、いつも通りの『父』としての顔で、二人の頭を撫でていた。

この男が『男』としての顔を見せるのは、相手が私だからなのだなぁと改めて思わされ、どうしようもなく恥ずかしくなったのだった。

＊　＊　＊

それから更に数日後の、とある夜。

今夜の空は晴れ渡り、青い月が冴《さ》え冴《ざ》えと輝き、昼間の間に降り積もった雪の上にほろほろと月影が降り注いでいる。

「今日はおとうしゃまとおねんねするの！」と主張していたエリオットとエルフェシアは、寝室にて既《すで》に夢の中へと旅立っている。ありがたくも本日の添い寝役を仰《おお》せつかった男は、その隣で読書に勤しむことに決めたらしく、同じく寝室だ。エストレージャもつい先程自室として割り当てられた部屋へと向かった。残された私はというと、お風呂を終えてからリビングルームにて、ここ最近の日課である編み物の続きに勤しんでいた。

長く伸びたピンクのストライプのマフラーは、一目で気に入るような派手なかわいさはないかもしれないけれど、その分たっぷり毛糸を使ってあたたかく、かつ丈夫になるように作っているところがポイントである。この別荘に来てからというもの、暇さえあれば編み物をしていただけあって、後はもう端の処理をするだけだ。

より大人っぽい印象を目指して、長めのフリンジになるように長さを切り揃え、さあ、これで完成である。様々なピンクが入り混じるパステルカラーと、落ち着いたバーガンディーのストライプの、かわいらしくシックな印象をまとうマフラーだ。長めのたっぷりとしたフリンジがいい味を出している。うんうん、我ながら上出来だ。

せっかくだし、ラッピングでもしてみようか。とはいえここは自宅の屋敷ではなく王家保有の別荘である訳で、綺麗《きれい》な包み紙やリボンがあるとも思えない。王都に帰ってからにすべきかな、と、編み針を片付けていると、ふと視線を感じた。そちらを見ると、扉の前に、夜着姿の朝日夏嬢が佇《たたず》んでいた。

この別荘において……いいや、王都の屋敷においてでも、最近は千夜春少年と常に一緒にいる彼女が、こうして一人で私の前に現れるのは随分と久しぶりであるような気がした。なんだか嬉しくなってしまい、私は彼女に笑いかける。

「あら、朝日夏さん。いいところに」

「……何が？」

訝《いぶか》しげに首を傾ける朝日夏嬢を、ちょいちょいと手招く。彼女はしばらく逡巡《しゅんじゅん》していたようだったけれど、やがて覚悟を決めたように、こちらへと歩み寄ってくる。

その表情は、案の定と言うか、やはり硬く強張《こわば》っている。敵意と警戒がにじみ出る表情は、せっかくのかわいらしいお顔がもったいなくなるようなものだ。

その表情を笑顔にしてもらいたくて、私はできあがったばかりのマフラーを両手で持ち上げて、彼女の前に差し出した。ぱちり、大きく瞬いてから、こちらをもっと訝しげに見てくる青混じりの焦げ茶色の瞳を見つめ返して笑いかける。

「今、ちょうど編み上がったの。マフラーなのだけれど、よかったら受け取ってもらえないかしら？」

「…………」

朝日夏嬢は何も言わない。ただ無言で、私が差し出したマフラーを見つめている。強張るばかりだった表情から、今度は一切の感情が抜け落ちた。無表情と呼んで差し支えないその表情に、私は慌《あわ》てながらなんとか言葉を紡ぐ。

「ええと、その、朝日夏さんは、寒いのが苦手なようにお見受けしたから……だからその、朝日夏さんのコートはローズピンクでしょう？　ぴったりの色合いのものがあったら素敵だと、そう、思ったのだけれど……」

王都にいた時から感じていたのだけれど、朝日夏嬢は寒いのがあまり得意ではないようだった。雪の少ない王都ですらそうなのだから、王都よりももっと寒く雪の多いこの土地では、さぞかし辛かったことだろう。にも関わらず、嫌な顔一つせずに……いや私にはものすごーく嫌な顔を何度も見せてくれていた訳だが、それでも子供達に対してはいつも優しく接し、一緒になって雪の中で遊んでくれていた。そんな朝日夏嬢に、感謝の気持ちを贈りたかった。だからこそのマフラーだ。

朝日夏嬢の手が伸びて、私の手からマフラーを持ち上げる。受け取ってくれるらしいことにほっと安堵した次の瞬間、私は目を見開いた。朝日夏嬢が、マフラーをそのまま、床に落としたからだ。

「ふぅん。モノで釣ろうっていうんだ」

雪よりも冷たい声だった。息を呑んで朝日夏嬢を見つめると、彼女は冷ややかに笑って続ける。その足が、マフラーを踏みつける。

あ、と悲しく思う間もなく、更に彼女は嘲笑《あざわら》うように続けた。

「私がお兄ちゃんとは違ってちっとも自分になびかないからって、こんなものまでわざわざ作って。よくやるわね」

「そ、んな、つもりじゃ」

「そんなつもりじゃないって？　別にどっちでもいいけど。私はあんたと仲良くする気なんかこれっぽっちも……ああ、そうだ」

にこり、と。朝日夏嬢は笑みを深める。千夜春少年と似た、どこか儚《はかな》げで、それでいてかわいらしい凛《りん》としたかんばせに浮かぶその笑顔に、何故だかぞくりとして後退《あとずさ》りしそうになる。

なんとか踏み止《とど》まってその顔を見つめ返すと、彼女の視線が、私の左手へと向かった。

「ねえ」

「……何かしら」

「その指輪。見せてよ」

朝日夏嬢の視線は、私の左手の薬指の、朝焼け色の魔宝玉が中心に据えられた銀の指輪に釘付《くぎづ》けだ。思わず左手を胸に引き寄せ、更に右手を、指輪を隠すようにその上に重ねる。そんな私の反応を見届けた朝日夏嬢が、ぴくりと眉を動かして、小首を傾げてみせる。

「ほら、貸して」

早く見せろ、早く貸せ。そんな意図が込められた手が差し出され、逆らうこともできず、促されるままに、私は左手から指輪を外した。

「はい、どうぞ」

朝日夏嬢の手のひらの上に、指輪を置くと、彼女はしげしげとその指輪を見つめ、指先でつまんで天井の光源である魔法石にかざす。

「エギエディルズさんの目と同じ色なんだ……」

彼女の視線の先にあるのは、指輪に据えられた、あの男が創ってくれた魔宝玉。私が何よりも愛《いと》しく思えてならない朝焼け色のそれ。

なんだか胸騒ぎがしてきて、「そろそろいいかしら」と声をかけようとした瞬間、ぱっと朝日夏嬢は、両手で指輪を包み込んでしまった。

「私、これ、欲しい」

「え……？」

一瞬、何を言われたのか解らなかった。図らずも呆然《ぼうぜん》とする私から、指輪を持ったまま後方へと後退りした朝日夏嬢はにっこりと笑う。あれだけ見たいと思っていた笑顔なのに、何故だか今はその笑顔がとても恐ろしいものであるような気がした。

いっそ怯えと呼んでもいいような感覚にぶるりと身を震わせた私を見つめながら、朝日夏嬢はぎゅうと指輪を両手で握り締める。

「ねえ、いいでしょ。私にちょうだい。マフラーよりもこっちのがいい。この指輪をくれたら、そうしたら私、あんたと仲良くしてあげてもいいけど？」

断られるだなんて、微塵《みじん》も思っていないような口ぶりであり、声音だった。息を呑むばかりの私を、硝子《ガラス》のような、美しくも無機質な光を宿した瞳が、じいと見据えてくる。

綺麗な瞳だ。吸い込まれてしまいそうになる。そうしてそのまま魅入られてしまったら、きっと私は指輪を譲ってしまうのだろう。けれど。

「――――ごめんなさい」


この口から出てきたのは、朝日夏嬢が望んだものではなかった。まさか断られるとはやはり思っていなかったらしく、大きく目を見開く朝日夏嬢に、私はそっと手のひらを上に向けて差し出した。

「それはエディがわたくしにくれたものなの。他のどんな装飾品にも代えられないものだわ」

ドレスだろうと、ベールだろうと、コートだろうと、マフラーだろうと、他のどんな装飾品だろうと、朝日夏嬢が欲しいと言うのならば、私は私なりにある程度は尽力するだろう。

けれど、その指輪だけは駄目だ。譲れない。どれだけお金を積まれたとしても、どれだけ朝日夏嬢が「欲しい」と言ったとしても、駄目なのだ。だってその指輪は私にとって唯一無二の、あの男との結婚指輪なのだから。

だから、返してほしい。そんな気持ちを込めて、手を差し伸べたまま一歩踏み出すと、朝日夏嬢は大きく後退りした。そしてそのまま、踵《きびす》を返して勢いよくリビングから走り去ってしまう。

「朝日夏さん⁉」

慌ててその後を追うと、彼女はそのまま玄関に手をかけた。まさか、と思う間もなく、彼女は深い夜の闇の中へと飛び出していってしまった。

まずい。まずすぎる。こんな時間に真冬の外に、あんな薄着で飛び出していって無事で済むとは思えない。それからもちろん、指輪だって、彼女に持たせたままにはしておけない。

私は玄関先にかけてあるコートを片手でぶんどるが早いか、それを羽織って朝日夏嬢と同じく外へと飛び出した。

身を切り裂くかのような寒さに襲われる。けれど幸いなことに、明るい月明かりと、その月明かりを反射する雪のおかげで、思いの外、外は明るかった。

朝日夏嬢はがむしゃらに前を走っている。時折雪に足を取られそうになりながらも、決して足を止めずに、そのまま森の中へと入っていってしまう。

「待って、だめよ、朝日夏さん！　待ってちょうだい！」

「ついてこないで！」

雪に埋もれる森の獣道を、女二人が追いかけっこなんて、どこの三文小説だろう。月と星の光が、木々の合間から雪に反射しつつはらはらと降り注ぐ中で、朝日夏嬢は懸命に走り続け、私は必死にその後を追う。

――――あら？

ふ、と。既視感を感じた。前にも、こんなことがあった。

あれは、そう、《プリマ・マテリアの祝宴》にて、精霊界に渡った時のこと。エストレージャがなくしてしまったマフラーを持った『誰か』を追いかけて、あの時もこんな風に森の中を走った。あの時の『誰か』の後ろ姿と、私の前を行く朝日夏嬢の後ろ姿が、何故だか重なる。

どうして、と思った、その時だった。

生い茂る森がようやく抜けるのかと思ったら、そこはどうやら崖になっていたらしい。驚いて急停止しようとした朝日夏嬢の足が、ずるりと雪で滑る。

「つきゃあああああっ！」

「朝日夏さんっ!?」

朝日夏嬢の二の舞にならないように気を付けながら崖の手前で立ち止まった私はほとんど腹ばいになるようにしてしゃがみ込む。覗《のぞ》き込んだ崖は、思いの外深かった。崖の底を氷や雪が入り混じる水が流れていくのが目に映る。

ぞっとしながらも朝日夏嬢を探すと、彼女はかろうじてながらも懸命に木の根に捕まることで、なんとか崖から落ちずに済んでいた。

片手はしっかりと木の根を掴んでいるけれど、もう一方の手は指輪を握り締めているせいでぶらりと宙に投げ出されている。泥に汚れた雪がべしゃべしゃと崖から滑り落ち、朝日夏嬢に降りかかる。そのたびに朝日夏嬢の身体《からだ》も不安定に揺れ、掴んでいる木の根がみしみしと不穏な音を立てる。彼女が落下するのも時間の問題だろう。

ひゅっと喉がおかしな音を立てたけれど、構っている暇はない。私はぎりぎりまで身体を乗り出して、朝日夏嬢へと手を伸ばした。

「手、手を、手を伸ばして……っ！」

届きそうで、届かない。私から手を伸ばすだけでは駄目だ。朝日夏嬢にも協力してもらわなくては、彼女を引っ張り上げることは叶わない。

それなのに朝日夏嬢は、きっと私のことを睨み上げて怒鳴った。

「そ、うやって、この指輪を取り返すつもりなんでしょ⁉　そんな手には引っかからないんだから！」

指輪。そうだ、指輪だ。朝日夏嬢が木の根を両手で掴めないのは、片手で指輪を掴んでいるからだ。あの男から贈られた、私の指輪が、朝日夏嬢の手の中にある。彼女を助けようとするならば、指輪のことは諦めるべきだろう。諦めなくては、彼女はこの手を掴んではくれないに違いない。そう思うと胸が、矢が突き刺さったように痛んだ。ならば朝日夏嬢の言う通り、指輪だけ受け取って彼女のことを見捨ててしまえばいいのか。今まで散々私に敵意を向けてきた彼女のことを、わざわざ指輪を犠牲にして助ける必要なんてないのかもしれない――なんて。

「っ馬鹿！」

「ッ⁉」

私の怒声に、朝日夏嬢が息を呑み目を見開くけれど、構わずにそのまま怒鳴りつける。

「指輪なんて構わないわ‼　いいから、早く手を……！」

本当に、何を言ってくれやがるのだろう、このお嬢さんは。そうだとも。そんな馬鹿なことが許されてたまるものか。朝日夏嬢の命よりも指輪を優先するなんて、そんなの、とんだ大馬鹿者がすることだ。

私にとってどれだけ指輪が大切なものであろうとも、この際関係ない。あの男には申し訳なく思うけれど、それでも、朝日夏嬢の命には代えられない。ああもう、久々にあの男以外に対して『馬鹿』と言ってしまったぞ。

頼むから、頼むから早く、その手を伸ばしてほしい。そう両手を全身を使って伸ばす私に対して、ようやく朝日夏嬢の手が一本ずつ伸ばされる。指輪は、手と手が触れ合ったその瞬間に、ぽろりとこぼれ落ちていってしまったけれど、構ってなんていられなかった。

そうして、指輪の代わりに、無事になんとか朝日夏嬢を引き上げた私は、ぜえぜえと呼吸を乱しながら、座り込んでやっと肩から力を抜いた。

「よ、かった……。ああ、どうなることかと思ったわ。朝日夏さん、お怪我《けが》は……？」

落下せずに済んだのだし、まず大丈夫なのだと思うけれど、一応聞かずにはいられなかった。私の前で、私と同じように座り込んでいる朝日夏嬢は、俯きながら震えている。よっぽど怖かったに違いない。

「朝日夏さん、もう大丈夫だから、安心し……」

「……んで」

「え？」

小さな震え声が、私の言葉に被《かぶ》さるようにして聞こえてきた。よく聞き取れなくて首を傾げると、バッと朝日夏嬢が勢いよく顔を上げる。

その青混じりの焦げ茶色の瞳の奥では、恐怖ではなく、もっと別の感情……それこそ、憎悪とでも呼ぶべき炎が燃え盛っていた。普段は息を潜めている瞳の中の青が、ぎらぎらと輝く。

息を呑む私を睨み付けて、朝日夏嬢は悲鳴のように叫ぶ。

「なんで、あんたなの!?」

その問いかけの、意味が解らなかった。問いかけそのものの意味が解らないのだから、答えることなんてできるはずがない。言葉を失うばかりの私に対し、朝日夏嬢は更に続けた。

「ねえ、なんでよ!? 倖《しあわ》せになるべきなのは私でしょ!?」

「朝日夏さん？　どうし……」

「触らないで！」

明らかに様子のおかしい朝日夏嬢に、思わず手を差し伸べるけれど、勢いよく跳ね除《の》けられる。そのまま尻餅をつく私を、朝日夏嬢は立ち上がって睨み付けた。

「アルベリッヒが言ってた！　ほんとなら、あんたのいる立場は、私のものになるはずだったって！」

「え、え……？」

何の話なのだろう。アルベリッヒとは、朝日夏嬢が名付けたのだという精霊王の名前だ。ご本人がそう名乗っていらっしゃった。その精霊王が、言っていた？　私の立場が、朝日夏嬢のもの？

いやいやいやいや、なにそれ。なんだそれ。本当にまったく意味が解らない。

私がぽかんと間抜け面をさらしていると、そんな風に事態をちっとも理解できていない私のことを、朝日夏嬢はなおさら憎々しげに見下ろしてくる。

「お兄ちゃんと一緒にこの世界に喚《よ》ばれて、お兄ちゃんはお姫様の結婚相手になれたのに、私は黒髪だからってだけで酷《ひど》い目に遭わされて！　でも、でも、あんたよりはマシだと思ってた！」

「それ、は、どういう意味かしら？」

かろうじてそう問いかけると、小馬鹿にするように朝日夏嬢は鼻を鳴らして笑った。美しい少女には相応《ふさわ》しくない、先程別荘でマフラーを前にした時にも見せてくれたような、残酷な笑顔だ。けれどその笑顔はすぐに怒りに歪《ゆが》む。

「あんた、前世は日本に住んでたんでしょ？　最低に不幸な死に方して、こっちでも散々な目に遭って……だったら、私の方がマシのはずじゃない。私こそが、ヒロインって呼ばれるべきでしょ⁉」

「……ッ⁉」

息を呑む。何故。どうして。なんで。ありとあらゆる様々な疑問符が浮かび、一つとして消えることなくそれらで頭がぎゅうぎゅうにいっぱいになる。

今、朝日夏嬢は何を言った？　この少女は、私の前世が、日本人であることを知っているのか。いや、それればかりではなく、日本で命を落とした経緯や、この世界において私が巻き込まれた様々な事件についても知っているような口ぶりだ。

何故。どうして。なんで。

夫である男にすら教えていないことを、どうしてこの子は知っているのか。

そんな私の疑問に気付いたらしい朝日夏嬢は、やはり私を小馬鹿にするように笑って、「アルベリッヒが全部教えてくれたのよ」と告げてくる。ああ、なるほど、精霊王か。確かにあの御仁であれば、今までの私について、そしてかつての『私』について、すべてを存じ上げていても不思議ではないのかもしれない。あまり性格のよろしい方ではなかったように思っていたけれど、本当に非常に厄介な御性質をお持ちであったということか。

勘弁してほしかった。今更かつての『私』のことを持ち出されても、もう私はどうすることもできないのに。そしてその『私』についての事実を知った上で、朝日夏嬢は、自分のことを『マシ』であり、『ヒロイン』であると言っている。もう開いた口が塞がらない。

この子は、朝日夏嬢は、一体何を言っているのだろう。何が言いたいのだろう。

解らないけれど、きっと私は、解らなくてはいけないのだ。だから私は込み上げてくる空恐ろしさに気付かないふりをしながら、朝日夏嬢の言葉に耳を傾ける。

「だから、だから、いつかあんたは私のことを追い出そうとするに決まってるって思ってたのに！　そうよ、私の方がずっとずっと恵まれてるから、だから、やられる前にやらなくちゃって思ったの」

「それ、は」

私が今までの自分についてどう思っていたとしても、朝日夏嬢からしてみれば、『今までのフィリミナ・フォン・ランセント』の人生は、ろくでもなくて不幸や苦難ばかりの、朝日夏嬢よりも悲惨なものに思えていたのかもしれない。

……ああ、そうか。だからなのか。朝日夏嬢は、自身の境遇について、私に優越感を抱いていたのだろう。どれだけ酷い目に遭わされてきたのかは知らないけれど、それでも『フィリミナ・フォン・ランセント』よりはマシなはずで、その思いが彼女を支えていたのだ。

そして、だからこそあんなにも私に怯えていたに違いない。朝日夏嬢に対し、私がいつか牙を剥《む》くのではないかと。自分よりも恵まれた境遇の相手である朝日夏嬢に対し、不幸な境遇である『フィリミナ・フォン・ランセント』が、いつか害をなすのではないかと。

「それなのにあんたは、なんで私を疎《うと》まないのよ⁉　私を追い出そうとするどころか優しくして、一体なんなの……⁉　同情なんてしないでよ。あんたがそんなだから、私はどんどんみじめになる！」

叩《たた》き付けられる怒声は、最早《もはや》涙声になっていた。けれど朝日夏嬢を慰める術《すべ》を、私は持たない。

羨ましいとか、憎らしいとか、そんなこと、思ってもみなかった。確かに同情は少しはあったかもしれないけれど、実際は、私にはそんな嫉妬や憎悪を抱くような発想そのものがなかった訳で……きっと、朝日夏嬢にとっては、それが一層腹立たしいことだったのだ。

先日の男の言葉が思い出される。敵意を向けている相手に、反発されるよりも、『相手にされない』ことの方が、よっぽど許せないに違いない。私はやっぱり、またしても、間違えていたのだ。

ただ朝日夏嬢を見上げることしかできない私を睨み付ける朝日夏嬢の憎悪が燃える瞳には、感情が昂《たか》ぶりすぎたせいなのか、やはり涙がにじんでいた。いいや、感情が昂ぶりすぎたなんて訳じゃなく、彼女のその涙は、確かな悲しみも孕《はら》んでいた。

「そうよ、せっかく精霊界であんたの仮面を奪ってやったんだから、そのまま消えてくれればよかったのに！」

「……！」

まさか、と私は声なく呟《つぶや》く。やっと私が反応らしい反応を返したことについて、ほんの少しばかり朝日夏嬢は溜飲《りゅういん》が下がったらしく、「そうよ」と得意げに胸を張る。

精霊界にて、私の仮面を奪った『誰か』。あれが朝日夏嬢だったのだということを、本人の口から知らされて、ようやく思い知る。

時間の流れが前後しているような気もするけれど、精霊界とこちら側の世界の時間の流れはぐちゃぐちゃに異なるというのだから、あの時朝日夏嬢が精霊界に存在し、私の仮面を奪ったのだと言われてもおかしくはない。

けれど何故彼女はそんな真似をしてくれたのか。何故私はそこまでされたのか。

何も解らず呆然とするしかない私を見下ろして、朝日夏嬢は怒りを、憎しみを、悔しさを、そして悲しみをあらわにして叫んだ。

「それなのに、どうしてあんたは今も普通に、倖せそうに生きてるのよ⁉」

「朝日夏さん、わたくしは……」

「うるさいうるさい！　なんであんたばっかり！　私の方が優遇されるはずなのに、あんたばっかり全部持ってて！　ずるい、ずるい……っ！」

とうとうその青を宿した焦げ茶色の瞳から涙がこぼれ落ちる。大粒の透明なしずくが、とめどなく彼女の頬を濡《ぬ》らす。その涙を拭《ぬぐ》ってあげたいと思っても、朝日夏嬢はそんな真似を許してくれないに違いない。だって彼女が欲しいのは、そんな気休めの慰めなどではないのだから。

「ねえいいでしょ、ちょうだいよ。エギエディルズさんも、エリーくんも、エルちゃんも、エージャくんも、他のも、ぜんぶちょうだい、お願いだから！　もうあんたは十分すぎるくらいに倖せになったんだから、もういいじゃない！　私と代わってくれていい頃でしょ!?」

朝日夏嬢の言う通りに、私が持っているものをすべて譲れば、その怒りは収まるのだろうか。その悲しみは癒えるのだろうか。

完全に、とは言えないけれど、ある程度はきっと、どちらも叶うのだろう。

彼女の主張は、歪んではいるけれど、理解できないものではない。確かに朝日夏嬢は『ヒロイン』と呼ばれても何ら不足はない立場だ。これまでの境遇が不幸なものであったのならば、その分彼女は幸福になるべきだと思う。

朝日夏嬢に比べて、私はなんて恵まれていたのだろうか。これこそが優越感とでも呼ぶべき感情かもしれない。余計に朝日夏嬢を怒らせるに違いない。

けれど、駄目だ。駄目なのだ。


「ごめんなさい。わたくしは、今持っているもの、どれ一つとして譲れないわ」


どれだけ頼まれても、脅されても、泣き叫ばれても。それでも、譲れないものがある。

あの男も、エリオットも、エルフェシアも、エストレージャも。どれ一つとして絶対に失えない、手放せない、大切な私の宝物だ。一つでも諦めてしまったら、その瞬間に、きっと私は私ではなくなってしまう。私が私であるために、どれだけわがままだと言われたとしても、私は大切な子供達を、そして夫を、決してあげられないのだ。

私の揺るぎなき返答に、朝日夏嬢は涙に濡れる目を瞠《みは》った。その瞳にすがるような光が浮かんだけれど、それでもやはり譲れないものは譲れない。

そんな決意を込めて見つめ返すと、すうっと。朝日夏嬢の表情から、一切の感情が抜け落ちた。ぽろりと、その眦から、最後のしずくが落ちる。

そうして朝日夏嬢は、一歩、二歩、三歩、と後退りして、それから静かに呟いた。

「……じゃあ、いなくなって。それだけでいいわ」

表情と同じく、一切の感情が感じ取れない声だった。

朝日夏嬢が両腕を静かに広げる。何をする気かと私が身構えるのと同時に、見えない衝撃波によってその場から弾《はじ》き飛ばされる。

なす術《すべ》もなく地面に転がる私に、朝日夏嬢は笑いかけてきた。その笑顔は、先程までの泣き顔よりも、何故だかもっとずっと泣き叫んでいるように見えた。

「このマフラーも、返してあげる。これを持って、いなくなってよ」

ふ、と。朝日夏嬢が宙から手繰《たぐ》り寄せたのは、かつて私がエストレージャに贈ったラベンダー色のマフラーだ。それをこちらに放り投げた朝日夏嬢が、どこまでも冷たい声でそう言い放った瞬間、その周りで、炎が燃え盛り、水が荒れ狂い、風が吹き荒《すさ》び、大地が猛《たけ》り起こる。

周囲の雪を巻き上げながら、四大元素がそのまま目に見える圧倒的な暴力となって、私の元へと襲い来る。宙を舞っていたマフラーが千々《ちぢ》に引き裂かれ、雪の真白の中へと消えた。

こ、これはどうしようもない。やばい。まずい。避《よ》けようにも避けようがない。身構えたって意味がないと解っていながらも身構えた私は、目を閉じて、やがて襲い来るであろう衝撃を待った。

——けれど、その衝撃も、そこに伴う痛みも、いつまで経《た》ってもやってこなくて。

気付けば私は、どうしようもなく安心せずにいられないぬくもりに包まれていた。

「フィリミナ、無事か」

「エディ……」

私のことを自らのコートに囲い込み、もう一方の手には愛用の杖《つえ》を構えた男が、そこにいてくれた。ほとんど条件反射のような安堵に、肩から力を抜く私を、男は目元を和《やわ》らげて見つめてきたけれど、すぐにその表情は厳しいものとなる。

「ナツと揃って屋敷にいないと思ったら……指輪の気配が消えた地点を追って転移してみたらこれか。一体どういう状況だ？」

「それ、は」

「いや、いい。今はそれどころではないな。目下の問題はナツだ」

男の視線を追いかけてそちらを見遣ると、四大元素が渦巻く中で、その激流に髪を遊ばせながら、朝日夏嬢が立っていた。時折その激流は私達の元へと押し寄せてくるけれど、すべて男の結界によって阻まれてしまう。

それを忌々《いまいま》しげに見つめてから、朝日夏嬢は更なる力を行使しようと片手をこちらへと向けてくる。

そんな朝日夏嬢に、懸命な声がかけられた。

「ひな！」

千夜春少年だ。これこそが女神の加護とでも言うべきなのか、白銀に輝く障壁に守られて、彼もまた無事である。千夜春少年も、朝日夏嬢を探してここまでやってきたのだろう。

となると、と、そこまで思ってから、私は男に食い付くように問いかけた。

「エディ、子供達は……っ!?」

そうだ。朝日夏嬢の力は、私に向けられているものばかりではない。四方八方へと飛び散り、周囲の木々をなぎ倒している。この余波が屋敷に及んでいないとは限らない。

エストレージャ、エリオット、エルフェシア。あの子達は無事なのか。そう問いかけると、男は私を安心させるためか、そっと頭を撫でてくる。子供じみた扱いに、いつもならば抗議の一つや二つをしていたところなのだけれど、今だけは不思議とそれが嬉しい。

「エストレージャがエリオットとエルフェシアを屋敷で守ってくれている。子供達への心配はもっともなものだが、まずお前は自分の心配をするんだな」

ごもっともである。神族の末裔《まつえい》たるエストレージャが守ってくれているならばまず安心だろう。

ほっと息を吐いてから、男の腕の中から朝日夏嬢を見つめる。

結界の向こう、爆発的な力の中心で、朝日夏嬢は危なげなくそこに立ち、私達のことを睨み付けている。

「……朝日夏さんは、魔力はお持ちでないはずでは？」

黒持ちでありながら魔力を持たない彼女だからこそ、余計に迫害を受けていたのではなかったのか。だとしたら、この魔法のような力は、どう説明すればいいのだろう。

私の問いかけに、杖を構えたまま瞳を眇めている男は、チッと一つ舌打ちをした。

「これは魔法じゃない。精霊の力そのものだ。人間に制御できるものではないし、そもそも手に入れること自体が不可能なはずだが……精霊王が、ナツに授けたと見ていいだろうな」

「その通りよ」

男の言葉を、朝日夏嬢は即座に肯定した。今まで見たことのないような笑顔で、うっとりと彼女は続ける。

「アルベリッヒが、私にくれたの。いざというときなら使っていいって。お兄ちゃんが女神様に選ばれたって言うなら、私は精霊王様に選ばれたのよ！」

ごおっ！　と力の奔流《ほんりゅう》が襲い来る。男が顔をしかめた。ぴしり、ぴしりと、結界にひびが入っていく。それが完全に砕け散る寸前に自ら結界を解いた男は、私を抱き上げて、大きく後方へと飛び退《の》いた。そして厳しい表情のまま、改めて再び結界を張り直す。

男に身を任せながら、脳裏に精霊界で出会った精霊王の姿を思い返す。

彼が与えたのだというその力は、慈悲だったのか。それともただの気まぐれだったのか。それは朝日夏嬢にとっては救いであり支えであったのかもしれなくとも、こんなのはあまりにも残酷ではないか。私ばかりではなく、誰かを傷付けるためだけに行使される力なんて、そんなのはただの人間の少女の身には余るものだろう。

その証拠のように、朝日夏嬢が男曰《いわ》く『精霊の力』をこちらへとぶつけてくるたびに、その余波が彼女自身を襲い、いくつもの傷が彼女の身体を切り裂いていく。

舞い散る鮮血が雪の上に落ちるのが、やけに現実離れしていて、いっそ恐ろしいくらいに綺麗だった。

「ひな！　よせ！　やめるんだ！」

朝日夏嬢がどんどん傷付いていく姿に、千夜春少年が顔色を蒼白《そうはく》にして叫ぶ。頼むからやめてくれと、そう懇願しているようだった。

けれど朝日夏嬢は、怒りを収めるどころか、ますます冷ややかな表情になって呟く。

「やっぱりお兄ちゃんまで、その女の味方をするんだ」

瞬間、一際大きな爆発が上がる。その矛先となった私達を守ってくれていた結界が破壊され、男が私のことを抱え込むようにして庇ってくれる。おかげで大事ない私のことを、朝日夏嬢はきつく睨み付けて叫んだ。

「ずるいずるいずるい！　エギエディルズさん達だけじゃなくて、お兄ちゃんまで私から奪って！　あんたなんか大嫌い！　お兄ちゃんも嫌い！　裏切り者！」

火が、水が、風が、土が、そして雪が、激しいダンスを踊るように荒れ狂う。それらは私を屠《ほふ》らんとこちらに向かってくるけれど、すべて男の魔法によって世界に還元されてしまい、それなのに朝日夏嬢の身体は傷付いていく。

もう立っていられなくなったのか、ぜえぜえと肩で息をしながら、朝日夏嬢はその場に崩れ落ちるように座り込んだ。それでもなおその瞳に宿る炎は燃え盛り、私のことを見据え、そして更に力が行使される。

「朝日夏さん、もうやめて……！」

これ以上は彼女の身体がもたない。そう思って叫んだのだけれど、もっと大きな声で「うるさい！」と怒鳴り返される。

「……強硬手段を取るしかないようだな」

新たに結界を張ることを諦め、その代わりに、次々と襲い来る四大元素に対して、同じだけの魔法をぶつけて中和しながら、男が呟く。

小さな呟きであり、こんな爆音が響き渡る中では聞こえるはずもなかったはずなのに、何故だかその声は、私と、そして新藤兄妹の耳へと届く。

強硬手段、という言葉に、嫌な予感がしてならなかった。

「エディ!?」

「エギさん、やめろ！　頼むからひなを傷付けないでくれ！」

制止の意味合いを込めてその名を呼ぶ私と、千夜春少年の悲鳴のような懇願、そして今にも泣き出しそうに、怯えたような表情でこちらを見てくる朝日夏嬢をそれぞれ一瞥してから、男が右のこめかみのあたりから一房だけ長く伸ばしている髪をまとめている、髪留めを取った。私が子供達と一緒に贈った、月長石《げっちょうせき》の髪留めだ。

「エディ……？」

「まあ見ていろ」

男の手のひらの上で翅《はね》を休めている髪留めの、そのムーンストーンの部分に向けて、男が魔法言語を唱えた。この場にはてんで相応しくない、ただただ穏やかで美しいその調べ。

月長石が光り輝き、彫り込まれていた月下美人が大きく浮き上がる。姫様との立体通信映像のように、ほんのりと淡く輝く月下美人が宙で咲き誇る。

そして男が杖を掲げると、その月下美人から、何羽もの、数えきれないほどの蝶《ちょう》が舞い上がった。大きく美しい無色透明の蝶が、優雅に夜空の下で舞う。

「や、やだ！　来ないでよ！　来ないでったら！」

そのままどんどん蝶達は、朝日夏嬢の方へと向かう。怯える朝日夏嬢ががむしゃらに様々な力をぶつけてくるけれど、その『力』そのものを、蝶達は受け止め、そして吸収する。

炎を吸収した蝶は、燃えるような赤に。水を吸収した蝶は、吸い込まれそうな青に。風を吸収した蝶は、輝くような黄に。土を吸収した蝶は、どこまでも深い茶に。それぞれその翅の色を変え、朝日夏嬢からすべての力を吸収し尽くしていく。

そうして、そのまま様々な色の蝶の群れは、朝日夏嬢の周りをぐるりと囲んだ。音もなく彼らは舞い遊び、やがて何か異変に気付いたらしい朝日夏嬢が、自分自身を守ろうとするかのように、自身の身体をかき抱く。

けれど、蝶達の群れは優雅に彼女の周りを舞い遊び続け、そうして、朝日夏嬢の胸から、七色に輝く光の塊《かたまり》が浮き上がる。同時に、朝日夏嬢を取り巻いていた力の奔流が絶える。

四色の数多《あまた》の蝶だけが舞い遊び、その他にはもう何も残っていない場所に、朝日夏嬢だけが呆然と座り込んでいる。

やがて蝶達が、宙に浮かぶ七色の光の塊を運ぶようにしながら、男の元へと戻ってくる。まるで導かれるようにして、光の塊をまず男の手のひらの上で大きく咲き誇る月下美人へと吸い込ませ、続けて自らもまた可憐《かれん》な白の花の中へと次々に飛び込んでいく。

すべての蝶を吸い込んだ月下美人の姿が消え失《う》せ、男の手のひらの上には、もう髪留めしか残らない。

その髪留めで再び自らの髪を留めつつ、「どうにかなったな」と一言続ける男の顔を呆然と見上げ、私は呟いた。

「ど、どうにか、って……」

「説明が必要か？」

「当たり前でしょう」

「前の髪留めに、俺が自分の魔力を溜《た》め込んでいたことは知っているだろう。この新しい髪留めにも、俺は普段から同じことをしていた。つまりこの髪留めは、魔法具であり、封印具でもあるということだ。俺が魔力をこの髪留めに封じているのと同様に、ナツの力もこれに封じさせてもらったんだ」

それだけだが？　といけしゃあしゃあと小首を傾げられ、もう何も言うことができなかった。

それだけって。それだけって！

え、『それだけ』で済ませていいことなのだろうか。だって相手は精霊王に直接精霊の力を授けられた相手な訳で。そんな相手を、髪留め一つでやり込めてしまうなんて、そんなことができるのだろうか。いや実際は本当にできてしまった訳だけれど、それにしても。

もの言いたげな私の視線に気付いたらしい男は、軽く肩を竦めてくれた。

「それだけこの髪留めの魔宝玉が優秀だったということだ。その辺の安物では、負荷に耐え切れずに砕けてしまっていただろうが……お前は本当に、いいものをくれた」

「そ、れは、よかったです」

男が最後に見せてくれた笑顔に、もう他に言葉が見つからず、引きつった笑いを返す。その時だった。

「────なんでよ!!」

怒りと悲しみに満ちた、悲鳴のような叫びが耳朶《じだ》を打つ。全身傷だらけになりながら、冷たい大地の上に座り込んでいる朝日夏嬢が、「なんで」と唇をわななかせた。

「なんで、なんでなの？　なんで私ばっかり奪われなくちゃいけないのよ。髪も、居場所も、立場も、アルベリッヒがくれた力まで！　なんでなのよ!!」

「ひな……」

「お兄ちゃんには解んないよ！　自分だけいい思いして、私がどんな目に遭っていたかも知らないで！」

朝日夏嬢の言葉に、千夜春少年は唇を噛み締めて俯いてしまう。何も言えない、言えるはずがない。そんな気持ちが、彼の姿から透けて見えるようだった。

だから代わりに、私が朝日夏嬢の元へと向かう。「おい」と男に声をかけられたし、「フィリミナさん？」と千夜春少年に咎《とが》めるように呼ばれたけれど、どちらも無視して、ただ朝日夏嬢へと近づいていく。

朝日夏嬢は、怯え切った表情で私のことを見上げている。今にも逃げ出したそうな様子だけれど、もうそんな体力なんて残されていないらしく、びくびくと身体を震わせるばかりだ。

身を縮こまらせて震える彼女の元に、そうしてようやく辿《たど》り着く。

見れば見るほど、朝日夏嬢の姿は酷いものだった。血と泥にまみれ、髪はぼさぼさで、せっかくの美少女ぶりが台無しである。

「ねぇ、朝日夏さん」

「な、何よ」

「抱き締めてもいいかしら？」

「……は？」

ぽかん、と。朝日夏嬢の口が間抜けに開く。そのまま呆然と固まる彼女に、明確な答えがないのは許容であるのだと勝手に判断して、私は彼女の前に座り込み、両腕を朝日夏嬢の背に回した。

朝日夏嬢の華奢《きゃしゃ》な身体は、こちらの方が震えたくなるくらいに冷たくなっていた。コートも着ずに夜着一枚でここまで来たのだからそれも当然だろう。

これは気合を入れて抱き締めなくては、と、更に腕に力を込めると、ようやく正気を取り戻したらしい朝日夏嬢は、懸命に身をよじり始めた。

「は、放して！　放してよ！」

「お断りよ」

「はあ!?」

どれだけ抵抗されたって、私は朝日夏嬢を解放する気はなかった。この世界にひとりぼっちなのだと思っているに違いない彼女に、自分のものではないぬくもりは確かに存在しているのだと、その身体に教え込ませてあげたくて。

腕の中で、朝日夏嬢は散々暴れてくれる。同じような体型の彼女を押さえ込んだ上で抱き締めるのには骨が折れる。けれど、先程の精霊の力とやらに比べたらかわいいものだ。どれだけ抵抗されたって、暴れられたって、嫌がられたって、それでも絶対に私は、この子を放してなんてあげないのだ。

やがて、朝日夏嬢の身体から力が抜けていくのを感じた。ぐすっとひとたび鼻を鳴らした彼女は、そのままぽろぽろと涙を流し始める。


「――――やだ」


今までとは異なる、ごくごく小さな、力のないその声に、私もまた腕からそっと力を抜く。腕は、振りほどかれなかった。その代わりに、朝日夏嬢が握り締めた拳が、私の胸にぶつけられる。その拳は続けざまに、両手で次々と繰り出されるけれど、これっぽっちも痛くなかった。エリオットやエルフェシアの暴れっぷりと比べたら、これくらい軽い軽い。

だから抵抗もせずにされるがままにしていると、やがて、その拳も力なく地面に落ちる。そうして朝日夏嬢は、大きく肩を震わせながらしゃくり上げ始めた。

「やだ、やだやだ、あんた、不幸になってよ。その代わりに私が倖せになるから。だから、お願い、嫌なの、少しくらいいいじゃないっ！　私だって倖せになりたいのに！」

誰かに不幸になってもらって、その代わりに自分が倖せになる。それはきっと、誰もが一度は考えることだろう。けれどそんなことが叶うのならば、世界はもっとずっと優しくないものになってしまうに違いない。朝日夏嬢だってそんなことは解っているのだろう。それでもなお、と、思わずにはいられないほどに、この少女は追い詰められていたのだ。

「あんたがもっと嫌な女だったらよかったのよ！　もうやだ、どうして私、私ばっかりが嫌な女になっていくの……!?」

叩き付けられる怒声に、私はもう一度朝日夏嬢に回した腕の力を強め、そうしてその耳元でそっと囁《ささや》いた。

「あなたはとてもかわいい、素敵な女の子よ」

「ッ!?」

朝日夏嬢が大きく息を呑む。そうしてバッと私を引き剥《は》がして睨み付けてくるその涙に濡れた瞳は、「あんたなんかに何が解るの!?」と言葉よりもよっぽど雄弁に物語っていた。

私はにっこりと笑い、ぽんぽんと朝日夏嬢の背を叩く。何度も、繰り返し。エリオットやエルフェシアを寝かしつける時のように、優しく、穏やかに、細心の注意を払いながらぽんぽんと繰り返しその背を叩いて、私は続けた。

「解るわ。あなたはきっと、もしかしたらのわたくしだったのかもしれないのだもの」

そうだ。そういうことなのだ。どうして私が、自分に対してお世辞にも好意的とは言い難《がた》かった朝日夏嬢のことを放っておけなかったのか、やっと解る。

この子は、私だ。

以前、私は、朝日夏嬢の立場は、エルフェシアに重なると思ったものだけれど、それは違う。本当に重なるのは、エルフェシアではなく私だ。私の立場こそが、朝日夏嬢のそれに重なるのだ。

朝日夏嬢――正確には精霊王だって、言っていたというではないか。今の『フィリミナ』の立場は、朝日夏嬢のものになるはずだったのだと。今になってようやく、その意味を理解する。

不慮の事故で『前』の世界から、『こちら』の世界にやってきた私達。私は転生という形で、朝日夏嬢は転移という形で、こちら側にやってきた。その経緯こそ異なれど、いずれ歩む道は、もしかしたら重なっていたのかもしれない。私だって、『前』の記憶を思い出したばかりの頃は、もしかしたら自分が選ばれた『ヒロイン』なのではないかと夢見たものだ。結局そんなことは一切なかった訳だけれど、それでも『私』は、『フィリミナ《私》』の人生の主人公《ヒロイン》になった。そうして、黒持ちの中でも純黒と呼ばれ畏怖《いふ》される稀代《きたい》の魔法使いと結ばれた。

黒持ちでありながら魔力を持たず、迫害される立場となった異世界の少女。そんな存在が、同じく黒持ちである稀代の魔法使いと出会ったら？　そうしたら、きっとそこから、新たな物語が紡がれたのだろう。朝日夏嬢は、彼女の望む『立場』を手に入れられたのかもしれない。でも、もうその『立場』には『フィリミナ《私》』がいる。今更誰にも譲れない『立場』だ。だからこそ。

「ねえ、『わたし《朝日夏さん》』。どうか泣かないで。諦めないで。絶対に大丈夫よ」

「な、にが、よっ⁉」

「もちろん、あなたの『立場』……『未来』と呼ぶ方が相応しいのでしょう。そういうものよ。心配はいらないわ。だって、『フィリミナ《わたくし》』だってこんなにも倖せになれたんだもの。だから大丈夫よ。大丈夫なの。あなたはこんなにもかわいくて素敵な女の子なんだから。『わたし《あなた》』だって、きっと……うん。〝必ず〟、倖せになれるわ」

こんな陳腐な言葉が、傷付き疲れ切った少女の心に届くなんて、そんな風には思ってはいない。それでも彼女のすべてを否定したくなくて、拒絶したくなくて、言わずにはいられなかった。

だってこの子を否定し拒絶してしまったら、私は今までの『フィリミナ』と『私』のことを否定し拒絶することになってしまう。そんな真似がどうしてできるだろうか。朝日夏嬢のやり方は間違っているのかもしれないけれど、その根底にある感情は誰しもが抱くものだ。

〝倖せになりたい〟のは、誰だって同じ。

だから、大丈夫、大丈夫。絶対に大丈夫だから、どうか諦めないで。あなたの名前にある『朝日』は、必ずその道の果てに昇るから。

だって名前は祈りであり願いだ。叶えられるべき希望なのだ。もう一人の『私』とでも呼ぶべき少女の未来が、どうか光あふれるものであるようにと祈り願わずにはいられない。

朝日夏嬢は、何も言わなかった。ただずっと、呆然と、ぽかんとした顔で、私のことをじっと見つめていた。

あまりにも綺麗な、まっすぐすぎるその瞳に、そろそろ居心地が悪くなってくる。「朝日夏さん？」と声をかけると、ぱちり、と彼女の大きな瞳が瞬く。ぽろりぽろりと涙をこぼしてから、そうしてぽつりと呟いた。

「……あんたは」

「な、何かしら」

「あんたって、自分のこと、かわいくて素敵な女だと思ってるの？」

えっ、突っ込むポイント、そこ？　私、他にも色々言ったのだけれど。

そりゃ確かにあんな言葉がその心に届くとは思わないとは自分で言ったものの、よりにもよって一番突っ込まれたくなかったところを突っ込んでこなくてもいいだろうに。

ああもう、こうなったら笑うしかないではないか。さっさとそう諦めた私は、ふふ、と少しばかり胸を張ってみせる。

「だってわたくしは、かわいい三人の子供達の母親で、エディが選んでくださった妻ですもの。当然でしょう？」

それが今の私――『フィリミナ・フォン・ランセント《私》』だ。

そう笑いかけると、虚をつかれたように朝日夏嬢は固まった。ぱちりぱちりと瞬かれる瞳から、はらはらと静かに涙がこぼれる。

「なにそれ」

その声は、もう、震えてはいなかった。ただどこまでも呆《あき》れ切ったような泣き笑いを浮かべて、朝日夏嬢は続ける。

「そんなの、敵《かな》う訳ないじゃない」

そう言い終えるのとほぼ同時に、ぐらりと朝日夏嬢の身体が傾《かし》ぐ。慌ててその身体を受け止めると、

「ひな！」という悲鳴とともに千夜春少年が駆け寄ってくる。遅れてやってきた男が、今にも圧し潰されそうになっている私から朝日夏嬢を受け取り、そうしてその様子を一瞥する。

「気を失っているだけだ。心身ともにここまで摩耗すれば当然だが、命に別状はない。傷の手当てをして、しばらく休ませれば大丈夫だ」

「よかった……」

ほう、と安堵の息がもれる。そうして私達は、男の転移魔法で直接、屋敷へと帰還する運びとなったのであった。

＊＊＊

男が水精の力を借りた治癒魔法で朝日夏嬢を癒し、彼女は割り当てられた自室にて眠りに就いていた。その側《そば》には、千夜春少年が付き添っている。

あの二人を二人きりにすることについて、この別荘に来る前であれば不安を覚えたかもしれないいけ

れど、あの朝日夏嬢の泣き笑いを見た後である今なら、不思議と大丈夫だろうと思えた。

それはいい。それはいいのだけれど。

「だからお前は考えなしだと言っているんだ。学習能力がないのか？」

「申し訳ありません……」

屋敷へと帰ってからというもの、私は椅子に座らされ、その前に立つ男から、こんこんとお説教を喰らっていた。既に三十分はご高説を垂れてくれているはずだというのに、それでも男の言葉は絶えることなく未だに続いている。

曰く、まず自分に好意的ではない朝日夏嬢に気安く指輪を渡すことがまず甘い。そしてその指輪を持って外へ飛び出した彼女を、たった一人で追いかけるなんてありえない。指輪の魔宝玉の気配を辿ればすぐに彼女の居場所は突き止められたのだから、男やエストレージャ、そして千夜春少年にも助けを求めるべきだった。そのせいで余計に朝日夏嬢を追い詰める羽目になり、結果として指輪を失った挙句、更に一人で彼女と向き合おうなどとは危険がすぎる。愚の骨頂。などなどなど。

一つ一つ、嫌になるくらいご丁寧に、かつ嫌味たっぷりに言い聞かされ、私はもう限界だった。朝日夏嬢の暴走の騒ぎのせいでこんな深夜であるにも関わらずに目を覚ましてしまったエリオットとエルフェシアが、つぶらなまなこでじぃっと私達のやりとりを見つめてくるのがまた心に刺さる。めちゃくちゃ居心地が悪い。

何が悲しくて子供達に、母親が父親に叱られているところを見られなくてはならないのか。より一層私を反省させるためなのだろうけれど、それにしたって少々性格が悪すぎるのではないだろうか。

「母さん」

「エ、エージャ、たすけ……」

男の言葉が途切れた頃合いを見計らってかけられた声に、私は助けを求めて長男坊の方を見つめる。透明に澄んだ、綺麗な黄色の瞳が、じっと私を見つめていた。ひぇっと思わず身体を竦ませる私に、エストレージャは短く続ける。

「反省すべきだと思う」

「ごめんなさい！」

恐ろしいほどの真顔で言い切られ、私は悲鳴混じりに謝罪した。ああああ、エストレージャにまで「反省しろ」だなんて言われるなんて。母としての威厳は形無しである。

がっくりとこうべを垂れる私の元に、とことことエルフェシアが近寄ってきた。ああ、慰めてくれるのね。お母さまはとても嬉しいわ……なんて思っていると、エルフェシアは私の両膝に小さな両手を乗せて、きっと私を見上げてきた。

「おかあしゃま、めっ！　なのよ！」

「………はい、ごめんなさい」

他にどんな台詞が言えただろうか。まさか、まさかこんなにも幼い娘にまで叱られるなんて。私の心はもうズタボロである。いや、全面的に私に非があるのだから、下手な反論なんてできないのだけれど、それにしても。

こら、我が夫よ、そして長男坊よ。大真面目な顔を必死に取り繕《つくろ》っているようだけれど、笑いをとっても一生懸命堪《こら》えているのが丸わかりだぞ。男は思い切り肩が震えているし、エストレージャは顔を背けて口を押さえている。

そんな父や兄の様子に気付かずに、エルフェシアは「めっ！」と更に繰り返して、むふーっと頬を膨らませている。もう勘弁して。だから笑うなそこの二人。

そんな時だった。それまで大人しくしていたエリオットが、私を庇うようにして、エルフェシアや父や兄との間に立ち塞がる。一体どうしたと誰もが瞳を瞬かせる中で、エリオットは叫んだ。

「だめなの！」

何がだ。エリオットまで私を叱ってくれるのかと思ったのだけれど、こちらに背を向けているのだからそれはないだろう。むしろこれは、と私が思った次の瞬間、次男坊はびしぃっ！　と人差し指を父達に向けた。

「おかあしゃまはおんなのこなの！　だから、いじめちゃ、めっ！　だよ！」

……あらあらあらまあまあまあ。女の子、なんて久々に言われたな……なんて、感動している場合ではない。この次男坊、今、すごいこと言ったぞ。

妹と同様に、これまたむふーっと頬を膨らませているエリオットの姿に、誰かがぷっと噴き出した。いいや、誰か、ではなく、エリオットとエルフェシアを除いた全員だ。

そのまま思い切り笑い出す大人達を見上げて、双子が不思議そうに首を傾げているのがまた笑いを誘う。

「ふふ、ふふふふ、大丈夫よ、エリオット。お母様はいじめられている訳じゃあないのよ」

「ああ、そうだ。ただお母様には、お父様が後でもう少しお仕置きをしなくてはならないがな」

「そうなの？」

「ああ、そうだ」

いやいやいや、さっくり「そうだ」と頷《うなず》いてくれているけれども、まったく「そうだ」ではない。お仕置きって、それ、絶対に「もう少し」では済まないやつだろう……！

私が顔を赤くしたり青くしたり忙しくするのを、エリオットとエルフェシアはやはり不思議そうに見上げてきて、エストレージャが苦笑を浮かべる。

「という訳で、フィリミナ。覚悟しておけよ」

「はい……」

男の駄目押しに、私は、逆らう術なんて持ち合わせていなかったのだった。

＊
＊
＊

全身が鉛のように重かった。指一本を動かすどころか、まぶたを持ち上げることすら難しく、大層億劫《おっくう》なことのように思えてならない。

それでもなんとかまぶたを持ち上げると、最初に、繊細な細工の施された照明が天井から吊《つ》るされているのが目に映った。その見覚えのある照明に、自分が、王家の別荘である屋敷の自室のベッドに寝かされているのだということに、ようやく気付く。

そうして新藤朝日夏は、ベッドサイドの椅子に腰かけて、祈るように自分の手を握り締めてくれている兄である新藤千夜春の姿を認めた。

「……何してるの？」

「っひな！」

やはり動かしにくい唇をなんとか震わせると、慌てふためきながら千夜春が立ち上がる。その拍子に、握られていた朝日夏の手は重力に従ってベッドの上に落ちたばかりか、千夜春の座っていた椅子が勢いよく後方へと倒れてしまう。

「ちょっと、うるさいんだけど」

「ご、ごめん……。それより、その、気分とか大丈夫か？」

「大丈夫な訳ないじゃない。最悪よ」

どうやら全身の傷は癒えているらしいけれど、それにしたって身体の節々が痛む。心だってそうだ。お世辞にもご機嫌とは言い難く、もしも体の自由がきくならば、千夜春に枕を思い切り投げつけていたに違いない。

不機嫌丸出しの声でそう吐き捨てると、千夜春はその儚げな美貌をくしゃりと歪めて、「そ、か。そうだよな」と呟き、そのまま俯いてしまった。

中身はともかく、その容貌は、昔からどうにも中性的かつ可憐であり、変態に狙われることも少なくなかった兄だ。それは朝日夏自身にも言えることではあるけれど、それはそれとして、日本では自分と同じ黒髪であった千夜春の、今は白銀となった髪は、未だにどうにも見慣れない。その儚さに磨きがかかったようで、なんとも座りが悪い。何を言われても、何をされても、自分の方が悪いことをしたように思わされるからタチが悪い――いいや、違う。

「お兄ちゃん」

「なんだよ」

「ごめんね」

「ッ！」

千夜春が大きく息を呑んだ。驚きをあらわにして自分を見下ろしてくる兄に、朝日夏は、苦く笑った。そうしなければ、また泣いてしまいそうだった。そんな朝日夏に、千夜春はすがりつくようにして声を荒げる。

「ひなは、何も悪いことなんてしてないだろ！　全部、全部俺が、浮かれて調子に乗って、お前のこと放っておいたせいで……！」

その声音ににじむ怒りは、朝日夏に対するものでも、朝日夏を虐《しいた》げた人々に対するものでもなく、何も知らなかった、知ろうともしなかった千夜春自身に向けられているようだった。

今、千夜春が言った台詞には聞き覚えがある。精霊王アルベリッヒにより精霊界からこちら側へと送り返され、ランセント家別邸にて久々にまともに二人きりで話した時に、朝日夏が千夜春に叩き付けた嘆きだ。

兄のせいばかりではないということくらい、本当はずっと解っていた。けれど、赦《ゆる》そうにも赦せなくて、だから朝日夏は千夜春に頼んだ。フィリミナという女を篭絡《ろうらく》しろと。そして彼女を追い出して、代わりに朝日夏がその立場に成り代われるように協力しろと。

千夜春は、ためらうことなく頷いてくれた。朝日夏があの日までどんな目に遭わされ、どんな思いでいたかを知った時から、ずっとこの兄は、妹である自分に逆らえない。逆らおうとしない。義務だとか責任だとか、そういうものがお世辞にも好きだとは言えないし、得意だとも言えない兄は、それでも兄なりに、朝日夏の願いを叶えてくれようとした。

なんだかんだで、兄は自分にとても甘いのだ。うっかり途中でミイラ取りがミイラになりかけてしまったことについて責め立てたら、すぐに千夜春は自分の心を殺して、フィリミナから距離を取ってくれた。やっぱり兄は、つくづく自分にとても甘い。それは、罪悪感のせいばかりではなく、自分への愛情があるからこそだ。

だからこそ、千夜春に、彼自身が望まない真似をさせてしまったことを、申し訳なく思う。

やっと、ようやく、そう思うことができるようになった自分に気付く。

「ごめんね、お兄ちゃん」

「だからひなはなんにもっ！」

「ううん、したの。私、とっても酷いことしちゃった。お兄ちゃんだけじゃない。エギエディルズさんにだって、私、あの人の気持ちも考えずに勝手にべたべたして。それから……フィリミナさんにも」

兄に対して散々わがままを言ったばかりではない。エギエディルズ・フォン・ランセントという、美しい純黒の魔法使いにも、朝日夏は悪いことをしたと思っている。

同じ……というほどではないけれど、近しい黒髪を持ち、迫害を受けた朝日夏に対し、なんだかんだで優しい彼は、彼なりに心を砕いてくれた。そこに朝日夏が求めた情愛はなかったけれど、いつかそういう感情が生まれてもおかしくはないと信じて、ここぞとばかりに迫って、取りすがって、そうしてその優しさを利用した。

それから、一番は、フィリミナ・フォン・ランセントという人に対してだ。初めて口にした彼女の名前は、存外に優しい響きを孕んでいて、だからこそ余計に複雑な気持ちになる。

彼女に関しては、正直なところ、未だに思うところがある。だってやっぱり羨ましい。やっぱり妬《ねた》ましい。朝日夏が夢見た、守り守られる『ヒロイン』のような立場にある彼女に、どうしても嫉妬せずにはいられない。けれど。

「『もしかしての自分』なんて言い方、ずるいわ」

そんな言い方をされたら、朝日夏はもう、希望を抱かずにはいられないではないか。わざわざ自分ではない他の誰かの『立場』に取って代わらなくても、朝日夏は朝日夏だけの、とっておきの『立場』を手に入れられるのだと、信じたくなってしまうではないか。

そうだとも。本当に欲しかったのは、『フィリミナ・フォン・ランセントの立場』ではなかったのだ。朝日夏は、他ならぬ自分自身……『新藤朝日夏の立場』こそが欲しかった。誰かに否定されることもなく、誰かを不幸にすることもない、朝日夏が朝日夏であることを許される、『朝日夏だけの立場』が。

何故だろう。今ならば、それがきっと手に入れられるのだと、そう信じてもいい気がした。

「ひな……」

驚きと安堵が入り混じる声で呼ばれて、そちらを見上げる。自分と同じ色の瞳がじっとこちらを見下ろしてくる。久々に目にする、兄の瞳に浮かぶ穏やかな光に、朝日夏は小さく笑う。

そうして、ふ、と。浮かべていた笑みを消して、その代わりに悔しげな表情を浮かべる。

どうかしたのかと首を傾げる千夜春に、朝日夏はぽつりと呟いた。

「結局、私、アルベリッヒに利用されてた気がする」

「アルベリッヒ？　精霊王だとかいう奴のことか？」

「そう。私がフィリミナさんのことを嫌いになるように仕向けられてた感じ」

耳元で蘇るのは、少年のものとも老人のものとも思える、不思議な魅力に満ちた、精霊王の声だ。

《プリマ・マテリアの祝宴》で賑《にぎ》わう王都において、たまたま拾ったマフラーだけを手に、暴漢に襲われかけたところを、精霊界へと召喚された。呆然とする自分のことを労《いた》わってくれた精霊王は、「そういえば、そなたと似たような稀《まれ》なる娘がいるぞ」と、前世が日本人であるのだというフィリミナの姿を水鏡に映しだしてくれた。

彼女が巻き込まれた事件は、他人事でありながらも大変そうなものばかりで、思わず同情してしまうようなものだった。けれど彼女は、そのたびに、とっても素敵な美しい魔法使いに助けられ、守られていた。この世界に召喚されてからというもの、誰にも守ってもらえなかった、朝日夏とは違って、いつだって。

——もしかしたら、この稀なる娘の立場は、お前のものだったかもしれぬな。

朝日夏は召喚という形であり、フィリミナは転生という形ではあったけれど、ともにどちらも異世界からこの世界にやってきた。ならばほんの一つか二つばかりのシャツのボタンを掛け違うように、運命の糸が交錯したならば、その立場は逆転していたかもしれない。

そんな風に言われてしまったら、もう駄目だった。うらやましい、ねたましい、にくたらしい。私だって倖せになりたい。そんな感情に支配された。

今まで感じたことのないような感情を持て余す自分に、精霊王は微笑みかけながら精霊の力を授けてくれた。そして彼は、朝日夏をこちら側の世界へと送り返してくれた。だが精霊王が朝日夏に授けてくれたのは、精霊の力ばかりではないような気がした。彼は朝日夏の中に、フィリミナへの確かな敵意と害意もまた、植え付けたように思う。

「はぁ？　何のためにだよ」

「それは、わかんないけど」

千夜春に問いかけられたって、これは朝日夏にとっても推測でしかないのだから、答えられるはずがない。お互いにしばし見つめ合ってその瞳の奥に答えを探し合ったものの、結局、当たり前のように答えなんて見つかるはずもない。だからその代わりに、ふふと笑い合った。

「フィリミナさん、わざわざ転生までしてこんなファンタジーな世界に来たくせに、苦労ばっかりですっごく大変みたいなんだもん。頼まれたってあんな立場、願い下げよ」

「そっか」

「そうよ」

そうだとも。彼女の立場なんてもういらない。朝日夏は、朝日夏のためだけの立場を手に入れて、倖せになってみせるのだ。そして、兄にもそうあってほしいと思う。そのために。

「同郷のよしみってことで、お兄ちゃんならフィリミナさんのこと、今度こそ落とせるんじゃないの？」

朝日夏に頼まれたからではなく、本当の意味で兄がフィリミナに惹《ひ》かれつつあることになんて、とうの昔に気付いている。妹だからという訳ではなく、これは女の勘という奴だ。だからこそ余計にフィリミナのこともこの兄のことも赦せなかったのだけれど……今ならば。

そんな気持ちを込めて問いかけると、千夜春は目を瞠り、その白い肌を薄紅に染めた。じっとそのままその顔を見つめていると、やがて千夜春は、にやりとその唇に意地の悪い笑みを浮かべる。久々に見る、この兄らしい、本来の笑顔だ。

「そういうお前こそ、あれだけエギさんに迫ってたんなら、同じ黒髪のよしみってこともあるんだし、あの人のこと、落とせるんじゃね？」

「……」

「……」

「……」

「……」

互いに沈黙のまま見つめ合う。どちらが先に口を開くのか、こうなると意地になってしまいそうになるけれど、結局口火を切ったのは、朝日夏の方だった。

「……無理。エギエディルズさん、どっからどう見ても、フィリミナさんのことしか見えてないもん」

自分に優しくしてくれた理由は、黒持ちであるからという訳もあるけれど、それ以上に、妻であるフィリミナがそうすることを望んでいたからだ。そんな相手の心を奪おうなんて、逆立ちしたって無理に決まっている。

溜息混じりの朝日夏の言葉に、千夜春は深く頷いて同意を示す。

「俺も無理。あんだけ見せつけられたら、流石《さすが》の俺でも立ち向かえないって」

しかも俺、そもそもティーネちゃんの婚約者サマだし？　とうそぶく兄に、朝日夏は噴き出した。

そのままくすくすと笑うと、兄もまた楽しそうに、嬉しそうに笑う。ずっとこんな風に笑い合いたかったのだということを、ようやく思い知る。

そうしたらなんだか、どっと疲れてしまった。無理矢理持ち上げていたまぶたが、またどんどん重くなってくる。

「ねえ、お兄ちゃん」

「ん？」

「私が眠るまで、手、握っててくれる？」

「――ああ、もちろんだ」

今にも泣き出しそうにくしゃりと顔を歪めてから、かろうじて笑顔を取り繕う兄の顔は不細工だ。せっかく私に似て綺麗な顔をしている上に、白銀なんて髪の色になってますます綺麗になったのに、なんてもったいないのだろう。

思わず笑ってしまいそうになったけれど、それよりもただただ眠気が大きな波となって押し寄せてきて、もう抗《あらが》うことなどできずに、朝日夏は目を閉じる。

長い夜が更けていく。

目覚めた時にはきっと、とても美しい朝日が見られることだろう。

そんな確信を胸に、確《しか》と千夜春の手のぬくもりを握り締めながら、朝日夏はようやく、本当にようやく、穏やかな眠りに就くのだった。

6

朝日夏嬢《あさひな》の回復を待ってから、私達は別荘から王都へと帰還する運びとなった。

朝日夏嬢が精霊王から授けられたのだという精霊の力と、その暴走については、男の筆によって、姫様の元へともちろん報告された。私としてはそんな大事にしてほしくなかったのだが、「報告をしないのも手だが、後々もしも表沙汰《おもてざた》になった時に、問題になる方がよほどまずいぞ」という男の言葉に、なるほどその通りだと納得せざるを得なかった。

何より、朝日夏嬢自身が、「私はやっちゃいけないことをしたんだもの。もしも罪に問われるっていうんなら、仕方ないことだわ」と覚悟を決めていたからこそと言うべきか。

そして朝日夏嬢は、我がランセント家別邸にて、いわゆる保護観察処分と呼ばれるべき処遇を科されることとなった。今までと何が違うのかという話であるし、誰もがそれだけでいいのかと驚かされたものだが、既《すで》に朝日夏嬢の精霊の力は男によって奪われていること、未来の王配殿下の妹君の経歴に大きな傷を残す訳にはいかないこと、そして何より、本人が深く反省していることを鑑《かんが》みた末の結果ということだった。

と、いう訳で、朝日夏嬢は今日も今日とて、我が家で楽しく……かどうかは本人にしか解《わか》らないけれど、とりあえず、元気に暮らしてくれているという訳である。

「ちょっと」

「あら、朝日夏さん。何かしら。もうすぐ準備ができるから、少しだけ待っていただける？」

本日は別荘から帰ってきてから数えて初めての、現在我が屋敷にて暮らす面々が揃《そろ》って休日である。以前は私と男の二人きりだったこの屋敷が、今となっては子供達三人に加えて、大切なお客人二人もまた暮らしているというのだから、人生とはやはり驚きに満ちている。

久々の家族のお茶会のために、ついつい気合を入れすぎて、気付けば何種類もの焼き菓子やケーキを焼いてしまった。中庭に通じるテラスでは、もう男と子供達、千夜春《ちよはる》少年、そして朝日夏嬢が待っているはずだった。幼い双子が楽しく遊んでいるのを微笑《ほほえ》ましく見守っている面々に水を差すのもなんだか申し訳なくて、一人でなんとか運ぼうとしていたのだけれど……その朝日夏嬢が、何故この台所にわざわざやってきたのだろう。

私のことを避けていた間も、なんだかんだでお菓子の類《たぐい》は比較的食べていてくれたから、よほど甘いものがお好きであるとお見受けしている。よもや待ちきれなかったか、と首を傾《かし》げてみせると、カッとその白く整ったかんばせを赤く染めた朝日夏嬢は、俯《うつむ》いて、何かをぼそぼそと呟《つぶや》いた。んんん？　よく聞き取れない。

「朝日夏さん？」

どうかしたのかと呼びかけると、バッと勢いよく顔が持ち上げられる。可憐《かれん》なかんばせを朱に染めて、朝日夏嬢は叫んだ。

「て、手伝いにきてあげたのよ！　ふぃ、フィリミナさんってばしっかりしてるようで全然そんなことないじゃない。だから、その、お菓子を途中で落としちゃったら大変だと思って、それで……っ！」

それで、と、そのままごにょごにょと口籠る朝日夏嬢を前にして、私は、自分の顔に笑みが広がっていくのを感じていた。どうしよう。なんだこのこ。ちょうかわいい。

そう。別荘から帰ってきても、朝日夏嬢は私に対してつんけんとした態度を取ってくれる。けれど、以前までとは大違いだ。つんけん……ツンツンしているけれど、これはむしろツンデレとでも呼ぶべきツンツンぶりである。

ツンデレに対していわゆる『萌え』だとか『エモさ』だとかいうものを感じたことはあまりなかったつもりだった。我が夫も世間的にはツンデレであるらしかったのだけれど、それを向けられていた結婚前の私には、それがちっともかわいいなんて思えなくて、何度枕を涙で……というのは言いすぎだった。別に泣いてはいないな。その本心に気付けずに無性に虚《むな》しくなり、それでも期待せずにはいられないのを繰り返していたな、当時の私は。

それはそれとして、とにかく、ツンデレを相手にときめくことになるなんて今まで思いもしなかったのだ。それなのに、ああそれなのに。

真っ赤な顔でちらちらとこちらを窺《うかが》ってくるこの朝日夏嬢を見てほしい。ああ、かわいい。かわいいったらない。自分の言い方がきつくなってしまったことを早くも悔やんでいるらしく、私が何も言わないのを不安に思って瞳を揺らす、その姿のなんていじらしいことか。

男のツンデレなんて極めてどうでもいいが、美少女のツンデレは国宝認定すべきかもしれない。などと思いつつ、私は朝日夏嬢にできあがったばかりのイチゴのタルトが乗ったお皿を差し出した。

「本当にありがとう。じゃあ、このタルトを運んでいただけるかしら」

「……おいしそう」

「ふふ、朝日夏さんはイチゴがお好きだと千夜春さんから伺っていたから作ってみたの。だから、そう言っていただけると嬉《うれ》しいわ」

「…………うん」

ますます顔を赤くして、こっくりと頷《うなず》いてから、朝日夏嬢はイチゴのタルトを受け取ってくれた。

どうやら喜んでくれたらしい。それこそ、ツンデレの、『ツン』が出てこないくらいに。

よしよし、と満足感たっぷりに私も頷いて、残っていた他のお菓子やケーキ、それからティーセットをワゴンに乗せる。そう、最後のタルトだけがワゴンに乗せられなくて困っていたのだ。朝日夏嬢のおかげで本当に助かった。

それから二人並んでテラスへと向かう。「お待たせしました」と私が声をかけると、幼い双子が「おかあしゃま！」「おそーい！」と笑い、エストレージャがそんな二人をこらこらと諌《いさ》め、男が子供達三人のやりとりに目を細める。そして千夜春少年が、にやりと笑って、朝日夏嬢を見つめた。

「急に出ていくから何かと思ったら、フィリミナさんのこと手伝いに行ってたのかぁ」

「いいでしょ、別に。気の利《き》かないお兄ちゃんは黙ってて」

「はいはい、ごめんな」

ツン、と顔を背けながらテーブルの上にイチゴのタルトを置く妹の姿に、くつくつと千夜春少年は笑う。その笑顔は本当に安心しきった、嬉しそうなものだった。うーん、最初からそういう表情で迫られていたら、私も少しくらいぐらりと……。

「フィリミナ、お前も早く来い」

「……ええ、仰《おお》せのままに」

私の内心の呟きなんて聞こえているはずがないのに、怖いくらいにタイミングよく私に声をかけ、男は隣の椅子を引く。おお怖い怖い。迂闊《うかつ》なことを発言するどころか思考することすらできやしない。

苦笑しながらワゴンを押してそちらへと向かい、ワゴンに乗っているものをテーブルの上に移動させて、男の隣に腰を下ろせば、いよいよお茶会開始である。

「にいしゃま、あーん！」

「ありがとう、エル。ほら、お前もどうぞ」

「うふふぅ。ありがとぉにいしゃま！」

「なっちゃん、どーぞ！」

「あ、ありがと、エリーくん」

「どういたしまして」

「あ、エリー、俺には？　俺の分は？」

「お兄ちゃんは自分で取れば？」

「なっちゃんはかわいいおんなのこだからさきなの！」

「あっそういうこと言っちゃう⁉　俺だけスルーなんて酷《ひど》くない⁉」

なんともまあ賑《にぎ》やか極まりない。子供ってすごいなぁと改めて思い知らされつつ隣の男の方を見遣《みや》れば、気付けば男のティーカップは空になっていた。いつもであれば自らさっさと注ぎ足すというのに、それもせずに男は、片肘をテーブルについて、子供達のやりとりを眺めている。

その眼差《まなざ》しの優しさに、穏やかさに、不意打ちでどきりとさせられてしまう。ちょっと待った。それ、そういうのは反則だろう！

赤らむ顔に気付かれないように細心の注意を払いつつ、男のティーカップにポットから薬草茶を注ぎ入れる。ふわりと香る芳《かぐわ》しい匂いは、ぼんやりとしていた男の鼻にも届いたらしい。その視線が、私の方へと向けられる。

「フィリミナ？　どうした？」

「いえ、ただあなたをずっと見ていたくなっただけです」

「……ほう？」

「…………え。あっ!?」

気付けば、全員の視線が、私の元へと集まっていた。男が朝焼け色の瞳を眇《すが》めてこちらを見つめ返してきて、幼い双子は興味津々《しんしん》、エストレージャは「またか」とでも言いたげに、そして新藤《しんどう》兄妹は「うわぁ……」と呆《あき》れと恥ずかしさが入り混じる視線を向けてくる。それらの視線に、自分がとんでもなく恥ずかしい発言をかましてしまったことに遅れて気付いた私は叫ぶ。

「ちがっ！　違うんです！　今のはなしです、聞かなかったことにしてくださいまし!!」

「いや、フィリミナさん、遅いって」

「よくそんな恥ずかしいことを素面《しらふ》で……」

「父さんと母さんはいつもこんな感じだから」

「おかあしゃまはおとうしゃまがだいしゅきねぇ」

「おとうしゃまもおかあしゃまがだいしゅきだもんねぇ」

「ねー！」

「ねー！」

にっこりと笑い合うエリオットとエルフェシアに、私は両手で顔を覆うことしかもうできやしない。

恥ずかしい。これ以上なく恥ずかしい。穴があったら入りたい。ついでにそのまま埋めてほしい。

そう言葉にならない声で唸《うな》る私を、男がぐいっと引き寄せて、耳元で囁《ささや》いてくる。

「俺だって、同じ気持ちだが？」

「〜〜〜〜ッ!!」

もう無理。本当無理。いよいよ涙目になって男のことを睨《にら》み付けると、そんな私の髪の一房を弄《もてあそ》ぶ男はもう一度深く笑って、それからその髪を手放すと同時に、白皙《はくせき》の美貌から笑みを消した。

男の雰囲気が変わったことに誰もが気付き、自然と姿勢を正す。私もまたどうかしたのかと男を見ていると、男はテーブルの片隅に置かれていた一通の書状を私達の前で開いた。

「王宮からの書状が届いた。近く、ハル・シンドーを、姫の婚約者として王宮に受け入れるとのことだ」

「……！」

息を呑《の》んだのは誰だったのか。誰もが目を瞠《みは》ったものの、一番最初にいつもの調子を取り戻したのは、他ならぬ千夜春少年その人だった。

「へーえ？　じゃあ俺は、この家からは出て行かなきゃなんないってこと？」

「そういうことだな」

「そりゃ残念。断れたりなんかは……」

「無理だな。正式な国王陛下からの勅命だ」

「だよねぇ。このタイミングでそういうのが来るんなら、そりゃ断れないか」

仕方ないね、と千夜春少年は笑う。その笑顔が先程までのものとは異なるもののように思えるのは、きっと気のせいではない。そんな彼の隣では、朝日夏嬢が表情を強張《こわば》らせていた。

「ね、ねえ。その、私は、どうなるの？」

「王宮としては、ハル・シンドーとともにナツ・シンドーも受け入れる所存だそうだ。心配しなくても、以前の神殿のような処遇など決して許さないと、姫自身がその名に懸けて誓約してくれている」

ご丁寧にな、と男が長く白い指で示した書面には、姫様直筆のサインが確かに記されていた。ほっとしたように朝日夏嬢は肩から力を抜き、千夜春少年もまた安堵《あんど》を表情ににじませるけれど、私は、

「ならば安心ですね」とは、どうしても言えなかった。だってそうではないか。

「いくら姫様がご誓約くださったとはいえ、王宮には様々な方がいらっしゃいます。朝日夏さんをいたずらに表に引き摺《ず》り出すような真似になりかねないことは、わたくしは了承いたしかねますわ」

紅薔薇宮《べにばらきゅう》の温室にて催された姫様のお茶会においても、侍女は朝日夏嬢の黒髪に怯《おび》えて、彼女のカップに紅茶を注ぎ足そうとはしなかった。最高の教育を受けているはずの姫様付きの侍女すらそうなのだから、他の人間については言うまでもないことだろう。

「その書状通りに受け取るのなら、朝日夏さんはこの屋敷に滞在したままでも構わないのでしょう？　でしたら……」

「いい。もういいよ、フィリミナさん。私も、お兄ちゃんと一緒に王宮に行く」

「朝日夏さん!?」

思わず声を上げる私と、同じく朝日夏嬢の返答が意外であったらしい男性陣を見渡して、朝日夏嬢は強気に、かつ不敵に微笑んだ。

「もう今更怖いものなんてないわよ。どんなこと言われたって、されたって、負ける気はないわ。返り討ちにしてやるわよ。お兄ちゃんがいてくれるもん」

その勇ましく凛々《りり》しい笑顔こそ、本来の彼女が持つ笑顔であり、強さなのだろう。今まで押し殺されていた彼女の真実の姿は、目が覚めるほどに美しかった。

息を呑んでその笑顔に見入る私をよそに千夜春少年が感極まったように声を震わせる。

「ひな……！」

「まあ頼りにはならないけど」

「ひ、ひな……」

喜びをあらわにしたのも束《つか》の間《ま》、かわいい妹にさっくりと言い切られ、がっくりと兄である少年は肩を落として情けなく眉尻を下げる。

朝日夏嬢本人がこう言っているのだから、私はもう彼女を止めるべきではないのだろう。彼女は自分で、この世界における自分の『立場』を選ぼうとしているのだから。姫様も保証してくださっていることだし、最早《もはや》心配など無用のはずだ。

そう解ってはいるのだけれど、それでもやはり心配せずにはいられない。「でも」だとか「あの」だとか、なんとか口を挟もうとする私を、キッと朝日夏嬢は睨み付けてきた。久々に見る彼女の本気の怒りに、ひえっとなる私を睨み付け、彼女は拳をテーブルに叩《たた》き付ける。

がっちゃん！　と食器が跳ねた。けれどそんなことには構わずに、朝日夏嬢は私に向かって怒鳴りつけてくる。

「あーもう！　しつこい！　あのねぇ、いい加減こっちは辟易《へきえき》してるの！　いつまで私はフィリミナさんとエギエディルズさんのいちゃつきっぷりを見せつけられてればいいわけ⁉　もー無理！　限界！　これ以上一緒にいたら、こっちまで頭の中が春になるじゃない‼」

勘弁してよ！　と一息で最後まで怒鳴り切り、ふー、ふー、と肩で息をする朝日夏嬢に、私は言葉を失った。

え、あ、はい。そういう理由でしたか。

私に気を遣わせないための方便……ではなさそうだ。この表情、この態度、確実に心の底から私と男のやりとりにうんざりしているらしい。

朝日夏嬢の隣で、うんうんと千夜春少年が何度も深く頷き、エストレージャが苦笑を浮かべている。

そして私の隣の男は涼しい顔で「俺は別にどれだけ見られても構わないのだがな」と呟いて、ティーカップを口に運ぶ。

「おかあしゃま？」

「おかお、まっかよ？」

「…………大変、申し訳ありませんでした……」

エリオットとエルフェシアに指摘された通りに顔を朱に染めて、私は深々と頭を下げたのだった。

そういう訳で、朝日夏嬢は、千夜春少年とともに、王宮へと住まいを移すことになったのである。

王宮からの書状が届いてから、ちょうど二週間後。

新藤兄妹は、わずかな荷物とともに、王宮へと向かうことになった。

ランセント家別邸の前までやってきてくれた王宮からの使いである馬車を背にして、千夜春少年と朝日夏嬢が並び立っている。私達は、そんな二人を見送るために屋敷の門の前までやってきていた。

「今までありがと、エギさん、フィリミナさん」

「……その、お世話になったわ。色々、その、えっと……ご、ごめん、なさい」

深々と頭を下げてくる新藤兄妹に、私は微笑み、その手をそれぞれ取って、まとめて両手で包み込んだ。

「大変でもあったけれど、確かにとても楽しい毎日だったわ。王宮でも、どうかお元気で。もしよかったらいつでも遊びにきてちょうだい。わたくしも、お許しが出たら必ず会いに行くから」

「……ほんとに、必ず？」

「ええ、必ず」

私が力強く頷きを返すと、ほっとしたように朝日夏嬢は表情を緩めた。頭にはピンク色のベールを被《かぶ》り、その首には、私が編んだピンクとバーガンディーのストライプのマフラーが巻かれている。少しでも役立ってくれればとプレゼントしたベールや、一度は踏み躙《にじ》られたマフラーを、今日というこの日に使ってくれていることを、素直に嬉しいと感じた。

「そんじゃ、エギさん、フィリミナさん、エージャ、エリー、エル。元気でね。って言っても、またすぐに会うことになりそうだけど」

「厄介事だけは持ってきてくれるなよ」

「それは保証できないけどさぁ。だって俺達だけじゃなくて、エギさんだってフィリミナさんだって、厄介事の権化みたいなもんじゃん」

そう言ってけらけらと笑う千夜春少年に、男は深々と溜息《ためいき》を吐く。否定できないらしい。私も同様だ。随分と失礼な、そして的確すぎることを言ってくれるものである。

千夜春少年と朝日夏嬢が今日からいなくなってしまうことについて、我が家の幼い双子は、大層ご機嫌斜めである。頬を膨らませてぷりぷりと不機嫌をあらわにしているところを、エストレージャに「また会えるんだから」と言い聞かされることで、かろうじて泣き出さずに済んでいる状態だ。

まああれだけ二人に懐《なつ》いていたのだから、この反応も当然だろう。これはしばらくご機嫌取りに苦労しそうだ……と、思っていたその時だ。

「またな、エリー、エル」

「また遊ぼうね」

千夜春少年と朝日夏嬢が、エストレージャの腕に抱えられている双子の頬に、それぞれ口付ける。あらまあ、と思わず笑う私の視線の先では、優しい口付けに早くも機嫌を直したらしいエリオットとエルフェシアが、それぞれにこにこと笑い合っている。

そうして、それから。

「エギさん」

「フィリミナさん」

「何だ？」

「何かしら……っ⁉」

朝日夏嬢が、男の胸倉を掴《つか》んで自らの方へと引き寄せ、被っていたベールを払い、自身の唇を男の頬に押し付ける。千夜春少年もまた、私の頬を両手で包み込んで、そっと鼻先に唇を寄せてきた。

「……え、え？」

「いきなり何をするんだお前達は⁉」

状況が把握できない私と、思い切り眉をひそめる男に、新藤兄妹はそっくりな笑顔で笑う。

「これくらい許されたっていいでしょ！」

「唇を奪わなかったんだから、むしろ感謝されるべきだよな！」

くすくすと楽しげに、茶目っけたっぷりに笑った新藤兄妹は、最後に揃ってウインクをこちらへと向けてきたかと思うと、そのまま馬車に乗り込んでしまった。

私達が止める間もなく、二人を乗せた馬車は走り去っていく。こうなればもう、遠ざかっていく馬車を唖然《あぜん》と見送ることしかできやしない。

「――やってくれましたね」

「ああ、まったくだ」

苦笑混じりにそう呟く私に続けて、男が忌々《いまいま》しげに吐き捨てる。エリオットとエルフェシアが「ちゅーだ！」「ちゅーした！」と騒ぎ立てる中で、男が私の身体《からだ》を自分の方へと引き寄せる。

「お互いに消毒するか」

「え、ちょっ！　待ってくださいましエディ！」

意地の悪い笑みを浮かべて唇を寄せてくる男の顔を押し返す。何が消毒だ。子供達の前で何をするつもりだ。今更だと言われようが、私だって拒否する時は拒否するんだぞ。

そんな気持ちで男のことを睨み付けていると、視界の端で、エストレージャが双子を地面に降ろして、両手を使って二人の両目をそれぞれ覆う。そして彼は、そっと顔を背けた。

「俺は何も見ていないから」

「流石《さすが》俺達の息子だ」

「もう、エージャ！　エディ!!　～～んんっ!?」

私が抗議の声を続けようとしても、その口は男によって塞がれてしまい、紡ごうとしたはずのすべての台詞《せりふ》が男の口に吸い込まれてしまう。

もうすぐ冬が終わる。春の足音が聞こえてくる。新たな季節が始まれば、また新たな変化も生まれるのだろう。いつもであればそれが楽しみなばかりであるというのに、今はなんだか少しばかり怖さも感じる。

けれど、この男がいるのなら。子供達がいるのなら。

そう思うと誰よりも強くなれるような気がして、結局私は、男の口付けを甘んじて受け入れることにしたのだった。

あとがき

こんにちは。中村朱里です。このたびは『魔法使いの婚約者11　秘密は蝶結びで隠しましょう』をお手に取ってくださり、誠にありがとうございます。

新たなる事件の火種となりそうな新キャラが登場した今回のお話において、一番難航したのは、何を隠そうサブタイトルです。ああでもない、こうでもない、と編集さんと頭を悩ませ、本タイトル『秘密は蝶結びで隠しましょう』となるまでに犠牲になったタイトルはなんと二十六個……。結果として、意味深かつかわいらしい、なかなか素敵なサブタイトルになったと思っているのですが、いかがでしょうか。誰の『秘密』なのかは、ぜひ本編を読んで考えてくださいますととても嬉しいです。

11巻完成に至るまでに、応援してくれた家族、友人、最初から最後まで見守り支えてくださった編集さん、素晴らしく美麗な挿絵を寄せてくださったサカノ景子先生、素敵なデザインに仕上げてくださったデザイナーさん、出版に至るまでご協力くださった皆様、そして今日まで応援してくださった読者様に、心からの感謝を捧げつつ、結びとさせていただきます。

二〇二〇年十月某日　中村朱里

魔《ま》法《ほう》使《つか》いの婚《こん》約《やく》者《しゃ》11
秘《ひ》密《みつ》は蝶《ちょう》結《むす》びで隠《かく》しましょう

2020年11月5日　初版発行

著者　中村朱里

イラスト　サカノ景子

発行者　野内雅宏

発行所　株式会社一迅社
〒160-0022 東京都新宿区新宿3-1-13 京王新宿追分ビル5F
電話　03-5312-7432（編集）
電話　03-5312-6150（販売）
発売元：株式会社講談社（講談社・一迅社）

印刷所・製本　大日本印刷株式会社
ＤＴＰ　株式会社三協美術

装幀　小菅ひとみ（CoCo.Design）

ISBN978-4-7580-9308-8

Printed in JAPAN

おたよりの宛て先
〒160-0022 東京都新宿区新宿3-1-13 京王新宿追分ビル5F
株式会社一迅社　ノベル編集部
中村朱里《なかむらしゅり》 先生・サカノ景子《けいこ》 先生